어색하지 않게
사랑을 말하는 방법

the honest ways to say love

어색하지 않게
사랑을 말하는 방법

소은성 에세이

흔

사소한 순간을 오래 바라보는 일

어제도 말했다는 사실을 잊고 그는 또 내게 말한다.

"내가 이 책의 모든 뜻을 완벽히 이해하고 싶어요. 50년만 기다려 줄래요?"

남프랑스에서 온 남자 B(바티)와 서울에서 살고 있다. 작고 검은 고양이 한 마리와 작고 하얀 닭 두 마리와 함께 아주 작은 텃밭을 일구면서. 처음에는 매일 아침 눈물이 났다. 우연히 사랑에 빠져버렸을 뿐인데, 두 명 중 누군가는 자신의 언어를 사용하지 못하는 나라에 살아야 한다는 사실이 서글프고 막막해서. 머리칼을 두 올 뽑아 나와 그를 한 명씩 더 만들어 각자의 나라에 살게 하면 좋을 텐데, 아직 그런 기술은 발명되지 않았으니까.

코끝이 매워지려고 하면, 그 마음을 이야기로 만들곤 했다. 그러면 그가 등 뒤에 다가와 서툰 한국어로 내가 쓴 문장을 읽었다. 의미를 알지 못한 채 읽었으므로 그저 공중에서 리듬과 멜로디가 되어버리는 것들. 고대 암호를 해독하듯 사랑하는 사람이 내 글을 낭독하는 소리를 가만히 듣노라면, 검은 우주에 나란히 둥둥 떠다니는 기분이 들었다.

명색이 국문과 졸업생이지만 단 한 번도 글을 쓰고 싶다고 소리 내어 말하지 않았다. 학교엔 이미 책을 냈을 정도의 천재들이 수두룩했다. 좋아하는 글에 밑줄을 치기 위해 색색깔의 펜을 모을 정도였으면서도, 글을 쓰는 일을 진지하게 생각하지 않았다. 안정적인 직장에 들어가 지옥을 맛보고, 그 지옥을 견디기 위해 인터넷 게시판에 글을 올리다가 그제야 깨달았다. 나는 쓰는 일을 사랑한다고.

이 책에 담긴 원고는 2010년부터 블로그에 드문드문 쓰기 시작한 것이다. 거기에 2018년 여름 몇 달 동안 집중해서 쓴 것을 더했다. 올해 여름 사흘 간격으로 글을 SNS에 공개했기 때문에 '단숨에 쓰는 타입이구나'라는 말을 종종 들었으나, 그렇지는 않다. 몇 년에 걸쳐 뭉클한 덩어리의 상태로 고여있던 것이 반듯한 글의 형태가 된 것일 뿐.

잡지에 기사를 기고하는 일로 밥을 벌어왔기 때문에 늘 '글을 쓰고 있다'고 여겼으나, 정작 내 이야기를 쓰지는 않았다. 그럼에도 마음 안에 차곡차곡 글이 쌓여왔다는 사실이 기쁘고 안심이 된다. 유랑을 하든 장사를 하든 방황을 하든 혹은 아무것도 하지 않든, 그 모든 삶이 글이 될 수 있다는 사실을 깨닫게 된 것만으로 몹시 행복하다. 이제는 안다. 특별한 순간만이 글이 되는 건 아니다. 사소한 순간을 오래 바라보면 그건 글이 된다.

나를 완벽히 사랑하지는 못해서 울고 분노하고 스스로가 부끄러워 잠 못 이루고 할 말을 제대로 하지 못하고 질투하고 애가 타고 사랑을 정확히 전달하지 못해 자책하는 그 모든 순간에도 무언가는 남는다. 소심한 사람들은 그 무언가를 품고 있다가 밤새 글을 자아낸다. 물레를 돌려 실을 자아내듯, 현실에서 미처 다 하지 못한 이야기를 어딘가에 새겨둔다. 평행우주를 하나 만들 듯이.

책을 쓰면서 나는 나를 몹시 좋아하게 되었다. 그 점이 가장 기쁘다. 내가 울보라서, 내가 소심해서, 내가 겁이 많아서, 내가 언제나 어색한 사람이라서 좋았다. 서지도 앉지도 못하는 사람이라 자랑스러웠다. 행복한 여름이었다. 잊을 수 없는 계절을 선물해 준 나의 편집자 흔에게 깊은 고마움을 전한다.

그리고 B, 우리의 50년 후를 기다려요. 알이 두꺼운 안경을 쓰고서 함께 책장을 넘길 거예요. 영원을 믿기 위해 노력해봅시다.

차례

"하고 싶은 말은 닿을 수 없는 곳에서 반짝인다.
전당포 안의 은그릇처럼."

― 토마스 트란스트뢰메르, 「사월과 침묵」

마음을 티 내지 않으면
아무 일 없이 불행해져

감정의 색을 모른 척하며 스스로와 어색한 채로 살아가는 일

아, 글씨……적인 성격은 아빠의 충청도 피에서 왔다. 공무원이던 아빠는 '종로구청이랑 동대문 구청 중 어디가 낫겠냐'는 배려 깊은 인사과장의 질문에 "아, 글씨……" 하다가 종로로 가셨다. "동대문 구청으로 가고 싶었는데……"라고 내내 끌탕하는 아빠를 보고 엄마가 타박했다. "그럼 말을 하지 그랬어." 그러자 아빠는 또 그랬다. "아, 글씨……."

　부정할 수 없이 나는 아빠를 많이 닮았다. 게다가 우리 집 가훈도 '속을 보여주지 말 것'이었으니 말 다 했다. 학교 숙제로 가훈을 물었더니 친할머니는 그러셨다.

"남에게 패를 보여주면 못 쓴다. 믿을 놈 한 놈 없으니까. 좋아도 좋은 척 안 해야 떡 하나 더 얻어먹는다."

아니, 이게 무슨 말이야. 지금 떠올리니 기분이 오잉또잉되는 말이지만 그때는 할머니가 너무 당연한 듯 그렇게 말하니까 그런 줄 알았다.

유전자가 무서운 것이, 스스로 자신을 깨고 변화시키려 노력하지 않으면 자연스럽게 가족을 닮아 살게 된다. 이십 대 때 나는 딱 가훈대로 사는 사람이었다. 의뭉스러운 충청도 아빠 피가 줄줄 흘렀다. 속내를 숨기는 습관은 연애의 초반에 아주 유리했고, 그 사실에 우월감을 느끼기도 했던 게 사실이다. 이십 대 때 내가 가장 잘 했던 것은 좋은데 좋은 척 안 하는 거였다. 그거 하나는 자신이 있었다. 누가 좋아서 심장이 터질 거 같아도 시니컬한 척할 수 있었다. 심장이 두근거려도 표정만은 무뚝뚝하게. 그게 잘하는 건 줄 알았지, 참나.

나는 좋아한다는 표현을 잘 하지 못하는 사람이었다. 긍정적 감정에 서투른 인간. 친구에게도 데면데면했다. 그러니 설렘이나 두근거림 같은 연애 감정이 왜 그렇게 불편하던지. 세상에서 가장 불편하고 못 견디겠는 게 '썸'인 사람이 나뿐이 아니길 바랐다. 차라리 대뜸 연애를 시작해서 안정적인 관계가 되는 게 편했고, 그래서 대충 서둘러 연애를 시작한 적도 여러 번이었다(밤늦게 만나 술에 취하고 밝지 않은 길을 산책하면 모든 게 금세 시작이 되곤 했다. 알죠? 무슨 이야기인지).

그래도 하루 만에 연애를 시작할 수는 없어서, 적어도 몇 주는 뜸을 들여야 할 때도 있었다. 그럴 때면 그 어정쩡한 기간을 견디지를 못하고 몸을 배배 꼬며 애매한 소리만 하며 시간을 죽였다. 내가 어떻게 느끼는지를 솔직하게 표현하는 방법을 몰라서, 떠벌떠벌 큰 소리로 별 상관도 없는 이런저런 이야기를 했다. 너무나도 아재 같았던 어린 날의 나.

그런 상황이 스스로에게 편안할 리 없다. 그래서 누가 좋아지면, 좀 불편해지는 게 당연했다. 나 같은 사람들은 불편한 상황이 싫어서 술잔만 연신 비운다. 심지어 "밥 먹을까?"란 질문에는 당황해서 어떻게든 술 약속으로 바꿨다. 좋아하는 사람과 함께 있는 게 어색해서 늘 취한 채 있던 그 시절의 나를 떠올리면 안쓰럽기도 답답하기도 하다. 좋아하는 기색을 숨기려 취해 있다 보면 어쩐지 슬퍼졌다. 이내 암담해졌다. 죽을 때까지 맨정신으로는 솔직해지지도 못할 건가. 나는 대체 왜 이 모양인가.

용케 누군가와 연애를 시작했어도 상황은 극적으로 달라지지 않았다. 그렇게 바쁜 것도 아니면서 무조건 1주 1회 만남을 고수하기도 했다. 매일 만나면 불편해질 것 같았다. 거리를 유지하자. 의무감 없는 산뜻한 관계를 유지하자. 외로워도 그게 낫다. 일상 같은 관계, 생활 같은 관계가 가장 두려웠다. 실제의 나, 그 속의 짜증과 신경질, 게으름, 권태, 변덕 같은 부정적 요소들을 연인에게 보여주는 걸 상상할 수가 없었다.

도망가지도 못하고 계속 봐야 하는 관계가 되면, 의존하는 관계가 되면 어떻게 하나. 매일매일 그런 말도 안 되는 걸 고민했다. '결혼은 절대 하지 말자. 그러면 칙칙한 관계가 되고 만다.' 나는 마음에다 그런 타투를 도록도록 새겼다

술을 마시고 영화를 보고 서점에 가면, 거기엔 '나' 외에도 기댈 곳이 많았다. 그래서 쉴 새 없이 고레에다 히로카즈와 독일 맥주와 레이먼드 카버와 베르톨트 브레히트와 수많은 밴드에 대해 이야기했다. 취향 속에 나를 숨기면 안심이 되었다.

어린 시절에 국어 영어 수학만 배우고 감정의 여러 가지 결을 배우지 못하면, 나 같은 사람이 된다. 나는 세상이 너무도 어색하고 나 자신도 어색해서 다 그렇게 어색한 채로들 사는 줄 알았다. 어떤 상황에서건 내가 나를 멀리서 바라보는 느낌으로 살았다. 누가 좋아서 설레면 일단 포기부터 했다. "좋아하는 티를 내면 그는 나를 시큰둥해할 거야. 그럼? 좋아하는 티를 안 내면? 아무 일도 일어나지 않겠지. 차라리 그게 낫겠지."

대학교 1학년, 좋아하는 선배가 생겼을 때 그 선배가 들어오

는 교양과목 강의를 빠지고서 방에 엎드려 울었던 기억이 난다. 아무 일도 일어나지 않았는데 누군가 좋아진 감정만으로 벌써부터 울었다. 슬퍼서 눈물이 나면 '에이, 그렇게 슬픈 건 아닌데 오바하네?'라는 누군가의 목소리가 들렸다. 내가 내 감정과 어울려 살지 못하고 늘 겉도는 생활이었다.

내 감정과 겉도니, 남의 감정에 의존하며 살 수밖에 없었다. 대학 때는 인기 많은 여자애가 되기 위해 노력했다. 어떤 모임에 가건 그 모임의 모든 사람들과 각별한 관계를 유지하길 원했다(그러면서도 너무 상대를 좋아하는 티를 내면 안 되고). 그들의 모든 고민을 내가 속속들이 알아야 했다. 내가 가장 좋은 상담자여야 했다. 술자리라면 잠옷을 입고 있다가도 일어나서 단장을 하고 나갔다(그러면서도 너무 성의껏 나온 티를 내면 안 되고, 지나가다 들른 척).

매일매일 누군가를 만났다. 혼자 있으면 안절부절못했다. 그래서 시도 소설도 에세이도 단 한 장도 읽을 수가 없었다. 책은 둘이서 읽을 수가 없는 것이라서 문제였다. 가끔 혼자 책을 읽어보려고 노력하면 너무도 외롭고 막막해졌다. 책장만 펴면 나와 단둘이 마주한 느낌, 진공상태의 방에 놓인 기분이 들었다. 국문과 학생에겐 몹시 치명적이었다. 당시 심리검사에서는 타인 의존도가 심하게 높다고 나왔다. "그럴리가요. 언니는 그냥 사람을 좋아하는 거예요. 성격 좋은 거죠."라는 후배의 말에 안도하려고 노력했다. '그래, 나는 그냥 좋은 사람인 거야.'

언젠가 친구가 크게 취해 뼈 때리는 말을 한 적이 있다.

"너 지인 부자잖아. 그중에 네가 진짜 좋아하는 사람은 있냐? 너 그 사람들에게 관심 하나도 없잖아. 그거 모를 줄 알지? 야, 내 눈엔 다 보여! 너를 소중하게 여기는 사람, 네가 진짜 좋아하는 사람에게 잘해야지. 단 한 명이라도 진실된 관계여야지. 네 패 다 보여주고, 좋아하면 좋아하는 만큼 다 말하고, 너 그런 건 무섭지?"

친구 혀가 심하게 꼬여 정확하진 않았지만 대충 이런 이야기였다. 아마 그때 그녀는 내 베프였고, 늘 한발 물러선 듯한 나 때문에 마음이 아프고 상했을 테지. 돌아보니 그녀의 마음을 다 알겠다.

그때는 친구를 간편하게 원망했다. 술 좀 끊어라, 추하다, 주정도 정도껏이야, 이런 말을 어른인 양 떠들며 고개를 돌렸다. 하지만 사실은 알았다. 나는 버림받는 게 무서운 아이였다. 베프 사이에도 좋아하는 마음을 티 내지 않고서 늘 건조함을 유지하면서 '나는 안전해.' 그렇게 느꼈다. 부탁도 안 하고 고백도 안 하고 먼저 만나자고도 안 하고, 나에게 다가오는 사람들에겐 늘 친절한 사람이고자 했다. 세상에, 친구들에게 먼저 전화를 건 적이 한 번도 없었다. 할 말이 없을까 봐, 친구가 전화를 받지 않을까 봐 너무너무 무서워서.

돌이켜 보면 나는 운이 좋아서 달라질 수가 있었다. 다행히도 나는 언제나 나와 반대인 사람과 사랑에 빠졌다. 잔정 많은 사람을 발견하면 난데없이 어리광을 부리고 싶었다. O는 내겐 한 번도 없었던 외할머니처럼 다정했다. 잡은 손에 땀이 나도 놓지 않고, 언제까지고 잡고 있는 그런 바보 같은 사람이었다. 늘 내 쪽을 보고 있었다. 멍멍이 같았다. 자다가 악몽을 꾸고 식은땀을 흘리며 뒤에서 껴안으면 자기도 자고 있으면서도 팔을 끌어당겨 보듬어주었다. 어떻게 그럴 수 있을까. 나도 싫고 세상도 싫고 다 싫어서 만취해 길에서 토하면 핀잔 한마디 없이 맑은 물을 사다주었다. 다음 날 아침엔 하얗고 말그레한 쌀죽을 끓여주었다. "술 냄새가 나서 입은 못 맞추겠다."라며 농담을 하면서 등을 가만히 쓸어주었다. 그러면 왈칵 울음이 났다. 머리칼을 빗어주었다. 그러면 어리광을 부리고 싶어졌다. "너 말고는 다 싫어."

따뜻해서 무서웠다. 같이 있다간 느긋한 사람이 되어버리고, 그러면 인생에서 실패할 것만 같았다. 그래서 도망쳐버렸다.

사랑을 표현한 만큼 돌려줄 줄 아는, 내 사랑을 소중하게 여기고 고마워하는, 내가 아무리 사랑해도 떠나지 않는 상대를

만나면 인생은 수월해진다. 불안하지 않게 된다. 사랑을 믿게
된다. 연애가 끝난 후에도 그 믿음과 안정감만은 내 안에 남았
다. 관계는 끝났지만, 그를 따라 했던 습관은 사라지지 않고 고
스란히 내 것이 되었다.

나를 소중하게 여겨준 연인 덕에 소중함을 표현하는 법을
배웠다. 아이가 엄마를 따라 하듯, 연인이 내게 하는 말과 행동
을 따라서 했다. 그건 사랑이 한 일이었다. 사랑의 힘이었다(상
투적이지만 이렇게 말할 수밖에 없다).

누가 좋으면 미리 가서 기다렸다. 좋아하는 티가 나든 말든.
누가 보고 싶으면 문자를 보냈다. 재치 있는 표현은 생각도 나
지 않아서 그냥 직선으로 말했다. "네 생각이 났어." 헤어짐이
아쉬우면 "한번 안아줄게."라고 말했다. 어색하고 부끄럽지만
그렇게 했다. 서로 안고 있는 것은 정말 좋은 일이었다. 안전한
기분이 들었고, 세상이 조금 덜 미워졌다. 약 50센티미터 정도
의 안온함. 그건 모두 O가 내게 해주었던 것이었다. 그의 그
촌스러운 사랑 표현이 좋아서 따라 하고 싶어졌기 때문에, 그
렇게 했다. 아직도 그리 능숙하지는 않아서 누가 좋으면 자꾸
먹을 것을 준다. 여전히 세련되고 다채로운 방법을 알지는 못
한다.

웃을 일이 많아졌고 울 일도 많아졌다. 마음의 창문을 활짝

열어두니 빗방울도 들이치고 거센 바람이 불기도 했다. 따뜻한 햇살과 시원한 바람 같은 것만 들어오는 게 아니었다. 그래도 내버려 두었다. 다시 창문을 닫으면 또 매 순간 어색한 채로 살게 될까 봐 싫었다.

오래전엔 좋아하는 만큼 모두 티 내면 바보가 되는 거라 생각했었는데, 바보가 되었는지 아닌지는 몰라도 어느새 나는 내가 정말 좋아하는 사람들로 둘러싸여 있다. 친구가 아주 많은 사람은 아니지만, 적어도 친구 중에 내가 좋아하지 않는 사람은 없다. 지금이 좋고 행복하다. 그래서 계속 노력하고 싶다. 할머니가 될 때까지 노력하면 나도 O처럼 정 많은 외할머니 같은 사람이 될 수 있겠지, 믿으면서.

새벽까지 함께 있고 싶었던 사람

안전하고 보호받는 느낌이 들 때 사람은 진짜 속마음을 털어놓는다

사랑이란 상대의 어떤 말에 걸려 넘어져서 풍덩 빠져버리는 거라고 믿던 시절이 있었다. 영화나 소설 속 멋진 사랑 고백들이 그랬으니까. 당신은 내가 더 좋은 사람이 되고 싶게 만드는 존재라거나, 샌드위치 하나 주문하는 데도 한 시간이나 걸리는 너를 사랑한다거나, 그런 아련하고 달콤한 말들. 독서실 책상에 웅크려서 만화책 속 대사에 줄을 긋던 고딩 시절. 일기장에는 이렇게 썼다.

'섬세하고 낭만적인 말을 해주는 사람이 생기면 반해버려야지.' 또는 '달기만 한 말에 속아 헛된 연애를 시작하지는 말아

야지.'

결론적으로 두 가지 다 불필요한 생각이었다. 내가 나를 잘 몰랐었던 때의 착각 리스트 중 하나. 연애라는 걸 시작해보니, 상대를 고르는 패턴이 그려졌다. 연애가 두 명이 하는 거고, 그 둘 중에 더 말하는 쪽과 더 듣는 쪽이 있다면 단연코 나는 말하는 쪽이었다. 연애의 시작도 그랬다. 나는 내 말을 주의 깊게 들어주는 상대에게 정말이지 취약했다. 녹아버렸다. 빠져버렸다. 그 속에서 헤엄치고 싶어졌다.

어떤 말 때문에 사랑에 빠져버렸더라. O와의 연애가 어떻게 시작되었는지를 짚어볼 때마다 망연해진다. '어라, 아무것도 특별할 게 없었어?' 이럴 수가. 나는 O를 정말 많이 좋아했다. 사랑도 했지만 좋아도 했다. 두 가지는 종류가 다른 감정이다. 아무튼, 누가 그를 왜 사귀냐고 물을 때마다 막힘없이 대답했었다. 손가락이 길고 나물을 잘 무치고 동정심이 많은 사람이고 책도 많이 읽고……, 가지가지 이유를 엑셀 파일처럼 차르륵 대답하곤 했지만, 아니다.

나는 그가 손가락이 짧아도 아이고 귀여워, 했을 것이며, 책을 안 읽고 미드만 보는 인간이어도 그러니까 네가 영어를 잘하지 아이고 사랑스러워, 했을 것이다. 그러니까 그 시절, 그의 특징을 나열하며 그 특징 때문에 내가 그를 좋아한다고 말할 적마다 뭔가 석연치 않았다. 이제는 안다. 모든 건 완전하게 끝을 낸 후에야 알게 되니까.

만나고 헤어지고 다시 만나고 또 헤어졌기 때문에, 마지막 장면은 잘 기억이 안 난다. 첫 순간은 또렷하다. 술을 매일 마시던 시절, 새벽이 깊어지면 어느새 술자리 인원은 몇 배로 늘어 있었다. 그 금요일에도 두 명이 여섯 명이 되는 기적이 벌어졌다. 그중에 그도 있었다.

당시의 나는(다시 말하지만) 술을 아주 아주 많이 마셨기 때문에, 술 많이 마시는 사람들이 흔히 그러듯 블랙아웃이 일상이었다. 정신을 차려보니, 나는 조그맣고 캄캄한 술집에서 데킬라를 마시며 음악을 듣고 있었다. 아니, 빌리 홀리데이를 무찌르고 있었다. 빌리 홀리데이의 엄청난 보컬을 무시하며 떠벌리는 나.

어쩐지 사막여우를 똑 닮은 얼굴로, 웃지도 않으며 열심히 듣고 있는 그의 얼굴이 보였다. 재미있나? 재미없나? 혼곤한 정신으로 의아해했던 것 같다. 그 시절 만난 남자들은 두 경우였으니까. 내 말에 폭소를 터뜨리거나(이 경우, 시시해서 만나기 싫어진다) 내 말을 자르고 샷된 조언을 하거나(이 경우, 짜증나서 집에 가고 싶어진다) 그런데 눈앞의 사람은 둘 다 아니었다. '뭐지, 이건?' 사랑에 빠져본 사람들은 잘 알 것이다. '뭐지, 이건?'은 꽤 위험하다. 여러분 '뭐지, 이건'을 조심하세요, 부-디.

부연하자면, 당시의 나는 마개가 터져버린 탄산이었다. 대한민국 초등학생의 미래엔 아무 관심도 없는데 밤 11시까지 구로 디지털 단지에 있는 문제집 회사에서 보기와 해설을 만들다가, 보기를 몇 개 더 만들다가는 우울에 고꾸라질 것 같아서 돌연 퇴사를 해버린 다음 날이었다. 형광등 불빛이 눈을 찌르는 사무실에서는 내 마음에 대해 말할 수가 없었으니까. 감정의 파편 같은 게 잔뜩 부서지고 쌓여 있었다. 오랜만에 말이 하고 싶어 술을 더 시켰을지도.

연거푸 들이켠 술은 새벽이 깊도록 깨지도 않았다. 혀가 꼬여서는 뭐라뭐라 조잘거렸는데 다 받아주었다. 주정뱅이들이 그렇듯 이야기는 시시하고 두서없었다.

"나는 친구도 매일은 못 만나는 성격인데 주말까지 회사 인간들을 만났어, 인생 진짜 비극 아니냐? 한국 진짜 미쳤어, 어떻게 하루에 네 시간 자고 일하지? 그런데 다들 애도 키워. 초능력자들이야. 우리 옆 팀 직원은 갑상선암 걸려 퇴사했어. 뒷 팀 직원은 야근하다 유산했어. 진짜 진짜 한국 미쳤어. 아……. 뭐 하고 살고 싶은지 모르겠어, 꽂히는 것도 없고 꿈도 없어. 정말 시시한 인간이 나야. 너도 나 재미없지 않냐? 근데 나는 솔직히 프라이팬에 녹은 인절미처럼 가만히 누워 있을 때가 젤로 행복해. 회사 다닐 때도 옥상 꽃밭에 누워 페퍼톤스 노래 부르고 그랬다? 좀 귀엽지? 야!(갑자기 화냄) 말해 봐, 너도 동의하지? 행복은 루프탑이야. 행복은 밖에 있어. 둥둥 떠다녀. 그러니까 바닥에 누워야 잘 보여! 내 말 다 맞지?"

"회사 가기 정말 싫었겠네. 속상했겠네. 마음이 아팠겠다. 눕는 거 좋아하는구나, 전생에 나무늘보였나 보다, 나도 그래. 맞아, 행복은 둥둥 떠다녀 그래서 손에 잘 안 잡혀."

기발한 답변도 아니고 속 시원한 조언도 아니고 깊은 통찰도 아니었는데, 그와 이야기하는 게 너무너무 좋아서 거짓말을 했다.

"우리 집 가는 첫차 오려면 멀었어."

돌이켜보니, 내가 좋아한 사람들은 모두 그랬다. 듣는 힘이 강한 사람들이었다. 유치원 다녀온 아이에게 그날 배운 것에 대해 묻고, 아이가 말을 더듬든 내러티브가 꼬이든 세상에서 가장 신기한 이야기처럼 들어주는 엄마 같았다. 상대가 내 말을 중요하게 여긴다고 느껴지면, 그 순간만큼은 내가 인생의 주인공이 된 것 같다.

'적어도 나는 지금, 이 한 사람의 세상에선 가장 중요한 사람이야.'

갑자기 열심히 살고 싶어졌다. 공주 대접은 무슨. 여왕 대접은 무슨. 비싼 반지 사주는 사람은 바라지도 않는다. 경청 하나 못하는 사람이 수두룩하다. 잘 들어주는 사람은 정말 귀했다. 그들을 나는 아낌없이 사랑했다. 그런 사람들은 "무슨 말인지 알겠다." 같은 말을 쉽게 하지도 않았다. 누가 내 감정을 안다고 하면 "아니! 전혀! 알 리가 없지. 네가 상상하는 것보다 훨씬 힘들거든!" 발끈하던 시절이었다. 술자리에서 연신 맥주잔을 부딪치며 "알지, 알지, 그 맘 알지." 같은 말을 나누고 돌아오면 꼭 집 앞 슈퍼에 들렀다. '말을 많이 하면 속이 허한가' 하며 벤치에 앉아 캔맥주 하나를 비우고서야 집에 들어갔다. 눈앞이 뿌예질 정도로 취해서야 지쳐 잠들곤 했다. 어쩐지 세상 모든 것에 화가 치밀던 시절이었다.

그런데 그의 맑은 물 같은 대답들에 나는 안전하고 보호받는 느낌이 들었다. 그 주정을 어떻게 그리도 곱게 보듬어주었을까. 취미를 가져보라거나 어떤 책을 읽어보라거나 하는 충고도 없었다. 1차, 2차, 3차. 어묵을 먹고 아몬드를 먹고 소주를 마시고 데킬라를 마시고 맥도날드에서 뜨거운 커피를 마시면서, 차곡차곡 믿음이 쌓였다. 정말 좋은 사람이구나.

연애를 하는 내내 우리는 싸우지 않았다. 아마도 그가 정말 잘 들어주었기 때문일 거다. 내가 쓰고 싶은 글, 나를 힘들게 하는 클라이언트, 내가 가고 싶은 나라, 내가, 내가, 내가, 나는, 나는, 나는. 내가 뭐라 떠들던 그는 위로하고 응원해주고 믿어주었다. 돌이켜보니 많이 미안하다.

그때는 소통에 더 서툴렀다. 의심도 불안도 많은 성격이지만, 아주 가끔은 숨겨둔 진심을 굳이 꺼내 보여주고픈 사람을 만났다. 그럴 땐 왈칵 울음을 터뜨리듯, 어렵고 힘들고 스스로에 대해 이상하게 느끼는 것들을 쏟아냈다. 그런데 만일 상대가 나를 돕고자 열심히 말을 하면, 희한하게도 마음은 닫히곤 했다. 조언은 필요 없었다. 마음을 털어놓을 곳이 필요했을 뿐이니까.

나만 그럴까. 사람들은 의외로 초식동물 같다. 안전하다고 느끼는 상대에게만 진짜 속마음을 보여준다. 감정을 솔직하게 표현한다는 것은 용기다. 못나고 부족하고 찌질할지도 모르는 내 진짜 마음을 보여줘도 평가하지 않을 사람에게만 열어보이는 게 당연하다. 어떤 마음을 보여줘도 '너는 이러이러한 사람이다'라고 쉽게 결론 내지 않을 것으로 보이는 사람을 안전하다고 느낀다. 그런 상대에게만 진짜 이야기를 나누어준다. 가만히 들어주기만 해도 믿음은 생겨난다.

많은 사람이 대화하면서 진짜 마음을 은폐한다. 나도 그렇다. 특히 마음이 아주 연약할 때는 더. 나를 오해하고 평가하는 사람들에게는 '뻔한 말'만 이어가는 게 안전하다고 느낀다. "진짜 대단하세요.", "사는 게 다 그렇죠.", "열심히 하는데 잘 될지 모르겠네요.", "아, 뭐. 그럭저럭 괜찮아요." 이런 말은 순식간에 수백 개쯤 자동생성할 수 있다. 이런 대화를 하고 돌아오는 밤엔 그야말로 술이 당긴다. 시간을 낭비한 것 같아서 괴롭다. 하고 싶은 말은 그대로 고여 있다. 진짜 마음은 바닥에 가라앉아 있다. 발걸음이 무거운 이유다.

글을 쓰다 떠올랐다. 한동안 나는 순댓국의 순대를 나눠주는 다정한 남자라서 그에게 반했다고 말하곤 했다. 두 번째 만난 날, 내 밥공기 위에 소중한 피순대를 두 개나 얹어주는 것에 놀랐지. 다정도 다정이지만 그건 관찰력이기도 하다. 내가 너의 순댓국을 부럽게 쳐다봤을 거야(나는 콩나물해장국을 시켰다).

순댓국 이야기는 약간 농담이지만, 좋은 대화를 위해서는 관찰력이 좋아야 한다. 마음은 말뿐만 아니라 다른 통로로도 전해지니까. 눈빛과 손짓, 한숨의 세기, 앉은 자세의 기울기, 목소리의 미묘한 떨림 같은 것들. 그 속에 숨은 진심을 발견해 낼 수 있어야 대화는 물 흐르듯 이어진다. 그는 그런 걸 정말 잘했다.

마지막으로 소식을 들었을 때 그는 유럽을 일 년 넘게 여행

중이었다. 엄청나게 많은 친구를 사귀고. 여행길에 O와 친구가 된 누군가에게 말하고 싶네.

"당신 지금 엄청난 행운을 가진 거 알아요?"

언젠가 운이 좋아 다시 한 번 만나게 된다면 그땐 내가 네 이야기를 동이 틀 때까지 들어주고 싶다.

고구마 인간의 고구마 언어

불편한 세계를 견디는 유일한 방법은 다정한 말들을 곱씹는 것

그가 나를 좋아한다는 걸 알고 나자, 방정맞게도 즉시 나는 물었다.

"제가 좋으세요? 왜요?"

고구마 인간은 고구마 언어를 썼다.

"음……편하고요…… 편해요……"

그럴 줄 알았어. 어쩐지 물어보기 싫었지.

"내가 의자예요, 신발이에요, 엄마예요? 하고 많은 매력 중에 편한 것밖에 안 보여요? 못해, 못해, 이렇게 못하나 말을. 예쁜 곳이 이렇게 수두룩한데, 눈은 어디에 달고 다니지?"

이런 말은 한번 시작하면 쌀자루 터지듯 할까 봐 혀 속에 말아 넣었다. 죄 없는 맥주만 쭉쭉. 대구 출신이라는 그가 소개팅 첫날 한 대구 통닭에 대한 찬사만큼 나를 찬양했다면, 화는 금세 가라앉았을 거다.

'특별하다, 남다르다, 한번 접하면 절대 못 잊는다, 계속 먹고(보고) 싶다, 자꾸 생각난다, 개성이 남다르다, 이 도시의 자랑이다, 어딘가에 자랑하고 싶다!'

고구마 씨. 잘 봐! 위 문장들에다가 주어만 살짝 바꿔주면 된다고. 언젠가는 국적이 다른 연인을 사귀는 후배에게 물은 적이 있다.

"싸울 때 답답하지 않아? 깊은 속내를 전달하기는 좀 어렵잖아."

후배는 수십 번은 답해본 질문이라는 듯 담담했다.

"언니, 한국인도 말 안 통하는 사람은 안 통해요. 어차피 사람은 서로 통하는 데까지만 통해요."

그래, 네 말이 옳다. 이쪽은 한국인인데 한국말을 못 하네. 따라해 볼래요. 가갸거겨고교구규그기 나냐너녀노뇨누뉴느니 라랴러려로료루류르리 파퍄퍼펴포표푸퓨프피 하햐허혀호효후휴흐히. 집에 돌아와 술을 더 마셨지만 제길, 졸린데 잠도 오지 않았다.

왜 싫은지 이유를 대기도 싫을 정도로, 나는 '네가 참 편해'라는 말을 싫어한다. 나의 진저리 난리난리에 내 친구들 중 가장 예쁜 친구 하나가 카톡을 보냈다.

"우리 남편도 나에게 예쁘다는 말 거의 한 적 없는데? 남자들의 언어 세계는 단순하기 때문에, 난 그들의 디테일엔 신경 쓰지 않음."

그리고는 못도 박았다.

"예쁘다는 말은 미용실 선생님이나 구두 가게 아저씨로부터 듣는 것만으로 충분해."

속이 답답하면, 답이 없다는 것을 알면서도 말이 길어진다. 계속 물어봤다.

"나는 누가 좋으면 그 사람이 좋은 이유를 100가지 정도 이야기하는데? 어떻게 좋은데 이유가 없어? 나도 상대에게 그런 걸 원하지. 내가 왜 좋은지 구체적으로 디테일하게 말해주기를. 나는 두 번 세 번 듣고 싶어서 다시 말해달라고 요구하기도 하는데?"

친구는 까르르 웃더니 또 말했다.

"야, 너 진짜 별나다. 바랄 걸 바래라."

친구의 말은 다음과 같이 요약되었다.

"표현할 줄 모르니 돈이라도, 돈이라도 있으면 정말 다행,

돈도 없는 게 표현도 못 하면 오 마이 갓, 가난한데 표현 잘 하면 꾼 같지 않아? 내 남편이 딴 데 가서도 표현 잘하면 정말 싫어, 습관 되면 회사 여직원에게도 '오늘 화장 예쁘네요. 그 치마 정말 어울려요.' 이럴 것 아냐. 그러니까 현실에 있는 '멀쩡한 남자'는 여자에게 예쁘다는 표현을 잘 못 하는 남자지."

친구의 말은 래퍼처럼 빠르고 단호했다. 친구 기준에서는 내가 '멀쩡한 남자'를 만난 적이 없었다. 인권단체 활동가나 영화를 단 한 편 개봉한 영화감독은 적어도 친구가 보기에 '직업'은 아니니까.

왜 나는 칭찬을 좋아할까 고민해봤다. 누가 나의 좋은 점에 대해 짚어주면 당장 반해버린다. 나는 가만히 두면 시무룩해지는 타입이다. 잘하잖아, 어머 멋져라, 볼수록 예쁘네, 라는 말을 들으면 놀랄 만큼 흥겨워지는 사람이다. 거의 노력을 하지 않아도 자존감 높고 자신감 넘치는 사람이 있겠지만, 불행히도 나는 아니다.

그리하여 늘 칭찬 게이지가 떨어지지 않도록 유의할 필요가 있다. 누구나 그렇지 않은가? 칭찬은 기쁘다. 욕을 먹는 것보다 훨씬 좋다. 아낄 필요가 없다. 다들 알지 않나. 평소에 칭찬을 많이 적립해두면, 밖에서 듣는 욕도 거뜬히 견딜 수 있다.

"더 해봐. 더 해봐. 내 안에 칭찬 배터리 있거든!" 하며 버틸 수 있다는 것이다.

그러니 아침마다 철분제나 칼슘제를 삼키듯, 여러 색채의 칭찬을 장복할 필요가 있다고 생각해왔다. 돌아보니 늘 연인들에게 칭찬을 '외주'로 맡기고 살았던 것 같다. 나를 보면 좋은 비유와 상징이 샘물처럼 퐁퐁 솟아오르는 타입에게만 미소가 지어졌다. 말의 축복을 받은 사람들, 자연스레 말이 넘쳐 흐르는 사람들.

"네가 웃으면 눈코입이 사라지고 '웃음'이란 단어만 남아버리는 것 같아."

"너는 내가 아는 사람 중 가장 취향이 좋은 사람."

"청보라색을 입으면 눈이 부시다."

"네가 맥주를 세 병 마시고 나면 네 주위 사람들은 모두 너에게 반하고 말지!"

한 시인은 '당신의 이름을 지어다가 며칠을 먹었다'고 말했지만, 그러고 보니 나는 당신이 준 칭찬을 먹고 그럭저럭 번듯한 척을 하며 살았다. 오늘의 칭찬에 기대어 내 원고료 떼먹은 놈에 대한 원한을, 만원 지하철의 악취를 견뎠다. 불편한 세계를 견디는 방법은 다정한 말들을 낮밤으로 곱씹는 것뿐. 그 다정함에 젖을 때면, 가끔은 내가 평범한 미인이 아니라 특이하게 생긴 중간 정도의 외모인 게 더 좋은 것조차 같았다.

음…… 물론 그건 제정신이 아닌 거지만, 사랑은 원래 제정신이 아닌 거니까.

하지만 현실은 춥다. 적어도 한반도에서 여자에게 기름 두른 칭찬을 하는 것은 좋은 풍습으로 여겨지지 않고, 한국이 싫지만 비극적이게도 나는 이민 갈 만큼 영어를 잘하진 않는다. 풍속이 개선되길 기다리는 것보다는 '목요일 칭찬 모임' 같은 걸 하나 만드는 게 가장 쉽고 빠른 방법일 성싶다.

마음이 산뜻해지는 질문

정말 중요한 말은 떠오르는 대로 바로 내뱉으면 안 돼

대화 중에 몰래 녹음 버튼을 누르곤 했다. 그와 대화하고 있다 보면 그랬다. 아직 채 끝나지도 않은 대화의 순간이 벌써부터 그리워졌다. 천천히, 하지만 성실하게 나누는 이야기. 왜 목소리는 사진으로 찍을 수가 없을까. 녹음 버튼을 누르면 탐정처럼 보일지도 몰라. 저장강박증 환자처럼 보일지도 몰라. 내 귀에 가 닿는 목소리가 휘발되는 게 아까워서 휴대폰의 녹음 버튼을 누르고 싶어지는 마음을 몇 번이나 참았다. '인생에서 중요한 건 단지 이야기인 것 같아.'

B와 헤어져 다른 사람들을 만나면 조심스레 하품을 숨겼다.

너 빼고는 전부 시시해. 이야기가 너무 좋아서 입을 맞추는 순간을 조금 미루고 싶을 정도로 좋았다. 그는 말수가 적었다. 쌀의 티를 고르듯, 말을 아주 세심하게 골랐다. 고르고 고르다 결국 하지 않는 말도 많았다. 병목현상처럼, 할 말이 넘칠 땐 오히려 침묵을 택했다.

"정말 중요한 말은, 떠오르는 대로 바로 내뱉으면 안 돼. 왜냐면, 중요한 말이니까."

살면서 말 잘한다는 소리는 단 한 번도 듣지 않았을 사람. 내가 그의 나라인 프랑스의 토론문화, 살롱문화에 대해 묻자 그는 골똘해졌었다.

"우리는 대화를 사랑하지. 그런데 가끔은 좀 어지러웠어. 사람들이 모두 함께 큰 소리로 토론을 하면 흐름을 쫓아갈 수가 없었어. 너무 빠르거든. 다른 사람이 말을 마치기도 전에 자기 할 말을 시작하는 사람도 아주 많아. 덥석 꼬리잡기를 하듯 대화가 이어지고, 이어지고. 나는 혼자 산책하면서 천천히 생각하고 결론짓는 것에 더 익숙해."

사람들은 흔히 말재주가 좋은 사람을 부러워하지만, 결국 대화하고 싶어하는 사람은 따로 있다. 말수가 적어도 진짜 마음이 느껴지는 사람, 수다스럽지는 않지만 꼭 해야 하는 말을 제대로 하는 사람, 정확한 순간에 정확히 말을 멈출 수 있는 사람이 더 매혹적이다.

그가 뭘 좋다고 하면 그건 진짜 좋아 보인다. 빈말을 할 바엔 침묵을 택하는 사람이 그이기 때문에, 깊고 단단한 신뢰가 생겼다.

우리가 처음 대화를 시작했을 때, 어땠더라. 나는 몸과 마음을 돌볼 시간도 없이 살고 있었다. 어제는 강원도 오늘은 전라도. 전국을 돌아다니며 절과 산, 바다와 물고기 같은 것을 촬영했고 돌아와 글로 썼다. 더울 때 가장 더운 곳을 추울 때 가장 추운 곳을 취재해야 하는 것이 여행기자의 서러운 데스티니.

나는 여행기자로서의 체력은 택도 없으면서 여행 글쓰기를 좋아하는 모순적 존재였다. 자정께 집에 돌아오면 피로 때문에 잠을 이룰 수가 없었다. 눈이 감기는데도 억지로 맥주를 마셨다. 짠 것과 찬 술을 잔뜩 먹어서 더 어지러워지면 그제야 잘 수 있었다. 고혈압과 천식이 생겼다. 공허와 불안을 누그러뜨리는 영양제를 검색했다.

글쓰기가 싫어졌다. 내 마음에 와닿지 않는 풍경과 음식을 그럴싸하게 포장해 써내고 그 글이 좋은 평을 받은 날이면 시니컬해졌다. '나는 하필 거짓말에 재주가 있나 봐'라며 자조했다. 그럴 때 B를 만났다. 화려한 거짓말 대신 시시한 진심을 말해도 되는 사람.

그는 열심히 질문했다.

'지금 무엇에 대해 쓰고 있어요?'

'오늘은 무엇을 찍으러 여행을 떠나요?'

'오늘 먹어본 음식은 맛있었어요?'

'오늘 경주의 풍경은 아름다웠어요?'

'어떤 작가를 좋아하세요?'

처음엔 재미없게 답을 보냈다.

'오늘은 왕복 9시간 동안 버스를 타요. 너무 피곤할 거예요.'

'험한 산에 올라가야 해서 등산화를 신었어요. 발이 아플 거예요.'

'새벽 5시 기차를 타야 돼요. 오늘은 아주 일찍 자야 해요.'

한국인이 얼마나 오래 일하는지 얼마나 고되게 사는지 써 보냈다. 누가 좋아지면 나는 응석을 부린다. 누가 마음에 들어오면 나는 그의 막내가 되고 싶다. 힘들겠다, 힘내라, 고생한다, 좋게 생각해라 같은 답이 올 거라 생각했다. 대신 그는 창의적인 질문들을 조심스레 써 보냈다. 오늘은 어떤 질문이 올까 기다리느라 바다에 가건 산에 오르건 스마트폰을 꼭 쥐고 다녔다.

"지난번에 야생동물에 대해 쓴다고 했잖아요. 그 말을 듣고 나도 야생동물에 대한 유튜브를 봤어요. 좋아할지는 모르겠지만 관심 있으면 링크를 보내드릴까요?"

"어제 복어에 대해 쓴다고 했잖아요. 복어는 대체 어떤 맛이 나요? 어떤 맛이길래 위험하지만 먹는 것인지 몹시 궁금해요."

"당신의 문장을 꼭 읽어보고 싶어요. 나는 지금 한국어를 배워요. 초보자예요. 하지만 언젠가 읽을 수 있을 거예요. 한 10년 후? 하하하."

굳이 힘내라는 말이나 근사한 응원을 보내지 않았는데, 그의 메시지를 받으면 마음이 산뜻해졌다. 누가 좋아지면 길에 자주 멈춰서게 된다. 메시지를 천천히 여러 번 읽고 신중하게 답을 써 보냈다.

주문진에 촬영 갔던 날, 빨간 모자를 쓰고 대게 경매를 하는 아저씨들의 손동작(얼마를 부르는지 비밀스럽게 손으로 표시한다)을 사진 찍어 보냈다.

"와, 점퍼 안에 숨긴 손동작이 귀여워요. 나도 빨간 모자 쓴 남자들을 좋아해요. 서울로 돌아오는 길에 이 링크가 즐거움이 되었으면 좋겠어요."

그가 보낸 링크는 웨스 앤더슨의 영화 「스티브 지소와의 해저생활」의 뮤비 클립이었다.

현실에선 박카스 두 병을 원샷하고 짠 내를 맡으며 뛰어다니는데도, 마음은 환상 속을 퐁당퐁당. 경기도에 사는 30대 후반 짠 내 나는 기자가 아니라, 한국의 명물 울진대게를 소중한 기록으로 남기는 저널리스트로 느껴졌다. 바쁜 일상도 즐거운 것 같았다. 경매 아저씨들이 사랑스러워 보였다. 아, 귀엽다 저 빨간 모자들.

나는 질문으로 먹고살았다. 이 지역은 뭐가 유명한가요, 여행 오니까 기분이 어떠세요, 이 음식은 어떤 효능이 있나요. 궁금한 게 없어도 가끔은 궁금한 척 직업적 연기를 했다. 알잖아요, 배우들도 입금되면 자기 캐릭터를 더 사랑하게 될 거야.

누군가가 내가 매일 하는 일에 대해 진심으로 물어봐주니까, 매일 단정하게 살고 싶어졌다. 내가 좀 멋있는 것 같잖아. 그가 자꾸 나를 작가라고 부르니까 작가인 것 같았다. 출장인데 business trip이라고 불러주니 여행가인 것 같았다. 누가 좋으면 나는 그를 실망시키지 않기 위해 애를 쓴다. 멋진 풍경에 대해 전하려고 시집을 뒤적였다. 복어와 전복이 어떤 맛인지 실감나게 전하고 싶어서 눈을 감고 먹어보았다. 다시 글을 잘 쓰고 싶어졌다. 10년 후에 정말 그가 내 문장의 모든 결을 이해할 수 있을지도 모르니까.

그의 질문에 그럴싸한 답변을 보내고 싶어서 열심히 살았다. 누군가 진심으로 관심을 기울이면 사람은 해내기 어려운 일도 거뜬하게 해낸다. 인터뷰어로 오래 일하면서는 완전하고 흠이 없는 대화를 꿈꿨다. 틈 없고 논리 정연하고 체계적이며 자연스러운 대화가 평생에 한 번은 있을 거야. 프랑스 영화에서 와인으로 입술을 적시며 담소를 나누는 사람들은 완벽한 대화를 하고 있는 것처럼 보였다. 그런데 그거 아니구나. 좋은 대화에 대단한 화술이 필요하지 않다는 걸 매일 깨닫는다.

질문은 쉽지 않다. 궁금해서 물어보는 것만이 질문이라면 얼마나 삭막할까. 네가 잘하는 것, 네가 말하고 싶어하는 것에 대해 물어보면 대화는 찬란해진다. 내 질문으로 네가 멋지고 아름다워지도록.

우리는 이제 한집에 산다. 집에 돌아가면 전등을 켜듯 반짝하고 그의 질문이 나를 반긴다.

"오늘 하루 잘 지냈어?"

"응, 글도 많이 쓰고 네가 싸 준 점심도 아주 맛있었어. 행복했어."

오늘 하루가 행복했냐고 매일 물어봐주니까, 매일 행복해지기 위해 노력하게 되었다. 덤덤한 듯 반복되는 질문과 답이 참 좋다. 대단하지 않은 것을 매일 묻고 답하며 우리는 할아버지 할머니가 되겠지.

"허리는 좀 어때요."

"아이고. 나는 또 다리가 쑤셔."

"저녁은 뭘 먹고 싶어요."

"마주 보고 먹으면 맨 빵도 맛있어요."

"그러면 저녁 먹고 밤 산책을 할까요. 나란히 걷고 싶으니까
요."

저녁밥은 왼쪽으로 씹었어요, 오른쪽으로 씹었어요?

마음의 온도를 대화의 온도로 정확히 변환하기 위하여

무뚝뚝함은 소심함과 서투름의 콜라보다. 살가운 배려에 깜짝 놀라 움츠렸던 순간들이 많았다.

－

자는 척하는 게 특기다. 밤샘 마감을 하다가 소파에서 쪽잠을 붙인 내게 이불을 끌어내려 덮어주는 선배가 있었다. 발이 나왔네, 속삭이면서. 눈을 뜨고 싶었지만 또 자는 척을 했다. 잔정 앞에서 나는 늘 수줍다. 못 들은 척하고 못 본 척한다.

－

G는 멋쟁이였다. 옷도 멋을 내어 입었지만 말도 멋을 잘 부

렸다. 어떤 밤에 그가 물었다.

"저녁 먹었어요?"

"네."

"왼쪽으로 씹었어요, 오른쪽으로 씹었어요?"

나는 무도회에 한 번도 나가보지 않아 사교란 것을 모르는 시골 소녀처럼 툭, 하고 답했다.

"어? 오른쪽?"

귀여우려고 작정했느냐고 그는 물었다.

"아니. 진짜 오른쪽이라니까요."

정직한 분이네, 하고 그는 계속 웃었다. 추운 밤이 되면 그 순간을 곱씹었다. 살가움이었구나, 하고 늦된 아이처럼 깨달았다. 몇 명이냐고 묻는 식당 주인의 질문에 검지 하나를 들어올릴 때면 그 대화를 떠올렸다. 어적거리는 쌀밥을 씹으며 되뇌었다. 오른쪽, 왼쪽, 오른쪽, 왼쪽. 양쪽으로 고루 씹으면 나는 쉽게 즐거워졌다. 옹송그린 어깨를 폈다. 지금은 혼자지만 나에게도 다정한 사람이 있어.

–

전화 통화를 여전히 두려워한다. 누군가 내 통화를 들으면 한국어를 외국어로 배운 사람인 줄 알지도 모른다. 이런 식이었다. 클라이언트였던 디자이너 팀장님과의 통화였다.

"밥은 먹었어요?"

"(2초 정도 정지) 아니요, 샌드위치 먹었어요."

팀장님은 당황을 노련하게 숨기고 대답해주셨다.

"에이. 밥을 먹어야지."

가끔은 말했다.

"은성 씨는 말을 참 재미있게 해."

그 '재미있다'가 '조금 이상하다'와 '서투르다'의 유의어라는 건 알고 있었다. 누군가에 대해 "재미있는 사람이네."라고 말하는 것은 상대가 비사교적이어서 서로 어색해지고 싶지 않을 때 쓰는 대화 테크닉이란 건 아주 나중에 알았다.

잘 지내냐고 물으면 '내가 잘 지내는가? 내가 지내는 게 well이 맞는가, 아닌가.' 스스로에게 물었다. 상대와의 대화에 집중하지 못하고 요즘의 내 상태에 대해 갑자기 궁금해졌다. "그럭저럭 지내요." 그러면 상대는 당황해서 화제를 바꾸기도 했다.

"어떻게 지내요?" 누가 물으면 이러기도 했다.

"네? 어떻게? 음…… 설명하기 좀 미묘한데요."

"바쁘시죠?"라는 말은 현대 한국어 대화에서 "헬로, 하와유?"다. "아임 파인. 땡큐"로 관성적으로 대답하고 본론 넘어가면 된다는 소리다. 그때마다 나는 천치처럼 이랬다. "네?! 글

쎄요. 이게 바쁜 건지 아닌 건지 모르겠네요."

—

'스몰토크'는 다정해야 해서 어렵다. 실은 '점심 드셨어요, 잘 지내세요, 여행 잘 다녀오셨어요, 날씨가 덥죠.' 같은 말들이 스몰토크란 것은 학습을 통해 알았다. 어릴 때부터 '눈치'로 뭘 아는 경우가 없었다. 뭐든 공부했다. 스몰토크 학원은 없을까, 찾아보다 스피치 학원 커리큘럼을 알아본 적도 있다.

목례 정도만 나누는 옆 부서 사람과 같은 엘리베이터를 타거나 학원 수강을 마치고 나왔는데 얼굴만 아는 사람과 같은 방향으로 가야 할 때면 크게 당황했다. 스마트폰이 없던 시절엔 반대 방향으로 갔다. 그가 떠났는지를 보고 다시 돌아왔다. 부끄러워 볼에 홍조를 띤 초보 스파이처럼.

—

「빨간 머리 앤」에는 오랜 고아원 생활로 인해 일반적인 사교적 대화를 알지 못해 입만 열면 책 속 이야기를 쏟아내는 장면이 나온다. 앤에게 공감할 문학소녀, 만화광이 나뿐만은 아닐 것이다.

만화책을 많이 좋아했던 시절, 길을 걸으며 두꺼운 그래픽 노블을 읽고 있거나 그 책의 내용을 곱씹고 있을 때 우연히 지인을 만나면 곤란했다. 못 본 척했다. 몹시 곤란했다. 아니, 왜 네가 거기서 나와.

미소를 짓고 인사를 나누어야 하는데 무슨 말을 해야 할지 머리가 돌아가지 않았다. 나는 만화책 속 언어 세계에 있는데 현실 세계 언어를 사용해야 한다니, 당혹스럽구만. "여어!"라 고 할 수는 없잖아.

가끔은 로봇처럼 말했다. "나 지금 책 읽고 있었어서(입이 여, 닫혀라!)."

내 친구들은 모두 다정하고 능숙했다. "어쩌라고?"라고 하 지 않아줘서 고마워.

"재밌어 보인다. 책을 좋아하나 보네. 그럼 내일 봐!"

그동안 다들 고마워. 나의 다정한 다이애나 배리.

-

우리 집은 작은 방을 에어비앤비로 활용하고, 나는 아침나 절이면 마루에서 글을 쓴다. 게스트가 욕실이나 주방에 가려 면 마루에 있는 나와 인사를 나누어야 한다. 덜컥, 문고리를 돌 리는 소리가 나면 나는 순간 긴장하고 인사할 준비를 한다.

고정관념이겠지만, 유럽 사람들은 주로 사교적이다. 지금 서울이 너무 덥다거나 너무 춥다거나 그도 아니면 날씨가 정 말 좋다, 언제나 이렇게 날씨가 좋으냐고 질문을 한다. 커피 를 끓이러 나왔던 한 런던 남자는 내 EBS 영어회화 책을 보고는 "영어 공부하세요?"라고 스몰토크를 시작했다가 30분 동안 서서 이야기를 나눴다. 멋진 옷을 보거나 좋은 선물을 받았을 때 Awesome 대신 Lovely를 남발하면 영국식 영어로 보일 거라는 것과, 그의 애인이 한국인이며 그래서 그 남자가 가장 재미있어하는 한국어는 "주글래?"라는 정보까지 알게 되었다. 그가 떠나고 나는 자신감이 붙었다. 스몰토크 너무나 재밌는 것!

덜컥. 다음 게스트는 일본인이었다. 그는 빛의 속도로 현관까지 진출해 부리나케 신발을 신고 현관문을 닫고 나갔다. 나는 그를 이해했다. 너도 방문 앞에서부터 속도를 준비했지? 스몰토크를 피하기 위해.

살가움과 다정함 앞에서 나는 늘 부끄러웠다. 사교적인 대화 앞에서 나는 언제나 점자처럼 더듬거렸다. 마음의 온도를 대화의 온도로 정확히 변환할 줄 아는 사람들을 여럿 만나오면서는 많이 나아졌다.

그래도 여전히 무뚝뚝하다. 그래서 이해한다. 안아줄 때면 '더워'라고 말하는 너. 생일 케이크와 '사랑하는 누구누구누구'라고 부르는 생일 축하 노래 앞에서 언제나 무뚝뚝해지는 너. "누가 멋지지? 누구지?" 내가 외치면 "나!"라고 외치고는 민망한 듯 웃는 너를 모두 이해한다. 나도 그랬으니까.

여전히 서툴러서, 좋아하는 마음을 전하려고 하다가 제대로 된 표현을 하지 못하고 집에 와 이렇게 또 일기를 쓰곤 한다. 나와 비슷한 모두들, 이 시를 함께 읽자.

'하고 싶은 말은 닿을 수 없는 곳에서 반짝인다. 전당포 안의 은 그릇처럼.'
– 토마스 트란스트뢰메르, 「사월과 침묵」 중에서

"왓? 왓? 노 프라블럼. 마이 패스포트 이즈 노 프라블럼."

내가 그렇게 말했어. 얼굴이 벌개져서는 한쪽 입술을 야비하게 올리고 말이야. 내 버릇 알지? 비열하게 보이고 싶을 때마다 그렇게 하잖아. 영화 속 악당을 흉내 내곤 하잖아. 그도 그럴 것이 원래 공항 직원이 도장 찍어주는 것 말고 별다른 '말'을 하지는 않잖아. 그게 정상이잖아, 아냐? 그래서 상대가 괜한 시비를 걸기 전에 이쪽에서 더 세게 나가야겠다, 그런 심산이었겠지 뭐. 한국에서 크고 작은 문제가 생길 때마다 명치에 힘주고 늘상 하던 습관이니 그다지 힘이 들 건 없었지.

그런데…… 그만 울음이 터질 것 같았어. '얼른 방에 가서 충분히 울고 싶다' 생각했어. 그가 말했거든. 잘못 알아듣고 길길이 날뛸 준비를 하는 나를 향해 빙긋이 웃으면서.

"5가 다섯 개야. 너는 행운의 사람이구나."

아…… 처음에 나에게 그가 한 말은 그거였어. 너의 비자 번호에 5가 우연히 5개 있으니, 그 우연은 행운이라고. 너는 행운을 지닌 사람이라고. 누가 나에게 이런 이상하고 다정한 말을 해줬었는지 하나도 기억이 나질 않았어. 태어나서 처음 들어본 말인 것 같았지. 지금도 떠올리자니 그냥 꿈결 같아.

미얀마는 작지만 반드시 비자를 받아야만 갈 수 있는 이상한 나라야. 이상한 나라에 더 이상한 사람들이다, 그런 생각이 들었을까. 떠오르네. 뭉근하게 더웠던 공항, 보드라운 공기 결을 품어 풍성하게 부푼 치마를 입은 남자들, 서로의 온몸을 오래도록 안고 있는 가족들, 상대의 웃는 모양을 눈동자에 새겨두려 바라보고 있는 연인, 그리고 저 멀리서 "무슨 일이야?" 입모양을 벙긋거리던 나의 친구 K.

어서 친구에게 달려가고 싶었어. 한국말을 하는 나의 친구. 이런 이상하고 다정한 말들을 좀처럼 나누지 않는 나라에서 온 너는 나를 이해할 것 같아서. 이야기를 전했고. 너는 아름다운 이야기를 들으면 되게 이상한 소리를 내는 버릇이 있잖아.

어디가 아픈 것처럼 으으으 하고. 환갑이 되어도 지을 것 같은 너 특유의, 양쪽 눈 끝을 내려긋는 표정을 지으며.

그래. 우리는 마음이 저릿해도 언어로 잘 표현하지 못하는 나라에서 왔다. 야근을 마치고 나면 기운이 없어서 잘자라는 인사도 아주 쉽게 생략해버리는 일상을 살다가 문득 비행기를 탔다.

"너는 5가 4개밖에 없네. 너는 나보다 덜 행운이다."

나는 또 이런 멋대가리 없는 말이나 했지, 거의 울 것 같은 널 웃기려고. 그 말이 뭐라고 여행 내내 붙들고 있었어. 나는 언어의 고아다, 그러니까 처음 받은 언어의 사랑을 기억하자, 내가 보답하면 친절한 양부모가 나를 데려갈 수도 있으니 일상으로 돌아가면 최선을 다해 사랑스러운 말만 하자고 다짐했었어. 돌아오는 비행기에서 생각했다. 알지, 여행을 갔다가 서울로 돌아오는 비행기에서는 표정도 달라지는 거. 나답지 않게 물러졌던(낭만적이 된 거라고 여겼었지만) 태도를 추스르는 거. 사소한 환대에도 커다란 꽃처럼 웃던 얼굴을 반듯하게 닫고 다듬는 거. 생각했어. 비자번호를 검토하던 공항 직원이 남달리 스윗한 사람일지도 모른다고, 아니면 미얀마 관광청에서 수수료를 받는 걸지도 모른다고, 동아시아에서 매일매일 후려치는 말만 듣던 여성이 오면 달콤한 말을 건네라고, 그러면 미얀마에 다시 오고 싶어질 거라고, 그런 재미없는 상상을 해보려고 노력했었지만.

7년이 지난 지금도 종종 그 순간을 떠올린다. 미얀마 여행은 그렇게 온화한 문장으로 가득했어. 젠장, 행운이라는 단어는 행운의 편지 같은 거 말고는 들어본 적도 없었어! '넌 운이 좋다'는 표현은 반은 칭찬이고 반은 험담이잖아? 누군가 성공했을 때 그냥 운이 좋았다고 겸손해할 때나 쓰잖아. 사람을 대상으로 행운의 사람이라는 표현은 들어본 적이 없었는데. 미얀마 여행에서는 그런 말을 자주 들었어. 좁은 탑을 기어오르듯 걸어서 마침내 휴, 하고 숨을 내쉴 때 눈앞에 펼쳐지는 2천 년의 탑, 탑, 탑, 그리고 탑의 흔적들. 그 영광의 흔적들을 눈에 담으며 친구는 난생처음 숨을 쉬어보는 것처럼 말했지. 아.름.답.다.고. 정확히 그렇게 말했어.

"아름답다."

어쩌면 그런 말을, 오글거린다고, 낯뜨겁다고, 민망하다고, 뭔가 좀 더빙 대사 같다고 꺼려했지만 실은, 그런 말을 쓸 만큼 감정이 고조되지 못한 나날들을 살고 있었는지도 모른다고 생각했어. 정말 정말 그 단어가 아니면 안 될 것 같은 정도의 감정과 감각에 다다르면 그래서 외치고 싶어지면, 나도 모르게 표현하게 된다고. 그러니까 좋은 것을 더 많이 보고 좋은 사람을 더 많이 만나야 한다고, 우리의 언어를 위해서. 그렇게 생각했었지.

우리 함께 꼭 다시 오자고 친구와 손가락을 걸었지만 어쩐 일인지 되돌아가지 못했다. 바가지를 쓰고 산 후드르르한 바지를 맞추어 입고 한 마리에 3천 원 하는 거대 생선구이를 나누어 먹으며 미얀마 말들 속에 머물자고, 그러자고 약속했었지만 사실은 무서워서였을지도 몰라. 이제는 그런 다정한 말에는 마음이 녹지 않는 지루한 사람이 되어버렸을까 봐, 그 사실을 차갑게 확인하는 게 두려운 것일지도.

서울에서는 내가 나에게, 친구들에게 그런 말을 해주려고 노력한다. 친구가 좋은 운을 만날 때마다, 아니 좋은 운을 만나려고 노력할 때마다 최선을 다해 다정한 말을 건넨다. 오늘 오후엔 낯선 나라에 일자리를 구하러 가는 친구에게 문자 메시지를 보냈어.

"너는 멋지다. 그걸 누가 알지? 내가 잘 알고 있어. 세상에 고래고래 외칠 수도 있어. 내 친구는 두려움에 휩싸이고 긴장에 떨 때에도 빛나는 사람이라고."

이런 말을 할 때는 타고난 민망함을 떨치려 주문을 걸곤 한다. 나는 시리야. 나는 사실 인간이 아니야. 나는 아이폰 속에 잠든 시리야.

사랑합니다 고객님 말고, 함께해요 여러분 말고, 당신을 응원합니다 말고. 너는 나의 자랑이다, 널 만난 건 내 인생 최고의 행운이야, 네가 길에서 쓸모없는 물건을 판대도 사람들은 너를 사랑할 거야, 같은 이상하고 웃기고 창의적인 다정한 말들 말이야.

죽지 못해 사는 거지 뭐, 먹고살기 빡빡하다, 좋은 게 좋은 거죠, 척하면 척이지 같은 시시한 말들 사이에서 너무 지치면 미얀마에 꼭 갈 거야. 나에게 또 행운이 깃들어서 공항 직원이 또 같은 말을 한다면 최선을 다해 꽃처럼 웃어야지. 당황하지 말고 '고마워요'라고 말하자고 매일 연습한다. 그런 날을 상상한다.

그저 달콤한 것을 한 조각 주었지

말로 다 전할 수 없는 마음을 어디로든 흘러가도록 하기 위하여

프랑스 남자들은 달콤하다고 들었다. 예컨대 이런 식. 사랑하는 여자의 손톱에 칠해진 푸른색 네일 컬러를 보고 이렇게 말한다고들.

"네 손가락 위에 검푸른 파도가 넘실거려. 달콤한 웨이브 속에서 호흡하는 내 영혼."

나쁘지 않다. 아름다운 대사가 궁금해서 레인보우 컬러를 하나씩 칠해볼 것 같다. 일주일 내내 손가락을 한들거릴 것 같다. 연인이 프랑스 사람이라고 할 때마다 사람들은 얼른 그를 만나고 싶어 했다. 대학 친구들에게 프랑스 사람이랑 만난다고 했을 때 얼마나 웃었던지.

모두 함께 "우……. 프렌치! 로-맨틱!(광고 같았다)"

설레는 표정으로 "프러포즈는 어떻게 했어? 장난 아니었겠다(프러포즈 내가 했는데)."

또는 "매일매일 로맨틱한 대사 치고 그래?", "프랑스 남자들은 정말 프렌치 키스 해?" 이런 건 몹시 귀여웠다(한국인은 안 하나요?).

물론 현대 프랑스 남성들을 저런 식으로 달콤하지는 않다. 프랑스 문학에 이런 게 있긴 하다. '갈랑트리'는 여인의 환심을 사려는 태도, 그런 태도에서 비롯된 낭만적인 행동이나 대사를 이른다. 학부 시절 배운 프랑스 극작가 장 바티스트 라신의 고전 희곡에는 정말로 그런 문장이 흘러나왔다. 그러니까 그들은 '사랑해'라고 하지 않고 '신이 빚어낸 아름다움을 지닌 당신을 어찌 사랑하지 않을 수 있겠어요!'라는 말을 숨 쉬듯 했다.

"세상에, 라신은 17세기 작가예요. 당신은 조선시대 소설가처럼 말할 수 있어요?"

연애 초반, 프랑스인의 갈랑트리에 대해 묻자 B는 한참을 웃더니 말했다.

"나도 할 수는 있어요. 원하면 매일 아침 해줄게요. 오, 나의 아름다운 여인은 라면을 먹고 자서 곰처럼 부은 얼굴도 눈이

부시네. 나트륨이 그녀의 눈두덩을 귀여운 아기처럼 보이게
했네."

그는 다이아몬드 반지, 수십 개의 촛불, 무릎을 꿇고 바치
는 대사, 저 멀리서 연주하는 재즈 피아니스트, 사람들의 박
수…… 같은 식의 프러포즈와는 거리가 먼 사람이다. 그런 식
의 로맨틱을 유머로 소비한다. 내가 데려가 함께 〈라라랜드〉
를 본 날, 두 연인이 하늘로 날아올라 왈츠를 추는 로맨틱한
장면에서 얼마나 껄껄거리며 웃던지.

연인을 만나 모국어의 결을 느끼는 것은 언제나 가장 중요
한 일이었다. 그립다고 했는지, 보고 싶다고 했는지 기억해내
곰곰이 곱씹는 일이 데이트 코스 따위보다 훨씬 중요했다. B
를 만나면서는 서로의 모국어를 충분히 사용하지 못함을 아쉬
워한다. 우리는 서로의 모국어가 아닌 영어로 말한다. 서로가
태어나면서부터 영혼에 새겨온 모국어가 아니라, 제3의 언어
를 '렌트'해서 쓴다는 것. 정말 언어를 빌려와 쓰는 느낌이다.
가끔은 세계 공용어인 영어가 존재한다는 것에 대해 깊이 감
사를 드리기도 한다.

슬프지 않은 것은 아니다. 우리가 아무리 죽을 때까지 최선
을 다해 영어를 연마한다고 해도, 일렁이는 마음의 결을 온전
하게 전할 수는 없을 테지. 이 마음과 저 마음 사이 아슬아슬

한 경계에 한 발로 선 기분 같은 것에 대해 표현하기는 어려울 테지. 가끔은 그 사실이 몹시 서글퍼진다. 내가 평생 읽고 듣고 본 노래와 영화와 소설 속 신비로운 언어의 숲을 구경시켜줄 수 없다는 사실이 안타깝다.

그럴 때 나는 어떻게 했더라. 도무지 방법을 찾지 못해서, 반복을 택했다. 내가 너를 사랑한다고 여러 번 전했다. 사랑해, 쥬뗌므, 워아이니, 아이시떼루, 띠아모, 이히리베디히, 떼끼에로 등을 연달아 속삭인 적도 있다.

얼마나 사랑하는지 너의 어떤 점을 사랑하는지 말해주는 건 내 특기이자 장점인데, 열심히 영어로 표현하다 보면 도리어 마음이 상했다. 접속사와 관계대명사와 현재완료 사이에서 내 연애 시는 갈 곳을 잃었다. 빈집이 되었다. 눈을 감고 상상한 내용을 글로 옮겼을 때의 실망감 알잖아요? 그보다 한 열 배쯤 힘이 들었다. 황폐한 나의 언어여.

그는 한국에 살면서부터 집에서도 불어를 거의 쓰지 않는다. 가끔 딴생각을 하다가 물을 쏟았을 때나 상상을 하다가 모서리에 부딪쳤을 때나 한다. 뿌떵 메흐드 빼슈!(우리나라로 치면 아이씨 혹은 엄마야 정도) 고양이를 부를 때도 영어나 한국어를 쓰는 것을 보고 정말 신기했다. 기쁘고 즐겁고 답답하고 안타깝고 슬플 때, 즉 내가 논리적이지 않은 모든 때(그러니까 아주 자주) 한국어로 말하고 그 다음에 영어로 번역하는 나와는 다르다.

늘 말과 글에 연연하는 나를 보며 그가 말한다.

"랭귀지 이즈 랭귀지. 아무리 노력해도 마음을 모두 전할 수는 없어. 언어로 표현하는 데에는 한계가 있잖아. 지금 느끼는 마음을 100퍼센트 말로 할 수 있어?"

알아, 안다구. 교수님아. 외롭고 고독하고 쓸쓸하고 내가 미울 때마다 흰 종이 가득 어떤 나라를 그리던 네가 이해할 수 있을 리 없다. 나는 언어의 가능성을 최대한 믿어보려고 하는 사람이라고. 누가 좋아지면 그림 대신에 내가 아는 단어로 끝도 없이 써 보는 사람이라고.

그는 어떻게 했나. 말하는 대신 열심히 들었다. 들은 것을 소중하게 기억했다. 프랑스어를 하지 못하는 나를 안타까워하는 대신, 많은 것을 선물했다. 포르투갈에 살아보고 싶다는, 여름의 어느 날 스치듯 한 말을 기억했다. 『포르투갈』이란 제목의 만화책을 크리스마스 선물로 주었다. 파리의 비싼 레스토랑에서 홍합요리를 아껴 먹다가 망원시장 홍합을 2만 원어치(산더미다) 먹고 싶다고 스치듯 한 말을 기억했다. 한국에 오자마자 홍합 스튜를 끓여주었다. 언젠가 잠결에 스치듯 한 말을 기억해서 동화책에 나오는 커다랗고 넙적한 콩을 심어주었다. 그리고 내가 아플 때마다 단 것을 주었다.

　누군가의 스치듯 한 말에 마음을 쿡 찔려서 거실의 불을 끄고 내내 무표정으로 앉아 있을 때, 자려고 일어나 보면 곁에 따뜻한 차 한 컵과 오렌지 맛 초콜릿이 놓여 있었다. 먼저 잔다고 아주 조용히 말하고 들어갔기 때문에, 인기척도 느끼지 못했다. 내가 생각에 잠겨 있어도 묻지 않고 재촉하지 않고 두고 보았다. 그저 달콤한 것을 한 조각 내 곁에 둔다. 그가 줄 수 있는 최선의 달콤함을.

당신의 말이 아니었다면
나는 지금 무엇이었을까

서른이 넘으면 밥이 꿈을 대신한다기에 사표를 냈다

스물아홉 때는 엄청나게 졸렸다. 구로디지털단지 B모 사옥 옥상. 잠이 쏟아져서 교정지에 집중을 할 수가 없으면 올라가는 곳이다. 퇴근하고 술 마시러 갈 땐 졸리지 않건만, 좁은 내 책상에 가둬지면 왜 그렇게 잠이 올까. 회피성 수면이다. 우울할 때, 연인과 헤어지고 싶을 때 나는 여지없이 하품을 한다. 졸음이 미친 듯 쏟아진다. 책상 안이 수면제로 가득 찬 거대한 욕조처럼 느껴진다. 눈치를 좀 보다가 살살 빠져나온다.

아뿔싸, 엘리베이터에 사장님이 있다. 화장실에서 때를 기다린다. 5분 정도 머물다가 나와 보니 아무도 없다. 그래도 안심이 안 되어서 계단으로 올라가기로 마음을 먹는다. 옥상에 도착하자 숨이 트인다. 구로디지털단지의 전경이 내려다보인다. 저 빌딩들 안에선 웅크린 사람들이 각자의 고통을 처리하고 있겠지. 잠깐이지만 나는 그들 중 하나가 아니란 사실이 기쁘다. 커다란 물탱크실로 걸어간다. 큰 물체 뒤에 조그만 나를 숨기자. 화단 벽돌 위에 몸을 웅크리고 눕는다. 사원증 목걸이를 빼내 주머니에 넣어버린다. 사원증을 빼는 순간 투명인간이 되어 아무도 날 못 찾을 것 같다. 남자 두 명이 올라와 씩씩거린다.

"이게 말이 돼요? 미친 거 아냐? 말이 안 되죠."

초식남만 있는 문제집 회사. 그들이 가장 흥분할 때는 교정을 한 번 더 보라거나, 직원 단합대회에 강제로 참여해야 하는 등의 일들.

"다음 주가 교과서 비딩 날이에요. 화장실도 못가며 일하는데, 댄스 연습하라는 게 말이 돼요?"

나는 나무가 아닌데 자꾸 옥상 화단에서 잠을 잤다. 여러 가지 소리를 들으며 눈을 감고 있었다. 담배를 피우는 사람들, 논의를 하거나 누군가의 흉을 보는 사람들, 흥분한 후배를 다독이는 선배, 후배가 돌아간 뒤 혼자 담배를 한 대 더 태우며 숨을 몰아쉬는 선배, 한 마리의 개미가 된 기분으로 '화장실보다는 낫잖아.' 생각했다. 스물아홉이었다. 늘 어딘가 불편했다. 세상 어디에도 나에게 맞는 장소가 없는 느낌이 들었다. 그런데도 이 세상을 헤쳐 나가는 유일한 방법은 사원증이라고 생각했다. 그때는 부정하고 싶어했지만, 나는 선천적으로 체력이 약했다. 설상가상으로 사교성과 순발력이 좋았다. 재치 있고 상냥하기 위해서 온몸의 에너지를 다 끌어다 쓰곤 했다. 거의 매번 점심시간을 동료들과 깔깔거리며 보냈고, '오늘은 도무지 타인을 견딜 수 없다' 싶은 날이면 거짓말을 했다.

"몸이 좀 아파서 식사 못 할 것 같아요. 산책하고 올게요."

혼자 식사를 하겠다는 말도 못 하던 성격이었다. 회사 근처 빵집에서 책을 읽었다. 즐거운 동시에 아는 직원이 올까 봐 조마조마했다. 이러니 모든 곳이 불편하지.

퇴근 후 일산 집으로 돌아가는 버스를 타자마자 졸음이 쏟아졌고 염치불구하고 버스 맨 뒤, 위로 솟아오른 바닥에 앉아서 졸았다. 조금 비참한 느낌이 들었지만 서서 졸다가 넘어지는 것보다는 나았다. 그때 내가 어떤 업무를 했는지도 세세히 기억나지 않는다. 다만 출근길 엘리베이터에서 내 책상까지 걸어가는 동안에 한시도 PDP 속 「무한도전」에서 눈을 떼지 않았다. 종료 버튼을 누르면 마음이 부서질 것 같았다. 책상에 앉아서는, 동료들이 아침인사 하는 소리를 들으며 이어폰을 끼고 있었다. 못 들은 척하면서 버티다가 도저히 안 되겠다 할 때, 자동 인형 같은 미소를 지으며 인사를 나누었다.

"어머, 오셨는지 몰랐어요."

나는 음식을 갈망하기 시작했다. 어떤 음식이든 상관은 없었다. 게걸스럽게 먹고 싶은 욕망을 채우면 되었다. 저녁 8~9시쯤 당산역에 내리면 인파 속에서 철저히 혼자, 드디어 혼자 있게 되어서 자유를 느끼자 그 자유를 사용해서 나를 고통스럽게 만드는 행동을 했다.

괴로움을 눌러줄 음식이 필요해서 편의점에 들렀다. 몽쉘처럼 끔찍하게 달고 부드러운 것을 한 박스 사서 버스를 기다리며 먹었다. 아무거나 먹어치우면 감기에 걸려 혼곤하게 잠이 드는 느낌이 들었다. 맨정신으로 견딜 수가 없어서 음식으로 정신을 잃고자 했는지도 모르겠다. 허락하지 않은 음식들이 뱃속을 가득 채웠다. 후회와 죄책감이 몰려오면 '망했다'는 생각이 들었다. 어쩌면 그 느낌을 찾기 위해 그렇게 먹었는지도 모르겠다. 나는 확신했다. '망했어.' 먹는 동안에는 딱히 슬프지도 고통스럽지도 않았다. 마비된 것 같았다.

그 와중에도 연애는 쉬지를 않았네? 인디 밴드 CD를 빌려주며 친해진 옆 팀 선배 J와 데이트를 했다. 회사 바깥에서 만난 선배는 내가 괴로워 보인다고 말했다.

"티가 나나요?" 화들짝 놀랐다.

"티를 안 내려고 하는 것까지 티가 나는데요?"

그가 나를 옥상 화단에서 본 것인가. 몹시 예민해졌다.

"괜찮아요."

"행복한 건 아니잖아요."

"행복해야 돼요? 회사에서도?" 나는 발끈 화를 냈다.

J는 기린 같은 사람이었다. 말을 아주 느릿느릿했다. 계란판을 온몸에 두른 것처럼 웃어도 소리가 안 났다. 아침엔 선식을 먹고 저녁엔 남이 고른 안주를 먹고, 그게 다 맛있냐고 물으면 "배는 부르잖아요."하는 사람이었다. 중요한 건 일상보다 이상인 사람.

한참 바라보는 게 티가 나서 "뭐해요?" 물으면 "아……아니에요." 하면서 얼굴이 빨개지는 성격이었다. 그런데도 일에 관해서는 놀랍게도 직설적이었다.

"지금 서른 되죠? 서른 넘으면 지금 하는 일에 전문성이 생겨버려요. 안 가지려고 해도 생기고야 말죠. 수능 문제집이나 참고서 일은 숙련의 영역이에요. 재능의 영역이 아니고요. 그러니까 오래, 성실하게 하면 이기는 거예요. 지금 잘 못한다고 해도, 계속 연습하면 잘하게 돼요. 잘하게 되면? 큰일이죠. 사람은 잘하는 일로 계속 살아가려고 하거든요. 꿈 따위 상관없어지죠."

나는 속으로 말했다.

'무서워요. 무서워서 자꾸 먹고 자꾸 잠을 자요.'

겉으로는, 나도 모르게 툭 내뱉었다.

"그럼, 저 그만둬도 되나요?"

"네. 그만둘 힘이 있을 때요."

그는 맥주를 한 모금 마시고는 자기 이야기를 들려주었다. 그는 가난한 집의 영재였다. 서울대를 수월하게 들어갔고, 수업보다는 시위에 열중했지만 무사히 졸업했다. 대안학교 교사가 되고 싶었지만 시험 답안지를 밀려 써서 떨어졌다. 인생 최초의 실패였고, 이후 교과서를 편집하는 일로 먹고살게 됐다. 이 일은 자신에게 밥이지만 결코 꿈은 아니라 했다.

"은성 씨는 꿈을 이뤘으면 좋겠어요."

무언가 결심하면 앞도 뒤도 안 보는 성격이다. 말리는 소리엔 손을 훼훼 내젓는다. 뭐라고? 야야, 나 지금 바빠서 안 들려. 어서 내일 아침이 와서 L팀장님께 달려가고 싶었다.

아침이 됐다. "퇴사하고 싶어요." 말을 꺼내자마자 부들부들 떨렸다. 뭐가 그렇게 무서웠을까. 팀장님을 앞에 두고 엄마 잃은 아이처럼 계속 울었다. 당황스러웠다. 그날의 회의실은 마치 고해성사실. 다정한 사제를 만나 고해성사를 핑계로 울고 싶어 찾아온 신자가 나였다. 늘 실제보다 부풀려서 겁을 먹는 습관이 있다. 문제집 출간일이 미뤄지고 미뤄져 계절이 바뀌어 모두가 코너에 몰린 기분으로 밤샘을 하고 있었으니까, 무책임하다는 말을 들을 거라 예상했다.

"많이 힘들었나 보다."

L팀장님의 차분한 한마디에 그렇게 울음이 터질 줄은 몰랐다. 아프면 휴직을 해라, 쉬었다 올 때까지 자리를 비우고 기다린다는 말에 세차게 고개를 저었다. 보다만 교정지를 한 아름 그대로 두고 퇴사를 했다. 월요일에 이야기를 꺼내고 금요일에 짐을 챙겨 나왔다. 문제집을 잘 만드는 사람들은 꼼꼼하고 성실했다. 감수성이 지나치면 밤을 지새우고 그러면 늦잠을 잔다. 오타와 비문을 찾아낼 때 졸음은 방해가 된다. 재직 내내 나는 내 감수성이 부끄러웠던 것 같다.

짐을 잔뜩 들고 그 회사에서의 마지막 엘리베이터를 탔다. 팀장님의 말을 그제야 다시 떠올렸다.

"뭐든 될 수 있다면 은성 씨는 뭐가 되고 싶어?"

글을 쓰고 싶다는 소리는 너무 부끄러웠다. 그럴 자격이나 되나.

"잡지기자를 보면 부럽기는 해요. 아, 그냥 하는 소리예요. 기자는 대학 때부터 꾸준히 준비해야 할 수 있어요. 이렇게 늦게는 될 수 없어요."

길게 길게 변명을 했다.

"은성 씨는……."

팀장님이 말을 고르느라 오래 걸렸다.

"나무 같아."

"뿌리 깊은 나무요?"

눈물을 훔치면서도 농담을 했다.

"가지가 아주 많은 나무. 하나하나의 가지가 바깥세상을 향해 뻗쳐있는 것처럼. 뿌리는 책상에 앉아 있지만 세상이 너무 궁금한 것처럼. 그런 사람은 좋은 글을 쓸 수 있다고 생각해. 나도 국문과 나왔잖아. 학부 때는 글쓰기를 참 좋아했었어. 신경숙의 신간이 나오면 지금도 꼭 사. 너무 피곤해서 한 줄도 읽지 못하고 내내 가방에 넣어 출퇴근만 시키고 있지만 말야."

화장실에 들어가 울었다. 나는 '너는 뿌리는 없고 가지만 많은 나무'라고 요약해버렸다. 문제집은 잘 만들지도 못하면서 요약 잘하는 습관만 생겨버렸나. 무능한 직원이었다고 확인받은 기분이었다. 툭하면 사라져서 내선전화를 울리게 하던 나를, 옥상에서 자고 일어나 기분이 상쾌해져서 난데없이 들꽃을 꺾어다 팀장님 책상에 놓은 일은, 제발 기억 못 하시길 빌었다.

'그날은 펑펑 울려고 회사 옥상에 올라갔었거든요. 따끈한 벽돌 위에서 한참 자고 일어나 보니 기분이 맑아졌었어요. 그래서 갑자기 팀장님께 꽃을 드리고 싶었어요. 진짜 이상한 사람이었네요.'

퇴사 후 '일종의' 기자가 됐다. 잡지와 사보에 글을 기고하는 프리랜서가 되었다는 소리다. 대학교 입학 후 처음으로 뭔가를 '잘 한다'는 소리를 들은 경험이었다. 술자리에선 눈치도 없이 오늘의 취재 이야기를 했다. 꿈을 꿔도 취재하는 꿈을 꾸었다. '기자님'이라는 소리를 들은 날은, 다시 말해달라고 지금 녹음 좀 해도 되냐고 묻고 싶었다. 바이라인이 찍힌 기사는 오려서 책상에 붙여뒀다. 야, 내가 기자가 됐다.

대단한 사람들을 만나서 인터뷰를 할 때, 강원도와 전라도, 경상도를 두루 돌며 여행 취재를 할 때 팀장님의 말을 자주 떠올렸다. 아, 나는 호기심이 많은 사람이구나. 하나하나의 가지가 바깥세상에 뻗친 사람이구나. 그래서 책상에 잘 못 앉아 있었구나.

10년 만에 처음으로 J와 L팀장님의 말을 글로 써보았다. 직언해준 J와 너는 나무라고 말해준 L팀장님이 아니었다면, 나는 지금 무엇이 되었을까. 마음 깊이 감사한다.

사소해서 안 하는 건
사소한 것도 못 하는 것

매일 저녁 진심이 담긴 한 번의 안부 인사면 돼. 그게 다야

"단순한 인사가 필요해. 매일 저녁, 오늘 하루 잘 지냈냐고 물어봐 줘. 나는 그것만 바래."

그의 눈동자에 투명한 막이 생겼다. 눈물은 떨어지지 않았지만, 그 눈빛이 나에게 직선으로 날아와 꽂혔다. 어쩔 줄을 몰랐다. 상대가 자존심이나 부끄러움 따위를 이겨내고 기어코 솔직한 마음을 보여주면, 인정해야 한다. 이길 궁리를 해선 안 된다. 그날은 나의 완벽한 패배였다. 두 시간 동안 영어와 한국어를 섞어가며 맹렬히 다툰 끝에 나온 결론이다. 매일 저녁, 안부 인사를 하지 않은 내가 잘못했다는 것.

어느 불금, 저녁을 먹으러 나가려다 불이 붙었다. 외투에 털 모자에 머플러까지 두른 채 두 개의 눈사람처럼 대치해서 논쟁으로 집안을 달궜다. 그 주 내내 우리의 대화가 허공에서 거칠게 부딪쳤었다. 고양이가 조각조각 찢어놓은 휴지 조각처럼 마음이 부스러져 있는 걸 모른 척하고 지내면, 항상 그런 식이다. 긴장을 풀면 기어코 쾅! 어이없는 이유로 싸움은 시작된다. 서로가 가진 언어로 풀어보려고 갖은 애를 다 썼지만, 대화는 맴맴 돌기만 했다. 논리가 필요 없는 문제였으니까. 복잡하게 꼬인 마음 한편에 원인이 동그마니 고여 있었다.

"오늘을 잘 지냈냐고 묻지 않는 건 나를 슬프게 만들어. 내 하루에 관심이 없는 것 같아서. 종종 너는 집에 와서도 나를 바라보지 않아. 스마트폰을 보고 모니터를 보지. 네가 무언가에 열중하는 건 좋아. 하지만 귀가 인사를 하고, 잘 지냈냐고 묻고, 하루의 즐거운 일에 대해 이야기를 나누는 데 아주 긴 시간이 필요하지는 않잖아. 서로 진심으로 인사를 하지 않으면 우리는 외로워져, 자꾸만."

평소에 그는 긴말하지 않는다. 이날만은 아주 길게 자신의 바람을 긴 문장으로 말했다. 다 식은 얼그레이를 한 모금 홀짝인 뒤 덧붙였다.

"매일 저녁 한 번의 안부 인사면 돼. 진심이 담긴. 필요한 게 없어, 그것 말고는."

누군가 "나에게 필요한 건 너의 마음뿐이야."라고 말하면 울컥 눈물이 난다. 나는 마구 달려간다. 이 자식, 내 급소를 어떻게 알고. 나는 다급히 외쳤다. 미안해, 내가 미안해, 정말 정말 미안해. 문 열어! 마음 닫지 마! 얼른 열어! 나 이제 깨달았는데!

소파에서 일어나 다양한 목소리로 계속 Sorry를 외쳤다. 마음이 다 전달되지 않을 것 같아, 몸으로 Sorry를 빠르게 그렸다. 미안해지면 나는 자꾸 어린이가 된다. 어른으로서, 마음을 표현하는 법을 채 못 배운 탓일까.

웃음을 참으려고 실룩거리는 그의 뺨을 보면서 조금 안심이 됐다. 차를 한 주전자 더 만든다는 핑계로 부엌에 가서 몰래 메모 어플을 켰다. '귀가하자마자 'Did you have a good day?' 질문할 것. 아니다. 불어로 말하자. 더 짧으니까. 프랑스어로 안부 인사는 두 음절이다. '싸바?' 대답도 무척 짧다. '위!' 되물어보는 것도 쉽다. '싸바?'하거나, '에투와?'(Et toi=And you? 너는?) 하면 된다. 약간 성의 없어 보이지만, 쉬우니까 그냥 외우자. 싸바? 싸바!

그와 함께 사는 일은 다정함 관찰기 같았다. 너무 신기해, 어떻게 저럴 수 있지? 누군가에게 삶에서 중요한 건 성취겠으나,

그에게는 전혀 그렇지 않았다. 하루의 만족보다 중요한 것은 오늘의 만족과 불만족에 대해 사랑하는 사람과 이야기를 나누는 것. 멋쟁이가 되면 좋겠지만, 다정한 사람이 되는 데 쓸 에너지도 모자란다면 멋지지 않아도 별 상관은 없다. 그러기 위해 서로의 안부를 정성껏 묻는 일은 연인의 의무다. 그러니까 집을 나가고 들어올 때마다 반드시 세 번의 입맞춤. 자기 전에는(서로 다른 쪽으로 돌아눕더라도) 꼭 '잘자, 좋은 꿈'이라고 인사하기. 아침에는 꼭 잘 잤느냐고 물어보기(닭과 고양이에게도 물어보기).

그뿐만 아니다. 선물을 줄 때는 꼭 가격표를 떼거나 까맣게 칠하기라도 하기. 아무리 시간이 없어도 예쁜 종이로 포장하기. 친구가 집에 오면 꼭 한 상 차려주기. 영화를 봤으면 꼭 서로의 의견을 길게 묻고 답하기. 누군가 책을 읽고 있으면 무슨 내용이냐고 꼭 물어보기.

그렇게 살면 삶은 수많은 감각으로 구성된다. 이젠 안다. 어느 아침 식탁에서의 키스에 묻어난 꿀과 버터 냄새, 생일카드 속 삐뚤삐뚤한 글씨, 이름 옆에 그린 조그만 하트, 어느 밤 고단한 서로를 위로하기 위해 각자의 잔에 연신 부어주던 흑맥주의 쌉싸름한 맛, 오랜 시간이 지나고 나면 영화의 별점이 몇 개인지 상관없이 한두 장면의 분위기와 소리가 우리의 삶과 나란히 기억되듯이.

그의 모든 성의가 처음엔 신기했고 아름다워 보였다. 그런데 내가 하자니 가끔은 귀찮았다. 가끔은 두려웠다. 나는 성의없이 대충 '빨리빨리' 사는 삶에 아주 익숙했다. 미친 듯이 바쁘게 살아야만 부정적인 감정을 피할 수 있을 것 같았다. 감정을 마비시켜야 효율이 높아진다고 믿었다.

그를 따라 열심히 다정해보다가 잡지 마감이라던가 우울한 날은 건너뛰었다. "잘 지냈냐."고 묻고 답하는 걸 어떻게 해? 잘 못 지내고 있는데! 괜히 눈물 내지 말고 서둘러 씻고 자야 건강한 일꾼이라고 믿었다.

'성취가 곧 나의 가치라고 어릴 때부터 주입된 채로 살아왔는데, 그렇지 않다는 글을 읽고 멍해졌다.'는 오지은 님의 트윗을 읽었다. 멍하니 도돌이표 같은 생각을 했다. '그럼 성취하지 못하는 상태로도 괜찮다는 것인가, 어떻게 괜찮지, 결국은 해내야 하는 것 아닌가? 그게 당연한 것 아닌가? 세상에, 나는 어쩌다 이렇게 자란 거지?'

처음엔 오늘 하루 어땠냐는 인사에 답하는 게 너무 어려웠다. 집에 오면 늘 녹초여서 인사하기가 귀찮았다. '프리랜서는 긴장 풀면 한 방에 간다.'는 각오를 품고 일했다. 그러니, 퇴근 무렵에는 산소가 부족했는지 약간 어지러웠다. '망했다'와 '대박이다'밖에 없던 사고 구조.

나는 게으른 완벽주의자다. 이런 사람에게 우울이 닥치는 것은 너무나 쉬운 일이다. 매일매일 레이먼드 카버의 단편소설에 등장하는 방문 판매원이 된 기분이 들었다. 내가 나를 파는 외판원으로서, 내가 만든 것이 당신에게 꼭 필요한 것이라고 스스로 말해야 했다. 그 용기 게이지가 어느 날 툭, 떨어져 버리면 어쩌나 하는 공포까지도 내 몫이다.

스스로의 가치를 점수로 매기는 게 옳다고 믿었다. 오늘은 글 한 편을 완성했고, 섭외 전화를 돌려서 인터뷰이를 용케 구했고, 강의를 한 판 했다. 퇴근길에는 내 성취에 대해 돌아본다. 강의 반응 어땠지? 글 만족스러워? 인터뷰이가 취소하는 것 아니겠지? 하루가 끝날 무렵, 다시 불안이 찾아오기 시작한다. 10번이 넘는 섭외 거절은 내 마음속의 불안 덩어리를 굉장히 물렁물렁하게 만들어 두었다. 사소한 말에도 푹 패인다. "잘 지내?" 친구의 카톡을 보며 울컥한다. 어지러움과 함께 허탈함이 찾아왔다.

가끔은 편의점에서 급히 캔맥주를 사서 빨대를 꽂아 마시며 집으로 갔다. 집에 가는 길은 때론 너무 길어 나는 더욱 더 지치곤 했다. 관광객과 젊은 커플들로 숨이 안 쉬어질 정도로 밀도감이 넘치는 홍대 거리를 약간 취한 채로 걸으면, 예민함을 떨칠 수 있었다. 빨간 얼굴로 버스를 기다리고 있으면, 하루가 조용히 뭉개졌다. 그제야 뇌의 Off 버튼이 작동했다.

언제나 알콜에 기댔다. 술이 세지 않은 체질은 감사한 일이다. 술이 더 셌다면 고독에 지쳐 알콜홀릭이 되고 마는, 숱하게 봐 온 신부님들처럼 되었을 수도 있다. 바르고 근엄한 얼굴로 남 앞에 서서 속으로는 '얼른 돌아가 술병을 따고 싶다'는 강박으로 가득 찬 머릿속.

누군가와 한집에 산다는 건, 누군가 내 불안과 우울을 볼 수 있게 된다는 거다. 혼돈스러운 머리로 혼자 잘 살았는데, 둘이 함께 살게 되니 그건 좀 번거로운 감정이었다. 하루치 일을 마치고 와서 '오늘 하루 잘 보냈냐'고 그가 물으면 갑자기 자신이 없어졌다. 잘? 잘 보냈나? 내가 보낸 하루가 성공적인가? 더 잘 했을 수도 있는데, 내가 계획을 잘 못 지키고 게을러서…… 망설일 때의 나는 곧잘 무뚝뚝한 가면을 쓴다. 흔들리고 불안한 나를 보이고 싶지가 않았다(그는 이 얼굴을 '안동 마스크'라 부른다. 안동 하회탈처럼 슬퍼 보인다고).

"So so."

오른손을 펴고 양쪽으로 흔들면 그저 그렇다는 뜻의 프랑스 제스처다.

"왜? 왜 잘 보내지 않았어요? 왜? 왜? 대체 무슨 일이에요?"

기분이 좋을 때마다 그는 애정을 바라는 강아지처럼 눈을 동그랗게 뜨고 빤히 쳐다본다. 오늘은 그가 기분이 좋다. 별다른 이유는 없다. 아침에 나간 내가 저녁에 무사히 돌아왔기 때문에 기분이 좋은 것이다. 온종일 그립던 얼굴을 바라보니 기분이 좋은 것이다. 그의 기분 덩어리는 그렇게 회복력이 강하다. 사소한 일로 지쳤던 마음도 사소한 일로 기분이 좋아지는 것이다. 왜냐고 반복해서 묻는 장난 때문에, 나는 회복되곤 했다.

어떤 날은 괜찮은 건지 아닌지 잘 모를 하루를 보내기도 했다. 그가 "오늘 재미있었어요?"라고 묻기에 에라 모르겠다 하고 고개를 흔들며 탈춤을 추었다. "너무너무너무너무 재미있지. 모두 다 좋은 사람들만 만났어. 행복한 하루!" 그러면 그는 고개를 흔든다. "오, 나의 드라마 퀸." 어젯밤엔 또 울었는데 오늘은 춤을 추니까, 나는 우리집 드라마 퀸이라는 거다. 춤추는 나를 빤히 바라보는 너와 고양이. 이것으로, 대충, 오늘은, 즐거운 날이었다. 나는 이제 악몽을 꾸지 않는다.

나는 나의 하루를 잘 보내지 않은 게 아니다. 잘 보냈다. 다만 완벽하지 않은 것이다. 그리고 죽을 때까지 완벽한 하루는 없을 것이다. 그런데도 지금 이 순간이 달콤하니까, 행복하다.

저녁 인사에 "응, 좋은 하루였어!" 답할 때마다 되뇌었다. 오늘도 오늘의 나를 다시 키운다. "에이, 거기 아냐. 이리로 와.

배운 대로 관성적으로 생각하지 마, 옳은 방향으로 생각해."

　스스로 계속 말한다. 네가 잘했건 아니건, 오늘 하루는 잘 보
낸 게 맞다고.

묻지 않으면 말하지 않고
묻질 않으니 말하지 않는

\# 조금 어색하더라도 최선을 다해 다정하려는 인사가 좋다.

앞서 말했듯이 나는 "오늘 하루 잘 지냈어요?"라는 안부 인사를 어색해하는 사람으로 자랐다. 보통의 한국인들에게 이 말에 대해 물어보면 절반쯤은 '조금 외국어투 혹은 국어책 같다'고 한다.

부모님 집에 살 때, 귀가해서 문을 열면 대개 이런 말을 들었다. "밥은?" 아니면 "왜 이렇게 늦었어?" 혹은 "왔어?" 대답도 일정했다. "먹었어." 혹은 "응, 어, 엉, 아 왜!" 기분이 나쁠 땐 대답을 하는 둥 마는 둥 하고 내 방으로 들어가버렸다. 표정이 어두우면(텔레비전을 보며 밥을 먹던 중에) 엄마가 물어보았다.

"얼굴이 왜 그래?" 그러면 술술 말을 쏟아냈다. 엄마는 텔레비전 볼륨을 낮췄다. 그러면 나는 마음을 풀어놓았다. 사실은 누가 물어봐주기를 계속 바라고 바랐으니까.

친구를 만나도 인사는 별다르지 않았다. 보통 이렇게. "별일 없어?", "일은 잘 되냐?" 술을 한잔하면 이렇게. "잘 사냐?" 더 나아가면 "결혼 안 하냐?" 안부를 묻지 않는 건 아니다. 묻고는 있다, 다양한 방식으로. 그런데 습관적으로 매일 하는 인사보다 격식 있는 인사는 아주 어색해한다.

이십 대에는 누가 "잘 지내요?"라고 물으면 순간 당황했다. 제가 잘 지내는 건지 아닌지 판단해주시겠어요? 묻고 싶을 정도로. 돌연 자기 성찰의 시간이 되기도 했다. 외국인과 대화할 때 영어로 "How are you?"를 들으면 머릿속엔 '아임 파인 땡큐 앤 유?'가 떠오르지만 매번 그럴 순 없다. 에어비앤비 손님이 물으면 여전히 당황한다. 그냥 내가 마루에 앉아 있으니까 보여서 말을 거는 것인데, 나는 돌연 진지해진다. 최선을 다해 내 상황을 표현해야 할 것 같은 기분은 수십 년간 다른 표현으로 인사를 대신 해 와서일지도 모르겠다.

가끔 외국 친구가 한국말로 How are you?가 뭐냐고 묻거나, 아침 점심 저녁 인사가 따로 있냐고 묻는다. "인사말이 있긴 하지만, '밥 먹었어?'라는 말도 자주 듣게 될 거야. 그러

면 당황하지 마. 밥 아니고 국수 먹었어요 할 필요는 없어."라
고 농담 삼아 이야기한다. 한국말로 "How are you?"는 "식
사는 하셨어요?"다. 파파고 번역을 하자면 "Did you have
lunch?" 정도겠다. 어제 엄마가 B와 나에게 한국요리 강습을
해주러 왔다.

"밥은?"

B는 못 알아들었다.

"점심밥은 먹었니? 점, 심, 밥."

언젠가 '한국어로 어려운 말 안 쓰고 천천히 두 번 말하면
잘 이해해.'라고 한 걸 기억한 모양이다.

B는 눈을 동그랗게 뜨고 웃었다. 여전히 못 알아들었다는
의미다. 엄마는 오른손으로 숟가락 드는 모양을 취하며 위아
래로 크게 흔들었다.

"밥, 먹는 거, 먹기, 냠냠. 냠냠냠냠."

우리 사위 그동안 잘 지냈고, 어디 안 아프고, 외롭지는 않
고, 잠도 잘 자고, 잘 살았느냐는 소리다. 다정한 마음이 숟가
락 팬터마임에 담겼다.

다정하게 사는 일에 점점 익숙해졌다. "잘 지냈어?", "어떻
게 지냈어?"가 정말 좋았다. 어색하지만 자꾸 했다. 외국어를
배운 것처럼 자꾸 써먹고 싶었다.

평소 말수가 적은 후배는 잘 지냈냐고 물으니, 매일 이어
지는 면접 퍼레이드와 그 '빡치는' 상황을 토로했다. 커피를
더 따라주고 싶을 정도로 아주 열심히 이야기했다. 너무 귀여
웠다. 너 이 녀석, 이야기가 간절했구나! '밥 먹었어?' 했으면
'네.' 하고 조용했을 텐데, 어떻게 지냈냐는 말은 버튼 같았다.

엄마를 만났다. 엄마는 고수였다. 어떻게 지냈냐는 말에는
대충 답을 뭉갰다. 소리도 안 들렸다. 엄마에게 이 말은 외국어
이려나? "엄마, 요즘 뭐가 가장 재미있어? 신나는 일이 있어?"

그리고 한 시간이 흘렀다. 불판 위에 닭갈비는 타든 말든, 나
는 엄마 컵에 두 차례 더 맥주를 부었다. 가장 신나는 일은 아
카펠라 동호회지만, 거기에 또 자기 이익 챙기려는 이상한 여
자가 있어서 문제가 되었는데, 다들 쉬쉬할 뿐 아무도 나서려
하지 않는다며 결론은 괜히 정의로워지는 내가 이상한 걸까.
나만 예민한가. 나는 60대답지 않게 괜히 나서나. 사람들이 이
해가 안 돼. 옳지 않은데 왜 '좋게 좋게' 넘어가려고 하지?라는
고민까지 나왔다.

그렇지 엄마, 신나는 일에는 항상 어려움이 따르지. 100퍼
센트 순수한 신남은 어디에도 없어. 그래도 계속 신나자.

이처럼 모두들 자기의 이야기를 하고 싶어 했다.

"잘 지내나요, 어떻게 지내나요, 잘 되어가나요, 무엇이든?"

돌이켜보면, 나는 그 모든 인사를 별로 좋아하지 않았다. 별나게도.

"밥은?"

"이제 오냐?"

"왔어?"

"가~(배웅하면서)."

"들어가~(택시문을 닫아주면서)."

조금 어색하더라도 최선을 다해 다정하려는 태도가 좋다. 그 태도를 담은 인사가 좋다. 할 말을 완결하고 싶다. 대충, 뭉치고, 퉁치지 않고 또박또박 정확하게.

헤어질 땐 언제나 어색하다. 즐거운 시간을 보내고 헤어짐의 의식을 치를 때 왜 마음이 1퍼센트 정도 미묘한지 심리학자가 아니라 알 수가 없지만, 아주 분명하게 어.색.하.다. 그건 알겠다. "가~" 현관문을 닫으며 대충, 대애충 인사를 하고는 뭔가 미진해서 꼭 구구절절 카톡을 보내는 이상한 마음.

비쥬(볼 뽀뽀)나 허그처럼 거창한 인사를 하면 '완결'되는 느낌이 들어서 가장 좋은데, 한국에서 그러면 70퍼센트의 사람들은 어색해서 자꾸 엉덩이를 뺀다. 그래서 말하려고 한다.

"오늘 정말 즐거웠어."

"잘 지내."

"우리 또 만나."

초등학생 같은 이 인사가 왜 그렇게 좋을까, 나는?

예정에 없던 상냥함

누군가에게 친절을 베풀 땐 약간의 용기가 필요하다

누군가에게 선의를 보일 때나 친절하게 대할 때는 용기가 필요하다. 관성을 따라서 아무런 행동도 안 하고 앉아 있을 때, 어쩐지 겸연쩍어 그냥 앉아 있을 때, 내 기억 속 사람들을 떠올린다. 그들과 같은 편이 되는 기분으로 벌떡 일어나 선의를 꺼낸다.

–

미얀마 어느 공항 바깥의 허름한 식당이었다. 나와 I는 음식을 네 개나 시켰다. "언제 또 오겠냐"가 단골 멘트다. 두 명이니까 두 개를 시켰다. I가 먼저 "야."하고 부른다. 언제 또 오겠냐, 이것도 시켜보자. 서버가 주문을 받으러 오면 나도 I를 기쁘게 하고 싶어 하나를 더 고른다. 저것도 주세요. 요리 이름을 모르니 나머지 3개와 영 다르게 생긴 사진을 짚는다.

4개의 접시가 도착하자 I의 얼굴이 흐뭇해진다. "이야. 많다. 너무 좋다."

흰 살 생선을 살만 발라내어 이름 모를 푸성귀와 소스로 볶아낸 것, 빨갛고 노란 채소를 새알 초콜릿 만하게 썰어서 조려낸 음식들이 우루루 나왔다. 미얀마 사람들은 불교의 영향으로 탐식을 하지 않는대, 그래서 채소 요리가 발달했나 봐, 불교 짱 좋다 등등 전혀 논리적이지 않은 아무 말을 하며 먹기 시작한다.

미얀마 공항에서는 출발 시간이 지켜지는 일이 별로 없었다. 그래서 마음을 놓고 열심히 먹었다. 저 멀리 공항 안을 들여다보니, 시장판이다. 말이 공항이지 우리나라 시골 버스 터미널 같다. 직원이 사람 머릿수를 손가락으로 세면서 하나, 둘, 셋 중얼거리는 게 보인다. "저분, 아까도 셌는데 헷갈리나 봐, 또 세네."

티켓으로 체크하면 될 텐데도 검지손가락으로 하나둘 세는 모습은 어쩐지 안도감을 준다. 행여 늦더라도 저 사람들이 우릴 버리고 그냥 갈 리가 없다고 무작정 믿어버리고 시계도 보지 않고 밥을 먹는다.

"야 이게 뭐라고 이렇게 맛있냐. 존나 맛있다."

맛있을 때만 비속어를 쓰는 내 친구가 귀엽다. I의 여행에서 음식은 너무 중요하다. "북유럽에 갔을 때 맹물하고 검은 빵만 먹고 추운 방안에 누워 있었어. 학교에서 숙소랑 비행기 표만 사준 여행인데, 내가 그걸 왜 갔지. 아, 선진문물 보려고 갔지. 그런데 돈 없으면 선진문물 못 봐. 선진 밥도 못 먹어. 배고프고 어디 먼 데 갈 돈은 없고, 매일 부두에 나가서 배 오가는 것 보고 있었다니까."

I의 말을 들으며 '그래서 하나 더 시키란 소리인가……' 생각한다. 냠냠냠.

짭짤한 소스가 자작하게 남아있는 게 아까워 푸스스한 흰쌀밥 한 공기를 더 시킨다. 금방이라도 스모 대회에 나갈 것처럼 우리는 묵묵히 먹는다. 저 멀리서 작고 마른 남자 직원이 달려온다.

"비행기 시간 잊지 마세요. 걱정이 돼서 왔어요."

"네. 다 먹었어요!"

우리는 어쩐지 유치원생처럼 입 모아 대답한다. 직원을 안심시키기 위해 대답을 우렁차게 하자. 다시 소스에 비빈 밥을 열심히 퍼먹는다. 이제는 어쩐지 의무감에 먹는 듯하다. 10분쯤 지났는데 못내 걱정스러운지 그 직원이 땡볕 아래로 다시 걸어온다.

"야, 또 온다. 이제 진짜 그만 먹자."

직원은 화를 내는 대신 겸연쩍은 미소를 짓는다.

"제가 잘 기억하고 있을게요. 걱정 마세요."

친구는 밥과 채소를 양 볼에 가득 넣고 또 울려고 한다. I는 미얀마를 도는 내내 줄곧 울먹거린다. 한국이 싫었던 걸까.

"야. 존나 감동적이야. 사람들 너무 고맙다."

직원은 돌아간 뒤로도 공항 안에서 우리를 계속 바라보고 있다. 저 돼지 사람들, 버리고 가면 안 돼, 꼭 지키자. 다짐하는 듯 보인다. 갑자기 한국에 돌아가는 게 몹시 두려워졌다.

–

추운 밤에 술을 마시면 여지없이 천식 혹은 과호흡증이 왔다. 대체 어쩌자고 비닐 봉지를 백 속에 넣어 다니며 술 약속을 챙겼는지 모르겠지만. 경미한 알콜 중독자들이 흔히 그러듯 이렇게 다짐하며 구두를 신곤 했다. "딱 석 잔만 즐겁게 마시고, 그다음부터는 물이다."

강남역에서 일산으로 가는 좌석버스에 올랐다. 차가운 맥주가 2000cc쯤 출렁이는 위는 추위에 몹시 약했다. 한기가 몸에 스미자 커다란 맥주 강이 범람할 듯 출렁출렁. 이 버스는 창문이 없고 설 자리도 없이 빼곡하고 히터에서 뿜어지는 열기는 모든 피부를 찢어지게 할 듯 세고 뜨겁다. 창문 없는 버스는 천식인에게 공포스럽다. 천식인지 과호흡증인지, 아무튼 눈앞이 핑 돌았다. 스웨터 아래로 땀이 맺혔다.

"어디 아픈가 봐요. 이 자리에 앉아요."

어디선가 콜린 퍼스의 목소리가 들렸다. 체크무늬 스웨터에 셔츠를 받쳐입었다. 헤링본 재킷. 이 사람은 나직한 목소리도 소설책에 밑줄 그은 것 같은 단정한 말투도 옷차림까지도 영국영화에서 걸어 나온 것 같다. 보통 50대 남자가 자리를 양보하는 일은 드문데. 낯빛을 보고 아픈지 아닌지 섬세하게 알아보는 일은 드문데……. 이거 꿈인가. 많이 취했나 내가.

"아니에요. 괜찮아요."

그 와중에 거절을 했다.

"얼굴이 창백한데요. 쓰러지겠어요."

아니, 왜 또 거절을 했지. 나도 참 나 때문에 미치겠다. 기절할 것처럼 혼미한 상태로 계속 안 앉겠다고 했다.

"그럼, 일단 앉았다가 괜찮아지면 말해줘요."

그제야 앉았다. 5분쯤 지났나 싶은데 어디선가 목소리가 들렸다. 눈이 떠지지 않는다. 집인가? 내 침대인가?

"괜찮으세요?"

도르릉. 내가 코를 고는 소리가 내 귀에 들린다. 그런데 잠이 안 깬다.

진짜 아팠는데…… 취한 거 아닌데…… 아팠는데…… 변명을 할 수가 없다. 아저씨가 안심하는 것 같다. 창피하다. 내릴 때까지 눈 뜨지 말아야지.

　—

애인이 된 지 반년도 안 되었을 때 B와 프랑스에 갔다. 마침 파리에 온 M과 조우했다. "그냥 오고 싶어서 표 사서 왔어요." 너울거리는 동남아 팬츠를 입은 M이 웃었다. 24시간 째 깨어 있다는 M이 우릴 만나러 몇 블록을 걸어온 것이 반갑고, 신기했다. 전화도 안 되는데 길에서 물어물어 우리 숙소로 와서는, 창 밑에서 "선배!"라고 외쳤다. "아 진짜, 열 번은 불렀어요. 귀가 막혔어요?"

우리는 6층에 있었는데 마침 인터폰이 고장났다(고장난 지 100년쯤 된 것 같았다). 우리는 KTX 매거진 사무실에서 만난 사이인데 어떻게 파리를 걷고 있냐. 헝클어진 머리칼에 잔뜩 부어서는. 이히히히히, 자꾸만 웃음이 나왔다. 피곤한 M을 숙소로 돌려보내는 게 선의일까, 비프 스테이크에 와인을 사주는 게 선의일까. M을 만나자마자 단숨에 반해버린 B는 당연한 듯이 "밥도 먹고 디저트도 먹고 차도 마셔야지"라고 했다.

내 귀에 속삭였다. "괜찮다고 하면 뮤지엄도 함께 가자."

지하철에 갔다. 우리끼리 한국어로 오랜만에 이야기하느라 난리통인 사이 B가 사라졌다. 스마트폰이 안 되는 게 어색해서 여행 중에 B가 사라질 때마다 나는 잔뜩 긴장한다. 5분쯤 지났나, 저 멀리서 의기양양 걸어오는 B. 멀지도 않은데 손을 흔들흔들 마구마구 흔들면서. 그는 길을 물어보는 여행자를 데리고 굳이 출구까지 걸어가서 벽에 붙은 지도를 보고 설명해주고 왔다. "와, 저 뿌듯한 표정 봐. 막 골반까지 뿌듯해. 선배, 저 사람 디게 디게 좋은 사람이에요."

영화를 보러 가다가도 길거리에 흩어진 병이나 캔 따위를 꼭 한데 모으고, 지하철에서는 절대로 앉지 않는(나는 건강하니까!) B를 보며 종종 M의 말을 떠올린다. 그래도 교회 전단지 같은 걸 다 받아와서 백 년 내내 백팩 속에 넣고 다니는 건 그만했으면 좋겠어……

-

나의 선의는 보다 '분노' 쪽으로 기울어져 있다. 버스 기사가 휘청거리는 할머니에게 "노인네! 좀 앉아! 사고 나면 책임질 거야?!" 소리를 지를 때는 이어폰을 빼고 맞받아친다. "기사님, 소리 지르지 마세요." 실은 '무례하게 행동하지 말라'고 외국어투로 판관처럼 소리치고 싶다. 처음엔 심장이 입 밖으로 나올 것처럼 떨렸는데, 한 번 두 번 하다 보니 할만하다. 할머니 귀에 내 소리가 더 시끄러울지 몰라 민망하긴 한데, 소리 지르는 걸 별로 안 해봐서 볼륨 조절이 아직 어렵다.

한 번은 외국인 여성 분이 길에서 아기의 왼팔을 잡고 울부짖고 있었다. 남편과 시모로 보이는 사람들이 아기의 오른쪽 팔을 잡아당기고 있었다. "이년 이거 독하네. 얘 인생 니가 책임질 거야? 어미도 아닌 게 발악이야." 길거리 사람들은 웅성거렸다. 무슨 일이야 무슨 관계일까, 누가 나쁜 사람일까 관찰하는 것처럼 보였다. 그때는 겁이 더 많을 때라 다가가기도 무서웠다. 맞으면 나만 아픈데 내일 면접이라서 얼굴에 상처 나면 안 되는데, 저 여자가 미친 여자고 남자랑 나이든 여자가 좋은 편이면 어쩌지, 수만 가지 생각이 스쳤다. 그래도 젊은 여자의 곁에 있어야 한다고 생각했다. 내가 가서 서면 다들 와주겠지. 내 생각이 틀린 거면 사과하면 된다.

나도 모르게 달려가서 소리를 질렀다. "아기 아파요! 아기 다쳐요! 하지 마세요. 아기 울잖아요! 지금 손 놓으세요. 당장! 하지 마세요." 당황하면 뭐라고 말할지 문장이 안 만들어진다. 방언 같은 말을 아무렇게나 한다. 사람들이 하나둘 모였다. 누군가는 사진을 찍는 척하고 경찰에 전화를 했다. 누군가 택시를 세워 아기와 엄마를 태웠다. 남자와 시모는 황당하다는 표정으로 욕을 하기 시작했다. 그 엄마가 아기에게 나쁜 사람인지 아닌지 정확히 알 수는 없지만, 알게 뭐야. 모르면 약자 편을 들면 된다.

-

한번은 좌석버스가 과속을 해서 계속 삐삐 소리가 났다. 옆자리 분들도 불안해하는 게 보였다. "기사님, 속도 줄이세요." 용기를 내어 개미 소리 만하게 말했는데 마침 기사님 뒷자리였다. 기사님은 들었지만 대꾸를 안 했다. 다른 남자분이 소리를 높였다. "사고 난 후에 후회하면 됩니까, 안됩니까. 사고 난 뒤에는 아무것도 돌이킬 수가 없습니다." 버스 안이 곧 울음을 터뜨릴 것처럼 되었다. 세월호 사고가 난 지 한 달 뒤였다. 뒷자리 아주머니도 말했다. "아까부터 심장이 뛰어서 견딜 수가 없어요. 무서워 죽겠어요. 제발 조심 좀 하세요." 아주머니의 목소리는 절규 같았다. 속으로 모두 울고 있었다.

-

낯선 나라에서 살게 된다면 한국의 어디가 그리울까. 심심한 날이면 리스트를 만들어본다. 망원시장 순댓국집, 광화문 대로와 교보문고, 호수공원, 제비다방…… 그중에는 상수동 이리카페도 있다. 여름이면 커다란 창이 모두 열려 있다. 생맥주에 올리브, 치즈 안주를 시켜놓고 신나서 소설 따위를 쓰는 여름 영화 속에 들어와 있는 것 같다. 계산대 아래는 붓글씨로 '마음'이라고 쓰여 있다. 모두가 마음 아래에서 술과 안주를 주문한다. 3호선 버터플라이와 허클베리핀에서 드럼을 쳤던 분이 사장이라 그런지, 뮤지션들이 특히 많다. 곡을 쓰거나 기타를 치거나 음악 칼럼을 쓰는 사람들이 드문드문.

촛불집회 때에 알게 된 사실인데, 노숙자 분들은 음악을 좋아한다. 뚱기둥둥 흥겨운 곳이면 꼭 누군가 나타나 어깨춤을 추곤 했다. 하긴, 누가 음악을 싫어할까. 함께 부르고 춤추고 싶지만 자제할 뿐이지. 그 밤엔 다섯 명의 사람들이 기타를 치며 노래를 부르고 있었다. 8월에서 9월로 넘어가는 계절, 제법 시원한 바람이 부는 여름밤에 잘 어울리는 노래였다.

활짝 열린 문으로 주머니가 아주 많은 겨울 패딩 조끼를 입은 분이 들어오셨다. 훅, 하고 끼치는 냄새에 놀라서 올려다보았다. "노래 잘한다. 잘한다. 잘한다." 박수를 치며 기타 연주자 옆으로 가는 걸 보고, 내가 괜히 초조해졌다. 어쩌나, 좋은 분위기 다 망쳤네.

한참 바라보았다. 다섯 명의 멤버가 여섯 명이 되어 하모니를 이루는 모습을. 사람들은 전혀 당황하지 않았다. 당황한 티를 전혀 내지 않았다. 아저씨가 음정에 브레이크를 걸 때마다 기타맨은 코드를 잽싸게 바꾸는 것 같았다. 친구들은 더 크게 박수를 치고, 몇 배 더 크게 웃었다. 행여나 아저씨의 흥이 사라지지 않도록. 그런 건 처음 보았다. 언젠가 글을 쓰게 되면, 저런 글을 써야지, 하고 수첩에 메모를 했다.

스스로를 비난할 때마다
너는 내 변호사가 되어주었지

저절로 괜찮아지는 건 아무것도 없어

반년에 한 번은 하룻밤 내내 운다. 다음 날 눈이 한무 아저씨가 될 정도로 우는 날들. 며칠 전에도 그랬다. 엄마랑 살던 집에서 나와 망원동 집에서 살기로 한 뒤 몇 번 거듭된 일이다. 그러니까, B와 한 집에 머물기로 한 뒤로는 세 번째. 울음이 터질 때마다 마침 B가 침실이나 거실이나 부엌에 있었다. 달려와 등을 두드려 주었다. 공들여 위로해주었다. 놀란 티를 내지 않아서 고마웠다. 울다가 멈췄다가 울다가 멈췄다가 또 울기 시작하는 동안, 차를 끓이러 갈 때 말고는 언제나 곁에서 길게 누워 있어주었다. 덕분에 그칠 수 있었다.

부은 눈이 가라앉은 지는 얼마 되지 않았다. 울음의 강에서 헤엄쳐 나와서, 강둑에 걸터앉는다. 강물을 바라본다. 둥둥둥 둥. 양쪽 눈에서 폭포처럼 물을 쏟아내는 나와, 곁에서 튜브를 끼고 함께 떠 있는 B가 있다. 자기 튜브를 가리키며 말한다.

"이쪽을 잡아. 꼭 잡아. 떠내려가지 않게."

눈이 부어서 튜브가 잘 보이지 않는다.

"모르겠어. 대체 어디를 잡으라는 거야!"

돌연 신경질을 낸다. 그는 대답하는 대신 내 오른손을 끌어당겨 튜브 위에 얹는다. 나보다 조금 큰 손으로 살며시 누른다. 손의 온기가 마음으로 전해진다.

"이렇게, 이렇게 잡아요."

슬픔 속에서 허우적대긴 하지만, 손의 온기에 간신히 기대어 버틴다. 그렇게 하루가 흐른다.

어느새 물은 다 말라 있다. 언제 또 쏟아질지 모르지만, 미리 염려해봤자 배만 고플 것이다. 여하간 이렇게 저렇게 버텼다는 것은 확실하다. 강둑을 벗어나 부엌으로 간다. 조금 지친 표정의 B가 우걱우걱 오트밀을 먹는다. 무가당 두유에 바나나까지 두 개 썰어 넣어서 삽 같은 수저로 떠먹는다.

"건강한 음식을 먹고 힘을 내야 너를 돕지."

나는 또 눈물이 난다. 콧잔등을 찌푸려 누수를 막으며 웃어본다.

강에서 구해줘서 고마워. 어서 먹어. 내가 그 그릇 씻어주고 싶어. 어떻게라도 고마움을 표현하고 싶어서 나는 어이없는 요구를 한다. 얼른 먹으라구. 고마울 때마다 어쩐지 민망해서 아무 말이나 한다.

이번에도 별것 아닌 것으로 풍선이 터져버렸다. 2주째 밤 10시를 넘겨 귀가해 집에서 잠만 자는 날이 이어졌다. B는 이럴 때면 평소처럼 웃거나 장난치지 않고 무표정하다. 그 무표정이 거슬리고 불편하고 신경 쓰였다. 함께 사는 연인의 말다툼이야, 그 무엇으로도 시작할 수 있다. 씻은 후 물기가 채 마르지 않은 컵을 왜 찬장에 넣었냐부터 욕실 바닥이 미끄러운데 닦지 않고 나오다니까지! 이번 다툼의 이유가 기억나지 않는다는 이야기를 하고 있는 것이다. 어쨌든, 퓨즈가 탁 끊긴 듯 눈앞이 컴컴해졌다.

"왜 내가 죄책감을 느껴야 해? 내가 왜?"

화형대에서 심문받는 마녀처럼 주문 같은 말들을 한 시간도 넘게 중얼거렸다.

"고양이랑 닭 사료도 사야 하고 월세도 내야 하고 크리스마스에 프랑스 가는 비행기 표도 사야 해, 그럼 나는 열심히 일해야 해, 그런데 글도 많이 쓰고 싶어, 그래서 밤까지 일해. 그런데 그건 영원히 칭찬받을 만한 일이 되지 못해. 일을 많이 할수록 나는 죄책감을 느껴. 왜 그래야 해? 집에서 네가 외롭게 기다리니까, 너는 나 때문에 한국에 있는 거니까. 한 시간 일하면 한 시간만큼의 죄책감을 느껴! 일이 힘들어도 어디에도 징징댈 수가 없어. 왜냐면 네가 더 힘드니까. 더 외로우니까. 그냥 울어버리고 싶을 때도 젠장, 빌어먹을 영어 단어를 찾아서 감정을 말해야 해. 영어로 말하다 보면 저능아 같아. 그런데도 저능아란 단어를 찾아서 말해야 해. 소통하기 위해서. 난 소통이 너무 싫어. I hate communication. 그래서 지금 혼자 있고 싶어. 엉엉엉엉."

정말로 이상한 소리까지 해버렸다.

"너는 나에게 부담이야. 나귀처럼 등에 무거운 짐을 진 것 같아. 짐이라니…… 미쳤지. 이런 말을 하다니 정말 못되고 미친 사람이지? 그러니까 이기적인 사람은 혼자 살아야 해. 함께 살기로 한 게 실수인가 봐. 미안해. 타인과 함께 살아갈 힘이 없는 사람이야 나는. 엉엉엉엉엉엉. 너무너무 슬퍼. 나는 매일매일 슬퍼."

이유를 알 수가 없었다. 고작해야 일 반 쉼 반 하는 일요일을 며칠 견뎠을 뿐인데. 온전히 생각을 놓아버리지 않는 날이 하나도 없는 한 달을 보내면 어김없이 터지고야 만다. B는 그

날을 이렇게 부른다.

"은성 씨의 울울데이."

종일 울고 울고 또 운다는 뜻의 조어다.

평소보다 바쁘게 살면 꼭 한 번은 울음이 터진다. 부정적인 마음을 외면하고 싶을 때 진실을 보지 않고 싶을 때마다 뭔가를 열심히 해서일 수도 있다. 혹은 일을 할 때마다 생기는 걱정과 열등감 같은 부정적 감정을 서랍에 대충 쓸어 넣었다가 터져 나왔을 수도 있다. 아니면 '남만큼은 해야 한다'며 스스로를 채찍질하다가 생채기가 났을 수도 있다. 하여간 나의 근면에는 늘 눈물이 따른다. 부자는 못 될 습성이다.

부정적인 감정이 휘몰아칠 때는 여러 가지 불순물이 섞여 있다. 한참을 울며 여러 가지 복합적이고 부정적인 감정을 중얼거리는데 B는 옆에서 다 듣고 있었다. 계속해서 내 말을 반박하면서 들었다. 스스로를 비난할 때마다 B는 나의 변호사가 되어주었다. 내가 내 단점을 헤집고 파헤치는 대로 달려와서 틈을 메꿔 주었다. 흙으로 그릇을 빚을 때 틈이 생기고 공기구멍이 생길 때마다 손으로 매만져 메꾸는 것처럼, 열심히 아주 열심히. 불에 구워져 터져버리지 않도록 정성껏 매만졌다.

"겨우 요만한 가시 박힌 것 가지고 엄살이야. 자랄 때 장녀여서 막내하고 싶은가 봐. 매일 엄살을 부려서 네가 힘들 거야."

"가시는 아픈 거잖아. 얼마나 아픈데. 그런데 엄살이 무슨 뜻이에요? 그래도 너는 귀여워. 음……조금 힘들긴 하지만, 당황스럽긴 하지만, 그래도 귀여우니까 오케이."

"뭘 할 때마다 불안해. 망할 거라고 생각하고 안절부절못해. 이래서는 죽을 때까지 제대로 하는 게 아무것도 없을 거야. 나로 사는 게 너무 힘이 들어. 지쳤어."

"불안해하면서 다 잘하잖아. 나는 네 한국어 글이나 한국어 말을 다 이해할 수는 없지만, 잘하지 않으면 왜 사람들이 널 좋아하겠어."

"안 좋아해. 그냥 겉으로만 좋아하는 건지도 몰라."

"그래요? 그러면 내가 글 읽어줄게. 내가 말 들어줄게. 10년만 기다려. 한국어 마스터 레벨 되면 다 이해할 수 있어."

"내가 외국에서 살 수 있을까. 에너지 레벨도 낮고 나이도 많은데."

"(심각한 표정으로 도리질을 하며) 나이 많다는 말 하지 마세요. 많지 않아. 할머니 아니에요. 그리고 장담하는데, 너는 뭐라도 해서 돈을 벌 사람이야. 너랑 살아보니 알겠어. 절대로 포기하지 않는 사람. 계속 노력하는 사람."

"나는 못생겼어(어디까지 반박하나 싶어 아무 말이나 해보았다)."

"하하하하. 지금은 못생겼어요. 지금 코랑 눈이 너무 부어서 펌프킨 유령 같아요. 그런데 뿡뿡한 얼굴 사라지면 다시 예쁜 은성 씨 될 거예요. 예쁜? 아니, 아니오. 아름다운."

그는 알았던 것 같다. 내가 경주마처럼 달려나가는 습성이 있음을. 눈을 가리고 때로는 숨도 제대로 쉬지 않으면서 무언가를 하면, 결국 스스로에 대한 불안과 불신이 둑이 터지듯 터진다는 걸. 그럴 땐 그 출렁이는 물속에서 함께 둥둥둥둥 떠 있으면 된다는 걸. 그러다 기운이 나면 함께 헤엄치면 된다는 사실을.

필요한 건 이해가 아니라 위로였다. 그래서 그는 내가 실컷 울고 짜증 내고 부들거리도록 놓아두었다. 그리고는 감정의 이름과 그 이유를 물어보았다.

"왜 그렇게 생각했어요? 그래서 무엇을 원해요? 그래서 마음이 아팠어요? 어떻게 하면 될 것 같아요?"

대답하기 귀찮을 땐 못 들은 척하고 휴지나 던지고, 답하고 싶은 건 열심히 대답했다.

"왜 슬프냐고? 잘하고 싶어서, 조바심이 나는 것 같아. 왜 불행하냐고? 100퍼센트가 안 되면 늘 불행해. 나는 완벽할 수가 없어. 다른 사람들은 완벽한 것 같은데, 평화로운 것 같은데. 왜 무섭냐고? 너랑 살면 해외도 가고, 도전하듯 살아야 하는데 자신이 없어. 쉬운 일도 제대로 하지 못하고, 늘 어설픈 것 같아. 그럼 어떻게 해야 할 것 같냐고? 글쎄, 완벽할 수는 없으니까 요가를 가서 걱정을 숨에 내쉬어버리고, 꿀잠이나 자면 되지 않을까. 자기 전에 너랑 차 마시며 스크럽스를 보고."

그러고 보니, 올 때마다 매번 같은 답이었다. 눈물에 젖은 티슈 한 아름을 버리고 오면서 B는 말했다.

"첫째, 요가와 산책을 하고, 컵라면을 먹지 말고. 둘째, 하기로 한 일을 조금씩만 적고 그 일을 다 하면 죄책감을 느끼지 말고 쉬고. 셋째, 1주일에 한 번 상담을 받아보면 어때. 10년이든 20년이든 뭐 어때. 세상 모든 사람이 상담을 받으면 훨씬 행복해질 거라고 생각해. 모든 사람에게 좋은 방법이야. 넷째, 이민 가는 건 천천히 생각해. 대신 원하는지 아닌지 마음을 들여다 봐. 1퍼센트의 거짓도 있어서는 안 돼. 대답이 No라면 솔직하게 말해줘. 네 마음이 따르는 대로 살아야 우리가 행복할 수 있어."

우리는 아직 답을 내지 않았다. 아직 몸에 묻은 물이 채 마르지도 않았으므로, 강둑에 앉아 햇살을 받으며 말리고 있다. 마르길 기다리며 진짜 마음을 살펴볼 것이다. 즐거운 숙제다.

사랑을 시작할 때 우리가 나누는 이야기

삶은 영화 같기보다는 지루한 일기장 같으니까

어릴 적에 너는 어떤 사람이었어? 누군가를 사랑하게 되면 그게 그렇게 궁금하잖아. 처음 배운 단어는 무엇이었을지, 별명은 뭐였는지, 공룡을 좋아했을지 인디언에 빠졌었을지, 할아버지는 어린 너를 어떻게 귀여워했을지, 얼렀을지.

호기롭게 질문을 던진 후 언제나 내 이야기부터 쏟아내지. 그게 나야. 그날도 나의 다섯 살 적을. 있잖아 나는, 작은 물웅덩이를 만나면 언제나 "흐잇차!" 소리만 내고는 어이없게 폭 빠져서 슬리퍼를 적셨어. 시장에서 큰 개를 마주치면 엄마 손을 부서지도록 쥐고. 머리를 양쪽으로 묶어주지 않으면 유치원을 안 간다고 버텼지. 먹는 걸 너무 좋아해서 사과 한 알을 쥐어주면 혼자서도 몇 시간을 잘 놀아서 엄마가 너무 편했대. 너무 그렇게 너무 착하고 너무 순하고 너무 잘 먹고. 너무너무.

자다가 문득 한 시간을 이유 없이 서럽게 울어서 늘 오래 혼나던 아이였어. 애가 왜 이러나 무슨 병이 있나, 엄마는 그랬대. 그녀는 첫째인 나를 어떻게 키울지 늘 헷갈려 했거든. 너무 다르지? 지금은 물웅덩이 따위 발로 뻥뻥 차는데. 개만 보면 어쩔 줄을 모르는데. 그래도 여전히 해질녘에 낮잠에서 깨어나면 한동안은 서글퍼. 숙제도 안 했는데 하루가 지는 기분. 다들 나만 두고 멀리 멀리 떠나버린 것 같고.

어릴 땐 늘 조개껍질 속에 숨고 싶었어, 라고 조용히 너는 말을 꺼냈어. 떠드는 나를 보고 기운이 났을까? 언젠가 네 몸에 길처럼 누운 하얀 흉터를 보고 이건 뭐냐고 조심조심 물었을 때, 너는 "호랑이와 싸웠어"라고 대답했지. 난 정말 그 말을 잠깐 믿었다구! 그때 함께 꽃처럼 커다랗게 웃었는데 우리는.

삶은 그렇게 영화 같기보다는 지루한 일기장 같으니까, 너는 오래 아팠다고 했어. 다른 아이들과 다를 때 어리둥절했을까. 소리가 잘 들리지 않을 때 소라껍데기 속에 들어앉아 있는 것 같았을까. 청년이 된 너는 어디든 여행할 수 있는 강한 사람이 되고 싶었고, 그래서 용기를 냈고, 누가 말려도 듣지 않았고, 선택했고, 고통과 고독의 시간을 너답게 조용히 이겨냈고, 그렇게 나에게 왔어.

알지, 나는 다리를 저는 개를 보고도 한참을 우는 사람인데, 대체 날 보고 어쩌란 거냐! 코가 또 빨개지려고 해서 당나귀처럼 움찔거리며 버텨보려 하자 네가 말했어.

"나는 삶을 사랑해. 너를 만나고 더 그렇게 됐어. 삶은 정말 좋은 거야."

그렇게 생각한다고.

누가 좋아지면 나는 항상 최악을 상상해. 모기가 파리가 이잉이잉 끈적하고 덥고 음식은 끔찍하고 사람들은 시끄러워. 아아 너는 왜 눈치 없이 말이 많은 걸까 싶을 때 상대를 사랑할 수 있을지. 여러 번 눈을 감고 연습해도 정말로 만약에 그렇게 될 때, 되고야 말 때. 눈을 감아야겠지.

호랑이와 싸우는 너를 상상할 거야. 무기도 없이 맨손으로, 갑옷도 없이 하얀 티셔츠와 검은 청바지를 입고서. 어느새 너는 호랑이와 친구가 되고, 돌아서 나에게 오겠지. 살아있어서 참 좋다고 생각하면서.

상대의 취향을 잊을까 안달하는 마음

서로의 취향을 챙겨준 순간이 모여 관계가 된다.

"이거 정말 좋아하는데!"

깜빡했던 내 취향을 떠올리고 환호하는 순간에 네가 의기양양하게 웃었으면 좋겠다.

"에헴. 그럴 줄 알았지." 혹은 "오호라. 우연의 일치네. 아무 생각 없이 샀는데." 하고 무심한 척 연기를 해도 귀여울 것 같다. "이 물건을 구하느라 방방곡곡을 고산 김정호처럼 모험했어", 하고 과장을 해도 나쁘지는 않다.

서로를 더 좋아하게 될 때 우리는 취향의 대동여지도를 그린다. 맥주를 마시며 밤새 나눈 말들이 공기 중으로 휘발된다해도 이제 조바심 나지 않는다. 모든 순간을 모두 기억한 채로 살 수는 없다는 사실에 전전긍긍했던 때도 있었지만, 이제는 그러지 않는다. 네가 하겐다즈 초코바를 사다 준 사실만 기억하면 된다는 것을 안다.

지난번 술자리에서 돌아가는 길에 "음주 후엔 단 것이지." 하며 초콜릿 아이스크림을 사 먹었던 순간을 너는 취향 지도에 몰래 적어두었을 것이다. 딸기도 녹차도 아니고 까만 초코여서 남몰래 큭큭 웃을 수 있다. 그런 걸 '귀여움'이라 부른다.

서로의 취향을 챙겨준 순간이 모여서 관계가 된다. 젤리 같은 마음을 단단해지게 한다. 면접을 보러 가던 날에 네가 선물해준 작은 소설책을 재킷 주머니에 담아갔다. 면접장 바깥의 차가운 플라스틱 의자에 구부정하게 앉아서 주머니에 손을 넣고 책의 표지를 만지작거렸다. 이것 봐, 나는 든든한 내 편이 있다.

언제든 어디에서든 사랑하는 사람들을 레고처럼 만들어 모두 데리고 다니고 싶다. 그러지 못하므로 네가 준 물건을 봇짐처럼 들고 다닌다. 불안한 날이면 배낭이 점점 무거워지는 이유다. 혼자서 막막할 때, 초조와 불안을 잠재우기 위해 그것이 필요하다. 불확실한 삶에 대해 조금은 안심할 수 있게 된다.

지난겨울, 서울행 비행기를 타러 가던 날. 깜깜한 새벽의 거실에 오렌지색이 반짝반짝 빛났다.

"아침을 먹어라."

코르시카 귤이 50개쯤 도자기 그릇에 담겨 있다. 이것 다 먹으면 서울 못 갈 텐데요. 사과를 좋아하는 로헝은 디저트 타임마다 사과를 권했었다. 그는 자기 집 뒤뜰에서 거둔 자두 만한 사과를 한 끼에 서너 알씩 꼭 먹는다.

"몸에 좋은 과일이 뭔지 아니?" 퀴즈를 냈다.

"음…… 귤이요?" 우리는 다 같이 웃었다.

"Non, non, non." 심각한 얼굴로 덧붙였다.

"아니지. 아니야. 사과란다."

하루는 마켓에서 코르시카 귤을 발견하고 잔뜩 사 와서는 말했다.

"한국에 코르시카 귤 씨앗을 심고 싶어요. 세상에서 제일 맛있는 과일 같아요."

사흘 만에 그 귤을 다 먹어치우곤 아쉬워했다. 그럼 그냥 사과를 먹어볼까요. 으흠, 하고 바라보던 로헝이 언제 카스트르(프랑스 남부 미디피레네 주 타른 데파르트망에 있는 도시)에 다녀왔는지도 몰랐는데, 코르시카 귤을 한 아름 사 왔다. 아무리

위를 늘려보아도 하루저녁에 그걸 다 먹을 수는 없었다. 로형 집에서의 마지막 날이었다. 샤를드골 공항으로 가는 버스에 오르는 내 주머니에 귤을 네 알씩 넣어주었다. 모두 여덟 알.

"차에서 먹고 싶을지도 모르잖아, 비행기를 기다리며 심심할 때 먹으렴. 비행기에 들고 타면 안 된다지? 경찰이 잡아가지 않도록 조심해. 얼른 다 먹어라."

양 주머니가 캥거루 엄마처럼 되어서 무거웠다. 내게는 한 번도 없었던 외할아버지 같아 껴안고 싶었지만, 그가 놀랄까 봐 참았다. 대신 비쥬를 조금 더 오래 했다. 로형은 B의 아버지다. 남프랑스 시골에 산다.

-

생일 선물로 양산을 두 개나 받았다. H는 공작의 딸이 신을 것 같은 검은색 레이스 양산을 주었다. 명화가 그려진 양산으로 골라도 어떻게 꼭 회색만 고르는 너에게 "또 회색이야." 물었더니 "그러게, 고르면 꼭 회색이야." 하고 웃었는데. 크고 화려한 것을 좋아하는 내 생일이라고 화려함의 끝 같은 선물을 골랐다. 왜일까. 나는 이럴 때마다 사람들은 너무 귀엽다고 또 생각한다.

엄마는 여름 종합선물세트를 줬다. 아이스 스카프와 아이스 스프레이 토너, 휴대용 선풍기, 그리고 양산.

"꽃무늬 없고 레이스 없는 거 찾아 더운데 얼마나 돌아다녔는지."

이건 괜찮지, 하면서 검정색 바탕에 아주 작은 오렌지색 큐브가 찍힌 양산을 건넸다. 8년 전, 내 자취방을 엄마 취향 꽃무늬 접시, 레이스 식탁보로 꾸며놨을 때 투덜댔었다.

"엄마, 젊은 사람들은 이런 거 안 좋아해."

어쩌자고 그토록 못되게 말했나. 엄마는 8년 동안 그 말을 생각했을까. 8년이 지나 딸이 꽃과 과일, 온갖 비비드와 트로피컬에 미친 사람이 될지는 몰랐겠지. 마음이 아릿아릿했다. 엄마가 잔뜩 생색을 낼 수 있도록 맞장구를 쳤다. 역시 엄마는 안목이 좋다, 의류업계로 나갔어야 하는데 국가가 재원을 잃었어, 예뻐서 못 쓰겠다.

"아유, 됐어. 내년에 또 사줄게. 보나 마나 칠칠맞지 못하게 또 흘리고 다닌다. 잃어버림 또 사줄게."

엄마의 사랑은 언제나 이렇다. 힐난 반 따스함 반.

-

B는 특별한 날마다 아침을 만들어 준다. 뭐하나 궁금해서 부엌에 기웃대면 "가라! 방으로 가라!"며 한국 드라마 속 남자들 흉내를 내며 거칠게 소리를 지른다. 한번은 쌀밥에 참깨를 잔뜩 뿌려주었고, 한번은 오믈렛에 김장용 붉은 고추를 잘라

넣어주었다. 한국인은 모든 음식에 깨를 뿌리며, 끼니때마다 매운 것을 먹어야 한다고 기억하는 걸까. 나는 아직도 그러지 말아달라고 말하지 못했다. 영원히 못 할 것 같다. 그까짓 깨, 그까짓 고추, 아침으로 괜찮다.

-

작년 크리스마스는 온통 파란색이었다. 열 명의 가족에게서 파란색의 다양한 선물을 받았다. 그리스 가족의 일상을 담은 사진집, 무쇠 티포트, 그래픽 노블, 고레에다 히로카즈 에세이집, 파스타 기계, 손수 바느질한 가방, 전통방식으로 만든 양털 머플러, 직접 만든 천연비누, 여러 종의 차와 커피, 초콜릿. 대부분의 선물이 용케도 파란색이었다. 그제야 12월 초에 B가 급하게 "가장 좋아하는 색을 말해달라"고 부탁한 게 떠올랐다.

마루에는 각자의 앞에 색깔 봉우리들이 봉긋봉긋 솟아있었다. 색색깔의 선물산. B의 누나 나데쥬는 보라색 숄을 두르고 보라색 모자를 쓰고 있었다. B는 오렌지색 포장의 초콜릿과 오렌지색 목도리 사이에서 웃고 있었다. B의 동생은 양치기다. 양 목장에서 일할 때 신기 좋은 두터운 양말도 스웨터도 온통 깊은 초록이었다. 어쩐지 B의 아버지 로형은 입고 있는 핑크색 맨투맨 위에 갈색 스웨터를 대어보고 있다. 핑크색 스웨터는 차마 고르기 어려웠겠지.

-

　취향은 아무래도 상대가 '일을 하지 않을 때'와 연관이 있다. 친구 선물을 사려면 그가 휴식할 때의 모습을 상상한다. 샤워가운과 와인을 주는 의미는, 늘 바빠서 새벽같이 출동하는 친구가 밤에나마 100퍼센트의 시간을 보내길 바라는 마음에서다. 맥주잔이나 파스텔을 주기도 한다.

　가장 처음으로 선물에 대해 깊이 생각하게 된 건 B가 내 첫 생일에 다섯 가지의 선물을 주면서부터다. 망원에 있는 만화방에 즐겨간다는 것을 떠올리고는, 만화책과 질 좋은 초콜릿, 홍차, 파란색 찻잔(과자를 담을), 접시 세트를 줬다. 예쁜 포장지에 하나씩 싸서. 전에는 가족에게서 현금을 받은 일이 많았다. 상대가 뭘 좋아할지 모를 때 현금이 최고다, 라고 배웠는데……. 유용하긴 해도 그러면 파티가 너무 재미없어지잖아! 참, 가격표를 반드시 떼는 습관도 그에게서 배웠다.

　-

　떡볶이 취향을 기억해주는 친구가 생기면 좋겠다. 밀떡 집과 쌀떡 집이 있다면, 내 손을 잡고 밀떡 집으로 인도해주면 좋겠다. 때로 나는 멍하니 딴생각을 하다가 쌀떡을 집어먹고는 "아, 끈적거려. 쌀떡을 먹으면 속이 무지근해져." 끊임없이 투덜대곤 하니까.

구불구불 말린 사각 어묵과 봉 어묵이 잠긴 어묵집 앞에서, 사각 어묵을 집어주면 좋겠다. 어묵은 인생의 진리니까 최대한 천천히 먹어야 된다. 구불구불 말린 것을 서서히 펴가면서 한 입 한 입 오래 베어 먹어야 한다.

-

방금 B가 바나나 케이크 한 조각을 가져다주었다. 여름이라 기운이 없고, 기운이 없으니 문장은 늘어지고, 늘어진 문장을 바라보니 입꼬리가 내려간다. 그 모양을 한참 바라보더니 엊그제 구워 잘라먹다가 남은 한 조각을 준 것이다. 어쩐지 망설이다 먹었는데, 순식간에 기분이 올라갔다. 코코넛 크림과 바나나의 향기가 이틀 동안 빵 안에서 더 깊어졌다. 보드랍고 달콤했다.

그는 나를 잘 안다. 내가 스스로를 잘 모른다는 것을 아주 잘 안다. 글을 쓸 때 단 것을 한 조각 입에 물고 쓰면, 달콤한 글을 쓰게 된다는 사실을 나만 모르고 그가 더 잘 안다.

사랑은 관찰이지. 단것을 먹고 나면 타자 소리가 빨라진다는 것을 발견했을 것이다. 바깥에서 나를 보는 것은 너니까, 나는 종종 내 취향을 너에게 의탁한다. 연인은 서로의 취향의 USB.

사랑하는 사람들은 서로 먹을 것을 챙겨준다. 마루에서 무언가 쓰거나 공부하고 있으면, 자신의 소중한 초콜릿을 꺼내어 뚝 잘라 접시에 담아준다. 학생 때 엄마가 방문을 열고 책상에 사과며 과일을 얹어주었던 때처럼. 날 지켜봐주는 사람이 있는 게 기분이 좋아, 쓰기를 멈추고 한참을 눈을 감고 있다.

좋아하는 것을 누군가 기억해주면 그건 선언 같다.

"나는 너를 좋아해."

그 말을 들은 듯해서 나는 비로소 안심한다. 사랑과 우정에 대해 단어 사전을 편찬한다면 이렇게 적을 것이다. 상대의 취향을 시시콜콜 알고 싶은 마음과 그 취향을 하나라도 잊을까봐 안달하는 마음이라고.

내 연약한 부분을
보여줄 수 있는 사람

맑고 화창한 날에만 만날 수는 없으니까

며칠 전, 아주 맘 좋은 사람이 쿡 찌르는 말을 했다.

"남자 고를 때 다른 건 다 봤는데 돈을 안 봤네."

대화의 맥락을 기억한다. 무시하거나 비웃으려는 말은 아니
었다. B가 한국에서 일할 수 있게 하려고 본업을 뒤로하고 분
주히 뛰어다니는 나를 염려해서 한 말이었으리라. 그는 B의
좋은 점들을 한참 나열하고 칭찬하다가 그 말을 했다. 다정이
지나쳐 오지랖이 되었다.

돌아오는 길, 그의 말을 점자처럼 더듬거렸다. 기분의 정체
가 뭘까. 슬픔도 창피도 아니었다.

'오해받고 있어.'

틀린 것을 보면 불편해. 그 말이 틀려서 화가 난 거야. 항변을 해야겠다고 느꼈다. 사랑을 고를 수가 있다고 믿나요? 운명을 선택할 수가 있다고 확신하나요? 말해줘요. 그냥 세상 사람들이 흔히 하는 대로 흉내 내 말한 거라고. 어른스러운 척해본 거라고.

누군가와 사랑에 빠질 때 주스를 고르듯 성분표를 읽지는 않는다. 요소 요소를 꼼꼼히 고려한 뒤 "오케이, 초이스!" 하는 사람도 있나요. 내가 사람 운이 좋아서, 또는 사람 사귀기에 까다로워서 그럴 수도 있겠지만, 평균점수가 가장 높은 상대를 골라 자신의 운명에 끼워 넣은 사람은 본 적이 없다. 친구들에게 물었다.

"너는 그 사람의 무엇이 가장 좋았어?"

H는 내가 그 질문을 할 때마다 웃는다. 매번 100퍼센트의 미소를 짓는다. 기억력 나쁜 내가 꽤 여러 번 물어보았을 텐데도. 그 표정을 그려서 불안할 때 부적처럼 꺼내 보고 싶을 정도로, 눈이 부시다. 평화롭다.

"대화가 즐겁다는 것. 그전까지 연애는 몇 번 했지만 남자와 '그런' 대화를 한 적은 없었어. 오빠를 처음 만났을 때 정말 놀랐어. 내 인생의 모든 이야기를 할 수가 있었어. 이렇게 대화가 즐거운 사람이라면 평생 함께해도 좋을 것 같았어."

맞아. 사랑에는 분명한 이유가 있다. 그리고 그 이유를 계속해서 쉬지 않고 말해야 한다. '좋은 것에는 이유가 없다'는 말은 너무 게으르잖아.

늘 싱글거리는 Y는 내가 이 질문을 할 때마다 선생님처럼 진지해진다.

"우리 곰돌이는 너무 편했어요. 잘났다는 사람도 많이 만나봤어요. 소개팅하고 네 번까지 만난 사람도 있었어요. 그런데 끝내 편해지지 않더라고요. 아무래도 나다워지지가 않았어요."

H는 대화의 요정이다. 불편한 사람과 만날 때마다 나는 종종 '나는 H다.'라며 세뇌를 한다. 그만큼 누구와도 부드럽게 대화를 이끈다. 그런데도, 그럼에도.

Y는 누구와도 편해 보인다. 주변 사람들과 고루 모나지 않은 관계를 유지하는 사람을 처음 봤다. 섬에 가든 달에 가든 특유의 천도복숭아 같은 웃음으로 뚝딱뚝딱 친구를 잘도 만든다. 그런데도, 그럼에도.

사랑을 선택할 때 사람들은 자신의 가장 여리고 약한 부분을 의식한다. 세상의 공기가 모래바람처럼 느껴질 때, 내 입에서 나가는 말이 서툰 외국어 같을 때, 갈피를 잡을 수 없어 그냥 누워서 스마트폰만 넘기고 있을 때, 내가 너무 못생긴 것 같아서 누구도 만날 수가 없을 때, 그럴 때라도 편안하게 함께 있을 수 있는 사람이어야만 하니까. 맑고 화창한 날에만 만날 수는 없으니까. 사랑은 데이트와는 다르니까.

엄마도 친구도 모르는 내 영혼의 속살을 보듬어 대화를 나눌 수 있는 사람을 만나면 사랑한다고 느낀다. 그 대화는 자신에게 보완이 될 수도, 자극이 될 수도 있다. 일과 사람에 지친 나를 위로하는 대화일 수도, 타인의 감정을 잘 못 읽는 나를 돕는 대화일 수도, 금세 경직되고 마는 나를 사르르 풀어주는 대화일 수도 있다.

하루에 인터뷰를 서너 건 뚝딱 해낼 정도로 남의 말을 잘 들어주는 H는 자신의 감정선을 가만가만 짚어주는 결 고운 사람이 좋았을 것이다. 쿨하고 유능한 홍보우먼이지만 종종 지쳐서 얼굴이 새하얗게 질려 바닥에 드러눕는 Y는 아무런 대화 없이도 몇 시간을 함께 보낼 수 있는 쉼 같은 사람이 좋았을 것이다.

그런 건 '고르다'가 아니라 '끌리다'라고 쓴다.

어떻게 대화가 쉽나요

사랑하는 사람과 함께 사는 일에 대하여

나의 소원은 할아버지를 가져보는 거였다. 소원이 이루어졌을 때는 알아채질 못한다. 인생이 변하는 순간엔 늘 바쁘고 정신 없고 혼란해서, 모르고 지나친다. 행복은 호수처럼 평화롭기 보다는 격랑의 바다 같은 거라서, 언제나 그 순간이 한참 지난 후에 멍하니 중얼거린다.

'그거, 행복이었네.'

첫눈에 반했다. 키가 나 만한 남프랑스 남자. 손에서 와인 잔을 절대로 놓지 않는 남자. 누군가의 잔이 비려고 할 때마다, 그가 기뻐하는 게 보였다. 잔이 찰랑이도록 붉은 와인을 따르며 '쁘띠쁘(아주 조금이야)'라고 말하고, 자기가 자기 말에 하하하 소리 내어 웃었다.

"마셔, 더 마셔. 술은 인생에서 가장 좋은 거란다."

와인 잔의 무게만큼 마음은 자꾸만 풀려나갔다. 경계심 해제완료. 눈이 마주칠 적마다 웃음이 났다. 다가가 말을 걸고 싶은데 내 프랑스어는 계산서 주세요, 화장실이 어디죠, 수준이라 할 말이 없었다. 조바심만 났다. 누가 좋아질 때 어떻게 해야 하는지 왜 아무도 가르쳐 주지 않았죠?

작년 여름 첫 프랑스 여행에서 그를 만난 날, B에게 용기를 내어 귓속말을 했다.

"솔직히 말하자면, 레옹을 사랑하게 될 것 같아."

"너뿐만 아니야. 모든 사람이 그를 사랑하지."

'정직의 대명사' 씨는 결코 내 흥을 맞춰주지 않았다.

"당신의 손주들처럼 나도 예뻐해주실 수 있어요? 빨리 빨리요." 구글 번역기를 돌려 말도 안 되는 편지를 쓸까도 했다.

레옹 튈리에는 B의 친할아버지다. 재작년 여름, 그의 90세 생일파티에 초대되어 처음 만났다. 마흔 명 가까운 친척이 고성에 초대되었고, 하룻밤을 묵으며 먹고 마시는 긴 일정이었다. 정원에는 기차 차량 만한 큰 테이블이 놓였다. 와인 병을 담은 나무 상자들. 주방에서는 내 키의 반 만한 솥과 냄비가 여러 개 달궈지고 있었다. 레드 로제 화이트 와인이 강물처럼 흐르는 이곳은, 처음 만나는 천국인가?

전국 각지에 사는 친척들이 각자의 농장에서 가져온 양고기 소고기 돼지고기 오리고기 토끼고기가 테이블 위에 흐드러졌다. 살구와 딸기, 복숭아 같은 달고 신 과일들, 초콜릿, 견과류를 넣어 구운 케이크만도 네다섯 종이 됐다. 이 동화적 풍경 앞에, 나는 조금 아연해졌다. 영화나 그림이어야 할 게 눈앞에 실재해 있으면 어리둥절하다. 미술관에 걸린 그림 속 사람들이 걸어 나와 말을 거는 느낌. 황홀하고 무서워. 이건 대체 뭐지?

먹고 이야기하고 웃으려고 태어난 사람들처럼, 나만 빼고 다들 자연스러웠다. 이틀 밤낮의 파티를 만끽하는 사람들. 행복과 평화라는 단어를 그려내면 이 풍경일 텐데, 그 풍경화 속의 나는 한구석의 쭈글쭈글 번데기 한 마리.

모두가 비쥬를 나누며 친절하게 대해주었는데 어쩐지, 급속도로 외로워졌다. 속사포처럼 오가는 프랑스어 대화에 비행기가 이륙할 때처럼, 귀가 3M 귀마개를 꼽은 것처럼 멍멍했다. 애인이 몇 문장으로 요약해 영어로 알려주었을 땐, 사람들은 이미 다른 화제로 떠들썩했다. 뒤늦게 혼자 웃으면 더 외롭잖아. 입가가 자꾸만 경직됐다(이런 오묘한 감정을 일컫는 단어가 독일어에는 분명 있을 것이야).

'한국말 쓰면 나도 꽤 웃긴 편인데, 재밌나보다. 계속 웃네들. 다들 친해서 좋겠다. 나도 한국에 친구 많은데……'

우주먼지의 기분을 알 거 같다. 스마트폰에 초등 왕따 같은 일기를 썼다.

"텐트에서 쉴래."

피곤한 표정을 억지로 만들고서 텐트 지퍼를 열고 몸을 집어넣었다. 꽃무늬 드레스를 벗어 뭉쳐두고 검은색 추리닝으로 갈아입은 뒤 몸을 말았다. 혼곤하게 잠들었다. 깨어나보니, 저녁 노을.

"똑똑, 너무 피곤하지 않다면…… 혹시 선물 가지고 나와줄 수 있어?"

눈을 떠보니 B가 염려스러운 표정으로 머리칼을 쓰다듬고 있었다. 다정한 사람이 단 한 명이라도 곁에 있으면, 감정은 빗장을 연다. 온기는 서글픔을 가속화한다. 울고 싶진 않아서 화난 표정을 지었다.

"네 선물부터 보고 싶어."

테이블의 끝과 끝. 아주 멀리서 레옹이 말했다. 핀 조명이 나를 비추는 것 같다.

나는 선물이 프랑스어로 '꺄도'란 걸 안다. 애인이 내게 선물을 줄 적마다 "몽 꺄도(내 선물) 마음에 들었으면 좋겠어."라고 수줍게 말했었으니까.

"선물? 선물 보고 싶어요? 내 선물이요?"

한국어로 중얼거린 뒤, 뚜벅뚜벅 다가갔다. 엄마는 "어려운 분이잖아, 네 시할아버지잖아"라면서 인삼이나 영지버섯 같은 귀하고 값나가는 건강 제품을 사 가라고 돈을 백만 원이나 챙겨 주었지만, 나는 인사동을 뒤져 한지로 만든 담백한 부채 하나를 골랐다. 대신 번역기를 돌려 손 편지를 썼다. 조바심내지 않고 한들한들 손을 흔들어 땀을 식히는 여유와 지혜를 그도 반길 거라 여겼다.

"축하해요. 만나서 기뻐요. 옛날 한국 사람들은 손을 움직여서 더위를 쫓았대요. 전기가 없어도 쓸 수 있는 천연 에어컨이에요."

"너의 조상은 멋을 아는 사람이었구나."

편지를 읽기도 전에 그는 모든 내용을 짐작해버렸다. 그리고는 부채에 적힌 시를 읽어 달라 청했다. '제가 남들 앞에서 나서는 걸 좋아하는 사람이란 걸 어떻게 아셨어요?' 갑자기 신이 났다.

"에헴. 에헴. 작은 것이 높이 떠 만물을 다 비추니, 밤중의 광명이 너 만한 이 또 있을까, 보고도 말 아니하니 내 벗인가 하노라(오우가, 윤선도)."

부채에 새겨진 한자는 어려웠다. 동그란 달을 보고 초등학교 때 외웠던 시조를 눈 감고서 읊었다(나중에 찾아보니 오우가가 맞았다!).

"오늘 가장 인상 깊은 선물이구나. 너도 이제부터 내 벗이란다. 부채를 펼 때마다 너를 기억할 거야."

내가 그 말을 알아들을 리는 없지만, 레옹은 내 눈을 보며 아주 천천히 말했다. B가 통역을 하기도 전에 한국어로 대답했다.

"정말 기뻐요."

레옹과의 대화 후에 사람들은 와르르 다가왔다. 부채와 시에 대해 물었다. "내 영어가 많이 서툴지?" 수줍어하면서.

"한국 사람들은 매일 부채를 쓰니, 시를 좋아하는 사람들이니, 너는 시를 쓰니 소설을 쓰니, 내년에 다시 올 땐 부채를 100장은 가져와야 할 거야. 우리 모두 사고 싶어 안달이 났거든."

나답지 않게 소심해졌던 걸 레옹은 눈치챘을까. 시를 읽으라고 시켜준 덕분에 순식간에 많이 편안해졌다. 사람들과 이야기할 소재를 찾을 수 있었다.

한국에 돌아와 밤하늘의 달을 볼 때마다 레옹을 떠올렸다. 언어가 통하지 않는 사람과 마음이 통한다고 느껴본 적도, 처음 만난 사람을 오래 그리워해본 것도 모두 최초였다.

일 년이 흐른 뒤 그의 집에 여름을 보내러 갔다. 남프랑스 몽텔리마흐. 차로 30분을 뱅글뱅글 돌면 산중 돌집이 나타난다. 정원에는 길 잃은 양이나 염소가 머물고, 아침을 먹을 땐 설화에 나오는 것 같은 절벽을 볼 수 있는 집이다. 일 년 새 나는 프랑스어로 이게 맛있고 왜 맛있는지 더듬더듬 이야기할 수준이 되었다.

한국으로 돌아오기 전날 밤, 레옹은 갑자기 나를 자신과 B 사이에 앉혔다. 그 자리는 레옹의 것인 듯해 손을 휘휘 휘젓자 그는 나보다 더 크게 휘휘휘휘 손을 저었다.

'음. 농, 농(고개를 저으며) 가운데 앉아라.'

거실에서 가장 푹신하고 뒤로 180도 넘어가는, 가족들이 언제나 그를 앉히는 귀한 소파.

여러 가지를 물었다. 너의 부모님과 조부모님은 노동계급이니 귀족계급이니, 지금의 사회적 지위에 만족하니, 아니면 더 높은 지위에 오르고 싶니, 올라가고 싶어서 불안하거나 조바심이 나니, 지금 하는 일이 재밌고 즐겁니, 앞으로 무엇을 더 하고 싶니. 누군가 나에게 우리 할아버지 할머니의 직업을 물은 건 처음이었다. 위로 더 올라가고 싶냐고 물어본 사람도.

"외할아버지, 외할머니는 신촌에서 오징어나 건새우를 파는 건어물상을 크게 했대요. 그런데 어쩌다 사업이 망해서 저의 엄마는 배우던 무용을 접고 대학은 가지 못했어요. 그래서인지 엄마는 제가 늦게까지 결혼을 안 하고 글을 쓰는 걸 누구보다 자랑스러워해요. 하고 싶은 걸 모두 다 하고 살라고 응원해 줘요. 제 이모도 B의 삼촌처럼 오리를 기르고 요리했어요. 저의 친척들도 다들 고기나 생선 식당을 했고요. 당신의 자녀들처럼 음식 관련 일을 하니까, 좀 비슷하네요!"

나는 영어로도 수다쟁이었다. 작가가 대하소설에서 계보를 서술하는 느낌으로 신이 나서 설명했다.

"일은 여전히 힘든 부분이 있지만, B을 만나고부터는 정말 맛있게 먹고 정말 많이 웃고 정말 많이 자요. 왜냐하면…… 인생에서 그게 가장 중요한 것 같아서요. 집에 들어서면 계속 농담을 나누고 그래서 계속 웃고 있으니까. 세상과 단절된 행복한 섬에서 둘만 함께 있는 거 같아요. 영어로 대화하니까 한국말로 겪은 나쁜 기억도 금세 잊히는 것 같고."

나는 또, 또 말했다. 그는 계속 나를 바라보았다.

"더 가치 있는 일을 하고 싶어요. 천천히 하는 일들에 대해 자주 생각해요. 노래를 하며 느리게 요리하는 것, 와인과 음식을 나누며 서로에 대해 열심히 묻고 듣는 것, 그런 생활의 기쁨을 사람들에게 알리고 싶어요. '빨리 먹고 치우자'가 아니라요. 식사를 평화롭게 즐기는 건 인생에서 너무 중요한 것 같아요. 맛있는 걸 먹을 때 우리는 웃고 사랑하고 이야기하잖아요!"

내가 영어로 말하면 그걸 B가 다시 프랑스어로 옮기고, 레옹이 프랑스어로 답하면 다시 영어로 바꿔서 내게 전달하는 게 오래 걸렸을 텐데, 적합한 단어가 생각나지 않아 갸웃거릴 때도 그는 흔들림 없이 나를 바라봤다. 눈을 보면 다 알아듣겠다는 듯이.

누군가 바라봐주면, 사람은 용기가 난다. 더 더 더 신나게 대답했다. 지친 B가 연신 하품을 해도 우리 둘은 아랑곳하지 않았다. 내 이야기를 다 듣고 미지근해진 카모마일 티를 한 모금 마시고 레옹이 천천히 입을 열었다. 내가 당신의 언어를 다 알아듣는다는 듯, 마치 텔레파시처럼.

"국적이 다르다는 건…… 힘들 거야. 나와 내 아내는 프랑스 사람이라 그런 건 느껴본 적이 없지. 그래서 잘은 모르지만, 남편과 아내라는 건 말이야. 언어가 같아도 대화가 어렵기는 매한가지거든!"

나는 박수를 치며 웃었다.

"맞아요, 정말 맞아요!"

그는 부부는 삶을 위해 서로를 많이 이용해야 한다고 말했다. '이용'이라고 했다. 서로의 언어가 달라서 지치면 좀 쉬기도 하면서, 그렇지만 너무 오래 쉬지는 말고 계속해서 대화를 시도해야 된다고. 좋은 삶을 위해 서로를 이용하려면, 좋은 일뿐만 아니라 나쁜 일도 많이 이야기해야 한다고 말했다. 걱정과 불안과 분노를 서로에게 솔직하게 이야기해야만 한다고. 절대로 피하지 말고.

"삶에서 가장 중요한 건 대화다. 세상을 떠난 마리안느와 나는 성격이 정말 달랐어. 그래도 이야기하기를 멈춘 적은 절대로 없었어. 마리안느가 치매에 걸려 오늘과 내일을 헷갈려할 때에도. 말은 단어나 문법으로만 통하는 건 아니니까. 마음으로도 통하는 거니까."

애정이 생기면 두려움도 생긴다. B에게 레옹은 건강하냐고 묻고 싶다가 질문을 거둘 때가 많다. "할아버지는 늘 바빠. 난 꽃도 연구하고 철마다 와인도 사 놔야 하고. 집에 잘 안 있어서 안부 인사 하기도 어려워." 그와 통화를 시도하다가 좌절한 (레옹은 집 전화만 쓴다) B의 불평을 들으며 안도한다. 그는 바쁘게 살고 있다. 아프지 않다.

기쁘다. 나에게도 롤모델이 생겼어. 나는 레옹처럼 사려 깊으면서 술을 잘 마시는 노인으로 늙고 싶다. 모임에서 어색해하는 누군가를 발견해내 눈을 맞추고 삶에 도움이 되는 이야기를 잔뜩 해주고, "난 이제 자러 간다"며 자리를 뜬 후 아홉 시간 꿀잠을 자는 정정한 노인이 되고 싶다. 그리고 이런 말을 큰 힘 들이지 않고 하는 내공을 지니고 싶다.

"눈을 마주 보고 천천히 말하면 다 통한단다. 그럼에도, 우리는 서로 다른 사람들이란 걸 언제나 기억해. 대화를 통해 같은 방향으로 걷는 건 중요하지만, 동시에 나만의 독립성을 잃으면 안 돼. 상대에게 너무 맞춰주는 게 아니라, 스스로를 지키면서 인생의 해결법을 찾는 거야. 그게 가장 중요해."

엄마, 왜 나한테 그렇게 말해?

내가 신도 아니고, 눈빛만으로 당신의 마음을 알 수는 없다.

"쇼하네."

화들짝 놀라서 엄마를 쳐다보려다 말았다. 나는 이제 엄마의 언어를 해독할 줄 안다.

"보기 좋다는 이야기지? 쇼처럼?"

엄마는 그냥 황당하다는 듯이 웃었다. 엄마 집에서 추석을 보내고 우리 집에 돌아온 날 저녁이었다. 현관에서 운동화도 채 벗지 않고 B와 비쥬를 했다. 잡채와 전을 담은 통을 들고 내 등 뒤에 서서 엄마는 그랬다. "쇼하네."

예전 같으면 충격받았겠지만 이제는 내가 하수가 아니지!

언젠가부터 엄마의 언어도 영어나 불어처럼 열심히 독해해보기로 했다.

'외국 사람들이나 하는 애정 표현을 우리 딸이 내 눈앞에서 하니 좀 민망하기는 하지만, 음…… 딱히 싫지는 않아. 영화에서 본 외국인들은 뽀뽀하고 포옹하고 다 하잖아. 그게 멋있긴 하더라. 그나저나 우리 딸이 사위를 많이 사랑하네, 지가 더 꽉 껴안네?'

어른들의 말은 외국어라고 생각하기로 다짐하고부터, 엄마 말 해독 능력이 꽤 늘었다. 한 달간의 프랑스 여행에서 돌아와 트렁크 가방 무게를 몇 번이나 저울에 재어볼 정도로 조마조마해가며 이고 지고 온 선물들을 보고 엄마는 그랬지. 우선 양의 긴 털만 모아 귀하게 만든 숄을 보고

"난 쑥색 싫어하는데(깊은 초록색이었다)."

B의 친척이 운영하는 농장에서 긴히 부탁해 사 온(엄청 무거웠던!) 오리 넓적다리 캔을 보고

"스팸 같은 거야? 난 이런 거 먹을 줄 모르는데? 이거 오리 누린내 나는 거 아니야?"

"엄마."

눈을 똥그랗게 뜨고 불렀다.

"왜!"

엄마는 내가 정색을 할 때마다 긴장한다. 그래서 실제 마음보다 약간 더 무섭게 대답한다.

"선물받으니까 엄마 기분이 어때?"

"뭘 기분이 어때."

"그게 무슨 말이야? 뭘 기분이 어때가 무슨 의미야. 내 말 듣고 엄마 마음을 곰곰 짚어 봐. 지금 기분이 어때? 좋아? 나빠? 짜증나? 행복해? 고마워? 우울해? 슬퍼? 안 받고 싶어?"

"내가 바보야? 고맙지 당연히!"

"그거야. 그게 엄마 진짜 마음이야."

남이 좋은 것을 주면 기분이 좋은 게 당연하고, 설사 기분이 좋지 않더라도 선물이 취향에 맞지 않더라도 '고맙다'라고 말하는 게 예의다. 그런데 남에게 폐 끼치는 것 싫어하고 예의바른 사람이 왜 선물에는 고맙다는 말을 바로 안 하느냐고 물었더니 엄마는 답했다.

"몰라. 나도 몰라. 민망하니까 그러지."

민망하면 왜 화를 내지? 하긴 내가 아는 누구도 생일 케이크만 들이대면 "아, 하지마!"하고 화를 내더라. 그게 민망함이란 감정이려나, 인공지능 로봇처럼 더듬더듬 내가 아는 민망한 표정들을 짚어봤다. 그래도 민망함이 뭔지는 정확히 모르겠지만, 아무튼 엄마는 말했다.

"선물 받아도 그렇고…… 누가 팔짱 끼거나 '언니는 참 좋은 사람이에요' 하면 민망해. 그럴 때 뭐라 해야 할지를 모르겠어."

"엄마. 외국어라고 생각하고 배워. 선물을 준비하면서 그 사람이 엄마를 생각했을 시간을, 엄마가 무슨 색 좋아할지 어떤 냄새를 좋아할지 계속 고민하고 궁리해서 머플러와 향수를 골라온 마음을. 그게 사랑이잖아. 만약에 누가 엄마를 좋은 사람이라고 하면 자동으로 대답해. '고마워. 너도 정말 좋은 사람이야'라고 해. 외워서 하면 편하잖아."

그날 이후로 엄마는 내가 선물을 주면 무조건 '고마워'부터 한다. 실은 떽떽거리는 딸이 귀찮았을지도. 엄마는 똑똑한 사람이다. 미안하다는 말은 또 엄청 잘 한다. 예의를 모르는 사람이 아니란 거다. 그냥…… 뭔가 받으면 "오, 아름다운 선물이구나. 이런 걸 주다니 너는 좋은 사람이야. 네 선물 때문에 정말 행복해졌어(외국인 친구들에게서 내가 들어온 말을 한국어로 바꾼 것)."라고 답하는 것을 한 번도 배운 적이 없어서일 거다.

가족 드라마에 시어른들도 며느리가 뭘 사오면 "늬들이 돈이 어딨다고. 얘! 이럴 돈 모아서 너희 집 사는 데 보태라."고 말들 하니까. 그렇게 퉁퉁거리는 말이 아랫사람을 걱정해주는 말이 더 어른다운 거라고 배워왔을지도 모른다. 고마우면 고

맙다고, 미안하면 미안하다고, 화가 나면 화난다고, 슬프면 슬
프다고 말하는 것을 연습해보지 않아서, 괜히 민망하고 그러
면 이상한 말을 내뱉게 된다.

'뭘 이런 걸 사왔어.'

'애먼 데 돈 쓰지 마라.'

'생일 케이크는 하지 마, 제발 그건 하지 마(물어보니 싫은
게 아니고 민망하단다).'

'빨리 먹고 가자(생일 파티 때 횟집에서 내 동생이 한 말).'

'무표정(우리 아빠가 내 선물 받고 한 것).'

'텔레비전을 켠다(내 동생이 생일 케이크 촛불 끄자마자 하는
행동!).'

요즘엔 "몸은 어때?" 같은 건강에 대한 질문 대신에 "엄마
오늘은 마음이 어때요?"라며 감정을 묻는다. 엄마 어릴 땐 다
들 먹고살기 바빠서 정확한 감정 표현을 배운 적이 없다고 말
했으니까. 엄마의 엄마는 시부모 모시고 장사 하느라 너무 바
빠서 막내딸인 자기에게까지 사랑을 전해올 시간이 없었고,
그녀는 사춘기 때 '너무 외롭다. 나는 엄마가 없는 것 같다. 내
가 엄마가 되면 우리 딸이 어릴 때 많이 사랑해줘야지'라고 일
기를 적었다고 했으니까. 그리고 그 딸이 자라서 엄마의 엄마
가 되어줄 수도 있는 거니까.

"엄마, 내가 신도 아니고 엄마가 말을 제대로 안 하면 엄마 마음을 내가 어떻게 알아? 엄마 기분이 어떤지 상태가 어떤지 원하는 게 뭔지 구체적으로 말을 해야 알지."라는 말을 꼬옥 참고 도닥도닥 카톡을 보낸다. 첫사랑이랑 헤어졌을 때, 자다가 돌연 눈물이 터져서 엄마 방에 베개 들고 갔을 때 엄마가 안아줬던 걸 기억하면서. 다정한 말들을 써 보내려고 한다.

요즘은 엄마랑 만나면 비쥬를 한다. 비쥬는 볼 뽀뽀. 말 그대로다. 상대와 양 볼을 한 번씩 맞대며 작게 츄, 혹은 쵸 소리를 내면 된다. 지금 허공에 해보세요. 순간 기분이 톡, 하고 피어올라요. 아주 친한 사람이면 볼에 입술을 대기도 한다. 그럴 때마다 '아, 우리는 이만큼 해도 되는 친한 사이구나' 싶어 기분이 좋아진다.

아직 엄마랑 나는 손을 잡고 걷는 건 어색해서 못 한다. 둘이 한 번도 해본 적이 없어서. 서양 남자와 결혼한 딸 덕에 단계를 훅 건너뛴 사랑 표현을 하면서 엄마는 민망함에 또 괜한 소리를 한다. "나한테 냄새 나면 어떡해? 나 프랑스 가면 냄새 나는 사람이랑도 비쥬해야 해?"

은은한 향이 나는 너의 화법

꽃과 시, 사랑 같은 흔하고 아름다운 단어처럼

똑똑, 하고 W가 말을 건다. 나라면 "나 오늘 완전 흑흑"이라고 할 텐데. 너무 덥죠, 하고 살며시 묻기도 한다. 나라면 "더위도 날 죽으라 죽으라 하네. 인생도 힘든데."라고 할 텐데.

너와 나는 괴로움을 표현하는 방식이 다르다. 그래서 너의 마음을 읽는 데에 시간이 걸린다. 앞에서 훅 치는 화법의 나와 다른 사람이어서. 속 이야기를 하기 위해 색이 고운 차를 우리고 은은한 향을 피우는 듯한 화법의 네가 카톡을 보낼 만한 일이라면, 네 마음이 얼마나 아팠던 것일지.

너는 그랬지. "가끔 인생의 수레바퀴가 뻑뻑하다고 느껴지면 티처 생각이 나요. 생각나는 만큼 연락하지 못하고 잠들어 버리는 날이 많지만."

사랑할 만한 사람을 찾아내고야 말았지만, 그의 가족은 네 사랑을 받을 만한 사람이 아니어서 너는 매일 투쟁 중이다.

"결혼식에는 의미 없는 규칙과 관례와 욕심이 마구 붙어 있어요. 저는 그냥 빨리 그날이 와서 결혼식이 끝나기를 바랄 뿐. 다들 그래서 행진할 때 빨리 걷는 거래요. 결혼 준비하기 전에는 너무 긴장해서 빨리 걷는 줄 알았는데."

나도 화답한다.

"맞아. 장군처럼 행진해버리고 드레스 벗어버리고 머리에 꼽은 실핀 쥐어뜯는다 함."

거친 마음들에 다치는 대신, 웃고야 말 방법을 찾는 네가 자랑스럽다.

"결혼을 뒤집어엎고 마음에 상처를 입고 부모님을 원망하고 누군가와 새로 시작하는 데 머뭇거리고 관계에 선을 긋고, 그 것보다는 이 정도 고난에도 헤어지지 않을 만한 사람과 끝까지 가보는 게 낫다고 생각하니까 힘내려고요."

예전에도 지금도 너에게는 가르칠 것이 없다. 나는 늘 배우기만 한다. 결혼이란 것을 하기 위해, 나와 피도 섞이지 않은 사람들의 평가를 견뎌야 한다니. 나는 기가 막혀서 툭 말했다.

"너를 한 번 본 사람이 너에 대해 뭐라고 말하건 그건 사실이 아니야."

너는 그 말이 힘이 되었다고 했다. 별말도 아닌데 싶어 무안했지만 기뻤다. 나는 좀 더 툭툭, 말하기로 마음먹었다. 알아? 너는 걷는 사람이다. 지긋지긋한 과정을 마치고 결국 결혼식장에 설 때, 네가 서둘러 걷지 않으리란 걸 잘 안다. 또박또박 천천히 걸을 것이다. 널 보면 '일정한 속도로 걷는 사람'을 뜻하는 한국어 단어를 만들고 싶어진다. 사소한 일에 야단법석을 떨거나 마음이 조급해 우왕좌왕하곤 하는 나와 달리 너는 언제나 참 일정하지.

우리가 3시에 차를 마시기로 한다면 그건 네가 2시 50분에 카페에 미리 도착해 좋은 자리를 고른다는 의미야. 너를 늑대를 물리치는 빨간 모자 아가씨처럼 보이게 하는 새빨간 외투를 반듯하게 접어 곁에 둔다. 다음엔 카페 안 풍경을 차별 없이 고루 바라본다. 어느 한 곳 놓치지 않고 눈길을 준 뒤에 짓는 미소는 작은 꽃송이처럼 소담하고 안전하다.

사교적이지만 사회적이지 않은, 그래서 오랜만에 친구를 만날 때마다 부담과 불안을 느끼는 나는 그 미소에 마음을 툭, 놓는다. "어떻게 지냈어?" 묻기만 해도 너는 너의 일상을 셰에라자드(『아라비안나이트』에서 황제에게 재밌는 이야기를 천 일

동안 들려주며 목숨을 구한 전설의 페르시아 왕비)처럼 들려주곤 하니까. 나는 그냥 들으면 돼. 얼마나 편안한지.

학생과 친구가 되는 것은 기쁘고도 어려운 일이야. 교단에 서서 가르치다가 카페에 마주 앉아야 한다는 건 설레기도 하지만 두렵지. 자꾸만 내가 말을 해야 할 것 같거든. 무언가 값진 것을 주어야 할 것 같거든. 한 번의 만남도 성취가 있어야 할 것 같거든. 하지만 너와는 기쁘게 만날 수 있어. 책가방 메고 학교에 다녀온 아이처럼 네가 재잘대주니까.

처음에 W는 내 글쓰기 클래스 학생이었다. 첫 수업의 풍경은 정확히 되짚을 수 없는데, 네가 보낸 첫 메시지는 기억하고 있다. 강의는 단 두 명이 모집되었다. 폐강을 하려던 찰나 글쓰기 아카데미에서 메일을 보냈다.

"한 분이 아주 강력하게 개강 요청을 하셨어요. 수강 접수 첫 날(그러니까 두 달 전이죠)에 신청을 하셨고요. 병원에서 주 6일 근무를 하시는 분인데 이 수업을 듣기 위해 휴무일을 수요일로 바꾸셨다고 해요. 다른 팀원들이 모두 이 분의 일정에 맞춰 수요일로 휴무를 맞추셔야 했기에, 팀원들에게 밥도 사고 여러 가지 눈치를 많이 보셨다고 합니다. 원래 문예창작과를 졸업하셨는데 글 쓰는 일을 하지 못해 늘 꿈처럼 마음에 품고 있었고, 수업에 얼마나 열심히 참여할지 열심히 피력하셨어요. 몇십 분 동안……."

'이 수업이 꿈이었다.'는 말에 나는 모니터 앞으로 바싹 다가갔다. 꿈. 꿈이란 단어에 손가락을 짚었다. 나였다면 얼굴도 모르는 아카데미 직원에게 내 꿈에 대해 이야기할 수 있을까. 꿈이라는 단어를 발음할 수 있었을까. 아직 얼굴도 모르는 네가 궁금해졌다. "네. 할게요." 짧은 답을 보냈다.

알지? 꿈이 밥이 되면, 글쓰기가 직업이 되면 그런 느낌이야. 별가루가 쌀가루가 된 느낌? 하하. 웃긴 비유지. 그런데 정말 그래. 눈을 멀게 할 정도로 반짝거리던 것이 매일의 양식이 되면, 설레지 않는 날이 기어코 오지. 오고 말지. 가끔은 물레를 돌려 실을 잣는 느낌으로 글을 쓰고, 아주 자주 키보드가 재봉틀처럼 느껴져. 설렘만으로는 밥을 벌 수가 없어서, 무표정하게 타자를 치다 보면 스스로가 노인처럼 느껴진다. 행복하지도 불행하지도 않은 상태로 살다 죽겠구나, 생각을 하지.

그때, 시들하던 나날에 별가루를 뿌린 느낌이었다. 내 일이 누군가에게 꿈이 될 수 있다는 전언에 '조금은 설레도 된다'는 허락을 받은 기분이 들었어. 글을 공들여 읽는 사람이 점점 드물어지는 시절에. 뭐, 어떠냐. 전 세계가 나와 같이 꿈꿀 필요는 없잖아. 글로 세상을 구할 것도 아니고. 나만 구하면 되는데.

열 번의 수업은 온전히 행복했다. W의 총총한 눈빛을 받으면 힘이 났다. 네가 오랫동안 품어왔을 질문들의 힘으로 수업은 바르게 굴러갔다. 우정이 일과 돈으로 엮이고, 그래서 무책임한 어떤 존재 때문에 우리가 소원했던 때. 긴 회색의 시간이 지나고 용기를 내어 다시 만나기로 한 날, 커피 발전소까지 가는 동안 첫인사를 연습했다. 미안하다고 말할까, 다시 봐서 참 좋다고 말할까.

문을 열었을 때, 나는 말을 할 필요가 없었어. 눈물이 나고 말아서. 눈앞엔 온통 핑크, 핑크, 핑크. 온 세상의 핑크색의 꽃은 다 모아온 것 같았던 아주 큰 꽃다발. 장미꽃과 아네모네, 카네이션이 3분의 1씩 모여 결 고운 종이에 싸여 있었어.

"결혼 축하해요. 티처."

언제나처럼 네가 나를 티처라 부르니 웃음이 났다. 먼 곳에서 온 사람과 사랑에 빠져 해낸 결혼은…… 노래와 춤, 박수 같은 것이라기보다는 제출해야 할 여러 장의 서류였어. 웨딩숍이 아니라 동사무소와 대사관에 가야 했고. 주례 대신에 번역가의 공증. 웨딩홀에서 서로에 대한 편지를 낭독하는 대신에, 우리가 나눈 카톡과 함께 찍은 사진을 '증빙자료'란 이름으로 날짜를 기입해 첨부했어. 바빠도 밥은 꼭꼭 씹어 먹으라는 말, 피곤할 때마다 네 사진을 본다는 말 같은 지극히 개인적인, 사랑의 메시지들을 공무원에게 제출할 때, 마음 한 켠이

개의 귀처럼 살짝 접혔어. 참을 만했지만, 아무에게도 권하고
싶지는 않은 과정. 그래도 차마 'I love you'라는 문장은 제출
하지 못했지. '자료가 부족해서 사기 결혼으로 의심받을지도
몰라'하는 두려움과 매일매일 싸우면서도.

　화려한 것에, 온전히 사치스러운 것에 둘러싸여 있고 싶었
어. 네가 준 꽃다발처럼 흔하고 아름답기만 한 것. 결혼 과정이
온전히 실용적이었기 때문에, 서류전형에 통과한 기분이었거
든. 언젠가 다이아몬드 링과 프러포즈 장면을 보고 엉엉 운 적
이 있어. 혼수와 반지와 주례를 원하는 건 아니야. 하지만 그런
걸 모두 거절한 게 마음 편하지 않아. 남다른 선택은 남다른
삶을 살게 하잖아. 늘 평범했던 사람이라 남달라지는 것이 두
렵고 고단했나 봐. 어떻게 해. 속물적인 부분도 나의 한 조각인
걸. 울고 말아야지.

　당근 주스와 케냐 커피를 마시며 우리는 사랑에 대해 이야
기했다. W야, 네 사랑은 어떤 것이냐는 질문에 너는 주스를
한 모금 마시더니 말했다. "티쳐. 저는 그동안 꽉 짜인 플래너
처럼 살았잖아요."라고 언제나처럼 차분하게 숨을 골랐다. 너
는 시를 전공했지만 자격증을 따서 병원에서 돈을 벌어야 했
다. 자신을 소모시킨 기분이 들면 사과즙이나 양파즙 같은 걸
주문했다고 해서 내가 한참 웃었었는데.

"예전에는 놀지를 않았어요. 술을 마시며 오래 수다를 떤다거나 하는 건 잘 못했어요. 지금은 매일 함께 놀아요. 그냥 맛있는 거 먹으러 가면서 '얼마나 맛있을까. 진짜 진짜 맛있겠지' 그런 대화를 해요. 별거 없어요."

별것 없는 데이트. 그게 얼마나 좋은지 내가 알지. 멀리 여행 갈 필요도 없고 분위기 좋은 곳에서 술 마실 필요도 없이, 가만히 누워서 수없이 이야기를 나누는 사이. 그게 사랑이니까.

"제가 일을 다 못했다고 동동거리면 그는 말해요. '음, 그럼 내일 하면 되지.' 그 목소리가 너무 좋아요. 그는 제 일이 얼마나 다급한지, 하루 밀리면 다음 날 숨도 못 쉬며 해야 하는 건지 모르잖아요. 그래서 이러저러하다고 설명하면 또 말해요. '그래? 네가 그렇게 말한다면 그렇겠지? 너는 언제나 옳으니까.' 그는 제가 한 말은 다 맞다고 생각해요. 엄마 말 다 믿는 아기처럼요. 그래서 내가 더 잘 살아야겠다 생각해요. 저를 몰아붙이는 방향은 아니고요."

마음이 편해져서 살이 쪘다며 웃었다. 보기 좋게 통통해진 볼에 띤 붉음이 얼마나 아름답던지. 다시 또 말할게. 혹시나 네가 내일 마음이 아플 일이 생길까 몰라서 말하고 또 말할게. 백 번이라도 말해줄 수 있다. 높은 해일에 맞서더라도, 험준한 산맥을 오르더라도 당연한 듯 또박또박 걸어갈 사람이 너야.

그걸 내가 안다. 너의 글과 말과 언뜻언뜻 스치는 마음에서 다 알 수 있었어. 그러니까 아무것도 염려하지 마.

　W야, 네 행복에 제동을 거는 것들은 다 무찔러버려. 그리고 그럴 힘이 너에게 있다. 꽃과 시, 사랑 같은 단어처럼 흔하고 아름다운 것을 좋아하는 네가 흔하고 아름답게 살아가기를 바란다. 박수와 응원을 보낸다.

사랑한다는 말 대신 뜨거운 빵을 사 왔지

내가 프랑스식 아침 식사를 좋아하는 이유

제일 먼저 잠이 깬 누군가는 홍차를 도자기 티포트 가득 끓여 놓는다. 사랑하는 사람들이 부드러운 차 향기로 아침을 맞이할 수 있도록. 사랑에도 모양이 있다면, 이것이라고 생각했다. B의 프랑스 집에서 가장 좋아했던 순간. 아침 식사 시간이었다.

처음엔 좀 당황했다. 당황은 두 가지.

"어떻게 매일 빵으로 아침을?"

"어떻게 이렇게 여유롭게 먹지, 이 분주한 시간에?"

하나는 무지였고 하나는 오해였다. 우선 잼 버터 초콜릿 견과류 스프레드 같은 발라 먹을 것의 종류가 몹시 다채로우니

질리지 않고 먹을 수 있었다. 바게트, 식빵, 시골 빵, 크루아상. 보통 이런데, 이것도 카테고리가 여럿으로 나뉘니까. 호두 식빵, 호밀 식빵, 초콜릿 크루아상, 아몬드 크루아상……, 천 갈래 만 갈래가 될 수 있다. 빵 고르는 재미만 익히면 아침은 재미있어졌다.

여기에 찬장 몇 칸을 가득 채운 차 종류를 기분에 맞게 더하면 식탁은 풍요롭다. 우리는 눈을 뜨면 신문보다 먼저 서로의 안색을 살핀다.

"오늘은 무슨 차?"

피곤해 보이면 특별히 산에서 따온 이파리로 만든 허브차를 권하기도 한다. 아침엔 커피보다는 차다. 프랑스(라기보다는 B의 집에는)에는 모닝커피 맛을 가리는 사람이 한국보다 드문 느낌이다. 커피 머신에 내려서 좀 묽고 식은 커피도 불평하는 사람이 없다.

게다가 과일 잼은 계절의 도락이다. 시골집 겨울 아침 식사는 지난 계절에 거둬 만들어둔 과일 잼에 대한 이야기로 채워진다. 한번은 식탁 위에 잼이 무려 여섯 종류가 놓인 적도 있다. 이쯤 되면 잼 뷔페. 정원에서 거둔 푸른 토마토로 만든 잼이라니. 태어나 처음 보는 샛노란 레몬 잼도. 가능만 하다면 그들은 수박도 잼으로 만들리라 생각했다. 남편도 자식들도 잼

만드는 걸 좋아해서 각자 잘 만드는 잼이 있었다. 어느 집이나 그런 건 아니겠으나.

물론 프랑스 사람이라고 모두 아침 식사를 중요하게 여기는 건 아니다. 그의 누나는 아침엔 거의 물 종류만 먹는다. 옅게 내린 홍차를 여러 잔 마신 후 마무리로 커피도 한잔, 아이를 맡기고 출근하기 위해선 긴 숨이 필요하니까 테라스로 나가 담배를 한 대 길게 태운다. 한숨을 한 번 쉰 후 핸드백을 챙긴다. 그게 다다.

그녀의 남편은 아무 잼이나 바른 빵을 입에 물고 운전대를 잡는다. 맛있는 것은 좋아하지만 요리에 열광하지는 않는 타입이랄까.

"기엠은 도시 출신이라서 그래."

B는 그의 피자나 버거처럼 쉽고 빠르고 기름진 주문 음식을 즐기는 기엠의 건강을 염려하지만, 종종 나는 그에게 동질감을 느낀다. 급히 아침을 때우고 찬바람 맞으면서 일하러 가는 기분도 되게 괜찮아.

그런가 하면, B는 아침을 정말 근사하게 먹는다. 약간 과장하자면 거의 수도사처럼 보인다. 아침 식사를 마치 작은 기도처럼 한다. 우선 순수한 홍차 잎에 뜨거운 물을 조르륵 내리며 아침을 연다. 토스터에 구운 뜨겁고 바삭한 바게트 조각에 솔

티버터를 한 층, 밤 꿀을 한 층 두껍게 발라서 한 입 베어 문다. 그러는 동안 적당히 식은 차를 한 모금. 자극적이니까 커피는 안 된다. 차가 너무 뜨거워도 안 되지.

"아침은 은근하게 열려야 해."

그에겐 나름의 아침 식사 철학이 있다. 싸구려 티백을 끓는 물에 첨벙 담가 검고 쓰기만한 홍차를 보면, 그는 너무 슬퍼한다. 나는 프랑스식 아침이 좋았다. 누군가 희생하지 않아도 된다는 것. 밥을 안치고 국을 끓이지 않아도 식탁은 풍성하다는 것. 5분 정도면 상대에게 사랑을 전할 수 있다는 게 마음에 들었다. 간단하고 간편한 사랑. 나처럼 게으른 사람도 사랑하는 사람의 아침을 행복하게 만들 수 있어서.

가끔 그의 안색이 좋지 않을 땐, 집 근처 베이커리에 갓 구운 바게트를 사러 갔다. 급한 맘에 잘 때 입던 바지를 그대로 입고서. 눈이 커다래지는 B에게 거짓말을 했다.

"한국 사람들은 누구나 수면 바지를 입고도 밖에 나갈 수 있어."

사랑에 미친 크레이지 걸프렌드처럼 꺄아아아 웃으며 달려나가 빵을 안고 달려왔다. 숨이 좀 차고 4000원 정도를 쓴 것만으로, 누군가를 불현듯 행복해지게 만들 수 있다니, 이게 기쁨이 아니면 뭐란 말이야.

워킹홀리데이 비자가 만료될 즈음 나를 만나 한국에 머물게 된 B. 프랑스에서 편집 디자이너로 일했기 때문에, 한국에선 경력을 살려 할 수 있는 일이 없었다. 한국말을 잘하는 사람도 한국에서 디자이너로 일하는 건 쉽지 않으니까. 아예 꿈도 꾸지 않았다.

"나는 긴 휴가에 갇혀버렸어. 매일 휴가라서 조금 슬퍼요."

어느 날 담담하게 그가 말했을 때, 나는 서둘러 작은 방으로 달려갔다. 눈물이 흐를까 봐 눈에 힘을 꽉 주고, 넷플릭스를 크게 틀어놓고 흑흑 한참을 울었다. 어쩌면 덫에 걸린 느낌이 들었을 텐데도, 누구도 해치지 않는 고운 말로 심정을 말하는 그가 고마워서. 안쓰러워서. 해줄 수 있는 게 없어서. 어떤 말로도 위로할 수가 없어서. 너의 불행의 원인이 바로 나인데, 내가 어떤 문장으로 위로를 할 수 있겠느냔 말이야.

한집에 살게 된 첫 해. B는 가끔은 종일 침대에 누워 있기도 했다. 종일 눈이 돌아가게 일한 후 멍한 정신으로 귀가했을 때, 아침에 누워 있던 자세 그대로 있는 그를 보면 마음이 무너졌다. 무너져내렸다.

B는 때로 다섯 살 어린이가 그대로 어른이 된 것 같다. 그는 기쁘고 즐겁고 행복한 것을 조금도 숨기지 못한다. 오랜만에 제비다방에 가서 우리 둘 다 좋아하는 머그잔 생맥주를 세

잔씩 마신 밤. 길에서 손을 잡고 빙글빙글 춤을 추었다. 길가에 앉아 피자 조각을 들고 쉴 새 없이 농담을 했다.

"우리가 밤을 아름답게 만들었어."

취해서 하는 이야기가 세상의 아름다움을 구성한다고 믿는다. "사랑하는- 사람하고- 두 손을- 잡으면- 언제나- 행복, 행복, 행복."

한국어로 엉성한 노래를 지어서 부른다. 오븐에서 뜨끈한 파이를 꺼낼 땐 반드시 콧노래를 부른다.

"잘 구운 사과파이는 즐거움이니까 즐거운 노래를 불러야지!"

그는 박자 감각이 없다. 노래를 잘 부르지 못해도 개의치 않는다. 노래를 부르는 건 즐거운 일이니까. 요리를 하는 건 즐거우니까.

길을 걷다가 벽 틈에 솟아난 작고 샛노란 꽃을 보고 한참을 떠나지 못하는 사람. 도시의 틈바구니에 피어난 생명이 어여뻐서, 사진을 찍는 대신 눈에 담는 사람. 일 년이 지난 뒤 "그때 그 벽의 꽃 말이야." 하면서 "응? 그 꽃이 대체 뭐야?" 어리둥절 기억 못 하는 나를 섭섭해하는 사람. 그런데 어느 날 문득, 표정이 사라져버렸다. 웃지도 울지도 화내지도 않았다. 슬픔과 무기력을 나에게 숨기려고, 어떤 말로도 감정을 드러내지 않았다.

그럴 때마다 우리 동네 로아 베이커리로 달려갔다. 로아 베이커리 빵은 정말 맛있으니까, 맛있는 건 B를 행복하게 만들 수 있다고 믿으니까. 혹시 바게트가 다 떨어졌으면 빨간 신호등을 무시하고 스프린터처럼 달려서 키다리 아저씨 빵집으로 갔다. 바게트를 하나 집고 혹시 몰라서 초코 크로와상도 하나 고르고 혹시 또 몰라서 호두가 박힌 식빵도 더했다. 오늘 말고 내일도 모레도 네가 우울할지 몰라서 자꾸자꾸 빵을 샀다.

아직 잠에서 깨지 않은 B가 눈을 떴을 때, '오늘은 행복하다.'고 느껴주길 바라며 빵을 아주 많이 골랐다. 생각이 자꾸 이어지니 자꾸 또 겁이 났다. 어젯밤에 그가 악몽을 꿨으면 어쩌지. 아침부터 죽고 싶으면 어쩌지. 가족이 보고 싶으면 어쩌지. 눈을 떴을 때 진짜 프랑스의 아침이 그리워 울고 싶으면…… 나는 어쩌지. 너는 어쩌지.

식빵이 뜨거워서 품이 너무 더운데 자꾸만 눈물이 났다. 바보 같이. 내 마음을 한국어로 모두 세세히 전할 수 있다면 좋을 텐데. 바보야. 알아? 나는 한국어로 글을 쓰는 사람이란 말이야. 글로 밥을 버는 사람이란 말이야. 우리가 천국에서 다시 만난다면 그때는 나는 프랑스어를, 너는 한국어를 정말 잘하는 사람이 되어서 1밀리미터의 마음까지도 모두 전할 수 있길,

그때는 빵으로 사랑을 전하지 않아도 되길, 그렇게 바랐다.

엄마에게는 아침밥 노동의 고단함을 잊게 해주고 싶었다. 개화기 사람처럼 마음이 급했다. '서양 아침밥'을 나의 가족에게 알리고 싶었다. 길에서 전도하는 사람들이 왜 그렇게 말이 많은지 알겠네. 아니, 이 귀한 말씀을 왜 모른단 말이야.

"엄마, 아침밥은 되게 되게 행복한 거야. 그럴 수도 있는 거였어."

'아침밥'이란 말을 들으면 스트레스부터 받으며 살아왔을 엄마에게, 평화와 고요, 달콤함을 전하고 싶었다.

"커다란 트레이에 빵이랑 버터, 잼을 미리 담아 둬. 먹을 땐 트레이 째 식탁에 올려도 돼. 3분이면 준비가 돼. 밥하는 사람이 따로 없어, 유치원 아이도 스스로 꺼낼 수 있다니까!"

말을 하다 보니 알게 되었다. 내가 진짜로 전하고 싶었던 건, 유럽식 아침의 낭만 같은 게 아니었다. 프랑스 아침의 아름다움 따위가 아니었다. 유럽이든 미국이든 주방에 있는 고정 역할은 여자다. 그래도 아침만큼은 좀 늦게 일어나도 된다고. 아침부터 가스 불 앞에 서 있지 않아도 된다고. 지지고 볶고 끓이지 않아도 된다고. 그런 아침도 있다는 걸 알려주고 싶었다. 아침밥 노동의 고단한 기억을 좀 잊게 해주고 싶었다. 마음이 급하면 자꾸만 말이 길어진다.

"접시도 꺼내지 마. 빵가루는 다 먹고 나서 한 번에 쓸어버리고, 컵은 물로 헹궈도 돼. 샐러드? 먹지 마, 먹지 마, 먹지 마. 설거지 생기잖아. 엄마."

엄마가 좋아하는 짙은 보라색으로 티포트와 티컵을 사서 선물했다. 엄마는 원두커피를 자주 마시지 않으니까, 좀 고민하다 중국집에서 자주 마셔 익숙할 자스민 티도 샀다(실패. 누가 아침에 자스민 티를 마시냐).

그래도 조바심이 나서, 엄마 생일에는 더 비싼 분홍색 도자기 컵을 샀다. 나는 조바심이 날 때마다 네이버 페이를 자꾸 쌓는다. 뭘 사다 보면 액수만큼 행복이 쌓일 것 같아서, 자꾸 뭘 산다.

"무슨 컵이 이렇게 비싸?"

역시나 이래야 우리 엄마지. 엄마 취향에 칸토 머그컵은 너무 밋밋하고 단순하고 투박했다. 아뿔싸. 취향이 달랐다. 엄마는 아직도 그 컵을 안 쓴다. 새집에 이사 가면 쓰려고 박스째 보관하고 있다.

엄마 집 근처 유기농 베이커리도 검색해 알려주려다, 결코 사지 않을 것 같아 관두었다. 하지만 의외로 엄마의 학습 속도는 놀라웠다. 신바람이 난 개화기 여학생 같았다. 이런 신여성! 나는 개화기 사람이라 자꾸 가르치려 했는데, 엄마는 자기에게 맞는 아침을 잘 찾았다. 누구 엄마라 그런지 역시 똑똑했다. 엄마는 알라딘 중고서점에서 샐러드 조리법 책을 여러 권 사서 공부했다. 잎채소 약간에 많은 걸 뿌렸다. 달디 단 콘 통조림도 뿌리고, 몸에 좋다는 견과류도 넘칠 듯 뿌리고, 마요네즈 베이스 드레싱도 듬뿍 뿌렸다. 잔소릴 좀 하려다 관뒀다. 엄마가 행복하다면 뿌려뿌려. 엄마 막 뿌려. 언제 그렇게 엄마 식성대로 뿌려봤겠어. 늘 아빠와 우리 식성만 맞췄지. 괜찮아 괜찮아, 행복하면 0칼로리야.

아침 빵 잘 먹고 있냐고 물으니 답장이 왔다.

"나는 빵 별로 안 좋아해. 너, 아직 날 잘 모른다?"

메롱 이모티콘과 함께 엄마는 샐러드 접시, 둥글레 차, 에세이 한 권으로 차려진 식탁 사진을 보내왔다. 60대의 인스타그래머 같았다. 약간 허세 아침밥. 귀여워서, 사랑스러워서, 무언가 사랑스러우면 나는 꼭 운다. 우는 아이 이모티콘을 보냈다. 엄마는 답장으로 물음표 열 개를 한 번에 보냈다.

"이쁜 우리 딸, 왜 왜 왜 울어???????????????????"

매일 아침 뜨거운 밥과 국을 먹던 아버지가 돌아가신 뒤 엄마는 스스로 아침을 챙겨 먹은 적이 없었다. 아침을 차리는 의무가 사라지자 엄마는 무기력해졌다. 아침에 일어날 이유가 없어서, 계속 침대에 누워 있었다.

내가 스물한 살 적, 아버지가 심장마비로 잠결에 돌아가셨고, 그건 할머니가 돌아가신 뒤 겨우 이년 후의 일이었다. 5명이던 가족이 순식간에 3명이 되었다. 엄마는 1년 동안 배터리가 나간 사람처럼 살았다. 당연했다. 평생 시집살이를 시키고 며느리를 질투하던 할머니가 돌아가신 뒤, 우리는 잠깐 단란했다. 사는 내내 자신의 아내가 자신의 홀어머니의 털끝 하나 건드릴까 노심초사하고, 자신이 아내를 사랑한다는 티를 내면 어머니의 심경을 거스르는 일이라 여기던 아버지는, 달라지려고 노력했다.

그 추억들은 모두 이마트에 있다. 우리는 넷이서 신나게 이마트에 갔다. 커다란 카트를 밀면 그 속도만큼 행복이 다가오는 것 같았다. 남동생과 나는 이미 대학생이었는데도 초딩처럼 굴었다. 우리가 좋아하는 과자나 빵 같은 걸 엄마가 모르게 카트 안에 몰래몰래 넣었다. 계산대에서 30만 원이 넘는 액수가 찍혀도 아버지는 개의치 않았다. 아버지도 스니커즈나 코카콜라처럼 엄마가 사지 말라는 것을 잔뜩 사고 행복해했다. 그때 아버지는 처음으로 철없는 아이가 된 것 같았을까. 집에 와서는 에어컨을 세게 켜고 넷이서 삼겹살을 구워 먹었다. 상추쌈을 우걱우걱 먹다가, 문득 우리가 주말 드라마 속 행복한 가족 같다고 느껴졌다. 난생처음이었다. 그 장보기와 식사는 자신이 만든 가족을 평생 낯설어하던 아버지 나름의 노력이었을까.

우리가 조금 행복하고자 했을 때, 그래서 함께 자주 밥을 먹었을 때. 어느 밤, 아버지는 고요히 돌아가셨다. 사는 동안 극도로 말이 없었던 남자는 떠날 때도 소리 없이 갔다. 나는 제사상에 스니커즈와 콜라를 놓으며 늘 외로운 아이 같던 아버지를 그렸다. 상대가 좋아하는 걸 주는 게 사랑이라 믿으니까, 그 달고 몸에 나쁜 것들을 제삿날마다 잔뜩 샀다.

아버지가 돌아가신 후 한참 동안 엄마의 밥을 염려했다. 밥은 먹었을지 혹시 또 텔레비전만 멍하니 보고 있는 건 아닌지 걱정이 쌓여, 오전 강의가 끝나자마자 광역버스를 타고 집으로 달려왔다. 그때 921번 버스에 앉아 창밖을 보며 여러 가지 계획을 세웠던 기억이 난다. 문화센터도 등록해주고 생일엔 아빠 대신 장미꽃을 배달해두고 저녁마다 함께 기도도 해야지, 대학 수첩에 꼭꼭 눌러 적었다. 집에 도착해 수첩을 펴기도 전에 마음이 부서졌다.

"밥은 먹었어?"

"……"

"왜 대답을 안 해!"

두어 번 묻다가 못 참고 또 욱해서 물으면 엄마는 마지못해 말했다.

"문 닫고 나가라."

목소리에는 아무런 음정이 없었다. 모래 같고 회색 같았다. 어떻게 사람 목소리가 그럴 수 있을까, 나는 정리 안 된 주방에서 사발면에 온수를 부으며 화를 냈다.

그때로부터 십몇 년이 흘렀다. 불행이 온몸에 달린 주머니 같아 그 무게가 너무 무거워 한 걸음도 걸을 수 없을 것 같아도. 울어서 눈이 퉁퉁 부어 누구도 만날 수 없을 것 같아도. 괜찮다. 그럼 누워 있으면 되지. 잠시 숨어 있으면 되지. 우울해 죽을 것 같아도 살아만 있으면 해결이 된다. 내가 아등바등 노력하지 않아도, 그냥 시간이 흘러서 나아지는 일이 세상에 많다는 걸 알게 됐다(이십 대 때는 이딴 말 안 믿었다).

엄마는 요즘 자주 카톡으로 아침 샐러드 사진을 보낸다. 프랑스 사위가 한국 땅에서 키운 유기농 채소로 먹는 아침이다. 엄마는 규칙적으로 건강한 아침을 먹고 B는 흙냄새를 맡으며 노래를 부른다. 어느새 우리는 지금, 조금 행복해지려고 한다. 행복하면 늘 불행을 염려하는 쫄보답게 또 엄마가 무기력해질까 봐 B의 표정이 사라질까 봐 걱정이 되지만, 괜찮아. 그럼 또 빵을 사러 달려가면 돼. 그러면 된다. 나는 행복을 향해 스프린터처럼 달릴 거니까.

p.s

왜일까. 프랑스 이야기를 하려던 글은 종종 엄마, 큰이모, 작은이모, 나의 사랑하는 나이든 여자들 이야기로 마무리된다. 빵을 사랑을 여행을 아름다운 관계를 여유를 아름다움을 떠올리면 그녀들이 떠오른다. 관능적인 연애를 경험해본 적 없이 남자의 아이를 낳고, 여유로운 아침을 즐겨본 적 없이 관절이 다 망가지도록 일하며 살아온 그녀들에게 삶의 기쁨을 보여주고 싶어서일지. 어쩌면 그 점 때문에 글을 쓰는지도 모르겠다. 내가 오래 생각할 주제다.

대화의 빈자리는 허튼소리로 채워진다

할 말이 없으면 술이나 마시자, 이상한 소리들 하지를 말고

"앞으로 몇 년생이냐고 물을 때마다 5천 원씩 내세요. 계좌이체? 안 되고요. 현금으로 제 손에 다섯 장 얹으세요."

오른손 바닥을 불가사리처럼 펴서 그의 눈앞에 흔들었다. 그러고도 짜증이 풀리지 않아 차가운 맥주 한 컵을 단번에 비웠다. 빈 컵을 친구 앞에 탁탁 치면서, 그를 향한 시선은 멈추지 않았다. 잠시라도 눈을 떼면 말썽을 부릴 것 같아서.

"어? 또, 또, 또 나이 물어보려고 입술 움직거리시네? 저도 맘 편히 놀아야 하는데, 방심을 할 수가 없잖아요. 그럼 지금 이게 누구 책임입니까?"

불꽃 에너지가 솟아올라 타자기처럼 말할 때가 있다. 주로 내 앞의 사람에게 화가 날 때, 또는 그가 너무너무 좋을 때. 이번엔 전자. 나는 소심한 사람이라 정색하는 것처럼 보이기는 싫어서 충분히 웃으면서 마치 농담처럼. 말 속에 뼈를 숨겨서 너만 알아듣고 다른 사람들은 그냥 농담인 줄 알도록 할 요량이었으나 실패. 취한 까닭에 한쪽 입술이 올라가 비웃는 상이 되었다. 10분 후 모임 어플 알람이 울렸다.

'너몇살님이 모임을 탈퇴하셨습니다.'

친구들과 마련한 작은 파티였다. 여행 좋아하는 사람들을 모아 남미 레스토랑을 예약했다. 안타깝게도 나는 기획 흥은 있고 진행 흥은 약한, 전형적인 용두사미 형 기획자였다.

'일요일 해진 후에 찍어 바르고 외출하고 싶은 사람은 몇 안 될 것이다. 그러기에 왜 모임을 일요일에 잡았는가……'

고양이를 껴안고 침대를 뒹굴며 울부짖었다. 힘을 그러모아 일어서야만 했다. 가야만 했다.

"전생에 내가 무슨 죄를……."

꿍얼거리며 발을 끌어 직직직직. 그토록 어렵게 의지와 기운을 모아 방문한 파티인데, 이게 뭐야 와르르. 레스토랑 문을 열자 쎄한 기척을 느낄 수 있었다.

'오늘 망조군.'

집 나갔다 돌아온 엄마 보는 새끼들마냥, 동료들 눈빛이 그렁그렁했다.

"선배 자리 저쪽이야. 내가 따로 비워놨지!"

아아, 친절하기도 해라. 분위기 띄우라고 일부러 콕 집어 가장 시들한 자리로 안내한 후배. 10년 전 잘못 찾아가 한마디도 못 하고 왔던 정치철학 북클럽 같은 분위기가 나를 감쌌다. 적막이 도도히 흘렀다. 다 식은 타코를 깨작거리거나 스마트폰을 보고 있는 다수와 들썩들썩 신이 난 단 한 명.

잠깐 내 얘기를 하자면, 선생병 혹은 사회자병은 나의 오랜 질환이다. 떠들고 싶지 않을수록 나는 떠든다. 그날의 분위기가 끝내 좋지 않을까 봐 염려하는 마음에 있는 힘껏 떠든다. 모임에서 누군가 하품을 하면 위기의식을 느끼고 널을 뛰는 나의 혀. 그럴 때면 친구들이 늘 묻는다.

"오늘 특히 신나 보이더라. 모임 분위기 별로던데. 네 덕에 그나마 견뎠다."

하나도 신나지 않았다고 답하면 친구들은 황당해했다.

"거짓말! 전혀 몰랐어."

아마도 이타의식이거나, 아니면 수년의 직장인 대상 강의 경력 탓일 것이다. 강의실에 설 때면, 종일 근무를 하고 강남에서 홍대까지 만원 지하철에서 서서 온 사람들이 눈에 들어왔다. 그들을 즐겁게 해주고 싶어서, 나는 언제나 나를 희극인이라 여기며 강의를 시작했다.

'희극인은 외로워도 슬퍼도 웃겨야 한다.'

나도 종일 취재하고 지쳤지만 나는 선생이니까 유쾌하고 에너지 짱짱맨이어야지, 꼭꼭 다짐했다. 물론 그들은 극동아시아의 30대 여자 강사를 알 리가 없지만, 내가 뼛속 깊이 짐 캐리와 로빈 윌리엄스의 속내에 공감하는 까닭이다. 그 둘이 평생우울증이었다고 할 때 나는 뜨거운 눈물을 흘렸다.

쓸모없는 말을 널브러뜨리고 돌아올 때면 언제나 허탈했다. 재미없는 이야기를 잘못 알아듣고 폭소를 터뜨린 것처럼 몹시 민망했다. 그래서 이날만은 그러지 않기로 했다. 모두가 하품을 하건 말건 내 알 바 아니다, 무리하지 말고 견디자. 내 입을 다물게 하기 위해, 쉬지 않고 차고 딱딱한 타코를 씹었다. 말하지 않으려고 노력을 했다. '너몇살'님이 대뜸 너는 몇 년생이냐고 묻기 전에는.

"몇 년생인지 말하고 앉으세요."

의자에 엉덩이 막 붙이려는 차였다.

"여기 있는 분들 다 나이 깠어요. 음 제가 보기엔 80년대 생이죠? 냄새가 달라."

그는 자기가 70년대 생이라 이 자리 분들과 대화가 안 된다고 했다. 아니 무슨 그런 할배 같은 소리를 하시냐, 몇 살이신데 그렇게 나이든 티를 내시냐고 했더니 그는 더 흥에 겨운 듯했다.

"오~ 맞춰보세요!"

세상에서 내가 제일 싫어하는 게 나이 맞춰보라는 사람이다. 곤란하다. 제 나이와 똑같게 말하면 섭섭해할 것이다. 너무 적게 말하면 주변 사람들에게 혼자서만 아첨하려는 사람으로 보일 것 같다. 더 많은 나이로 말하면 분위기가 싸해질 것이다. 내가 머뭇거리자 그는 말했다.

"역시 80년대 생이라 사람 볼 줄을 모르시네~"

아아, 너무나 대화가 재미있구나…… 최고의 주말 밤이야. 영원히 끝나지 않는 나이 지옥에 걸린 160cm의 파리가 된 기분이었다. 염려할 필요가 없었다. 그는 대화 주제가 다양했다. 그 자리의 적막은 금세 그의 '문화생활' 이슈에 묻혔다. 다른 사람들은 말할 새가 없었는데, 차라리 다행이라고 생각하는 것처럼 보였다.

어떤 문화생활들 하십니까, 뮤지컬 좋아하십니까, 저는 일주일에 한두 번씩 뮤지컬을 봅니다만, 직장 동료들은 문화생활에 너무 집중하는 것 아니냐, 그런 데 돈 쓰지 마라, 돈 모아 아파트 사라 너도 장가가야지 등등 잔소리를 한다. 다름이 아니라 제가 뮤지컬에 빠진 계기가 뭐냐면, 뮤지컬이 문화생활 중 으뜸인 것 같다, 저에게 카톡으로 말씀 주시면 아는 형님 통해서 20퍼센트 가격으로 표 드릴 수 있다, 직장인은 모름지기 문화생활을 해야 한다고 생각한다, 어쩌고 저쩌고······.

그놈의 문화생활 타령에 귀에 못이 박일 즈음, 내가 또 방심을 했다. 그냥 타코나 씹었어야 하는데.

"제값 주고 보셔야죠. 문화생활 좋아하신다면서요. 문화 창작자들 돈 좀 벌게 두세요."

"에이, 삐지지 마세요. 표 드릴게요. 카톡 아이디 뭐예요?"

그는 내 의자 등받이 팔을 두르고 내 쪽으로 바짝 당겨 앉았다. 말이 너무 세게 들릴까 봐 어물쩍 웃는 버릇 때문에, 이번에도 그는 내가 농담하는 줄 알았나 보다.

늘 이런 식이다. 모임의 누군가가 대화의 빈자리를 참지 못하고 너불거린다. 그러면 나는 대화의 빈자리를 참지 못하고 대꾸를 하고(그러면서 웃고) 그래서 상대는 내가 농을 거는 줄 알고 반긴다. 게다가 나는 모임이 지루하면 그게 마치 다 내 탓인 양 죄책감을 느끼며 고통을 느낀다. 맨정신으로 견디기 어려워 매번 취하도록 술을 마신다. 마시기를 멈추면 죄책감이 날 뒤덮을 것 같다.

그날도 그랬다. 맥주를 계속해서 들이켜니 웃음이 계속해서 나왔다. '술이 좋은 겁니다. 당신의 이야기가 아니고.' 속으로 되뇌었지만 누구도 몰랐으리라. 나는 또 신나 보였을 것이다. 그러다가 완전히 취해서는 호령을 한 것이다. 나이 얘기 더 하고 싶으면 돈을 내시고요. 앞으로 사람들에게 몇 년생이냐고 물을 때마다 5천 원씩 내세요. 그 돈 제가 모아서 2차 갈 거예요. 너 때문에 1차 너무 재미없었으니까.

"대화의 실패로 인한 빈자리는 이내 독설과 허튼소리, 거짓말로 채워진다."

유명인의 격언이란다. 외우자.

그는 왜 그랬을까. 알 수가 없다. 우리는 어색해도 된다. 당연하지. 처음 만났잖아요? 대화는 어긋나도 되고 느려도 되고 흥이 나지 않아도 된다. 다시 말하지만, 처음 만났잖아요? 우리는 행사 진행자가 아니잖아요. 그냥 심심하고 덤덤하고 아무렇지 않은 대화여도 좋단 말이다. 흰 죽 같은 대화도 충분히 좋단 말이다. 우리는 쉬엄쉬엄 걷는 것처럼 바람에 땀을 식히는 것처럼 대화를 할 수도 있다. '아는 형님'처럼 폭소 강박적인 대화 말고.

그가 떠난 후 상상했다. 그가 "뮤지컬 좋아하시는 분 있으세요?" 하고 다른 사람들의 답을 충분히 기다렸다면 우리는 각자 좋아하는 것에 대해 이야기할 수 있었을 것이다. 저는 뮤지컬 잘 몰라요, 저는 영화가 더 좋아요, 어떤 뮤지컬 좋아하세요, 그런 별것 아닌 말들. 그가 낯가림을 감추지 못하고 남의 농담에 조용히 웃기나 했다면 나는 그를 못내 신경 썼을 것이다. 겉돌지 않도록 그의 곁에 앉아 이런저런 농담을 건넸을 것이다. 우리는 친구가 되었을 수도 있다.

뮤지컬의 어떤 점이 그렇게 끌리셨어요, 라고 물었을 때 그는 대답하지 않았다. 눈을 똥그랗게 뜨더니 "하, 말로 다 못하죠." 하고는 어떤 뮤지컬이 제작비를 얼마 들였다는 이야기를 시작했다. 숫자에 기대지 않고는 제정신일 수 없는 것처럼 보였다. 쉬지 않고 헛소리를 떠들지 않고는 견딜 수 없는 것처럼 보이는 사람들이 있다. 맨정신으로 자신과 대면하는 것조차 불가능해 보인다. 너라는 존재를 견딜 수가 없니? 슬픈 일이다.

대화의 빈자리를 참지 못하고 허튼소리를 하는 사람을 싫어한다. 어색해서 하는 소리, 분위기 좋게 하려고 하는 소리, '마'가 뜨는 걸 참지 못해서 하는 소리. 말실수는 대개 그럴 때 하게 된다. 언젠가 나를 인터뷰하겠다고 온 분이 긴장을 풀답시고 "오늘 화장이 잘 받으셨네요." 등의 소리를 하기에 10여 분기다렸다가 테이블을 손으로 친 적이 있다. "본론으로 들어가시죠."

그것뿐이랴. 전국 팔도를 다니며 여행기자로 지내던 시절,

팔도의 별의별 소리를 다 수집했다. 공무원 차에 얻어 타거나 문화 해설사의 설명을 듣거나 하다못해 유명한 절의 스님의 안내를 받을 때, 그들은 대화의 빈자리를 참지 못하고 무례를 저질렀다.

"(공무원의 차에서) 물어볼 게 있는데요. 여자 기자님들은 왜 결혼들을 늦게 하시나요."

"(마을 이장과 길을 걸으며) 이 나무가 뭐처럼 생겼죠? 둥글 둥글 기다란 게, 아시겠죠? 여기자님들 이거 만지면 아들 낳으 십니다."

"(스님이 절을 소개하면서) 며느리 아이 가지게 해달라고 불 공드리러 오시는 어머님들이 많으세요. 기자님은 아이 있으신 가요? 결혼을 안 하셨어요? 아니 왜요? 출산율 높이는 것이 애 국인데. 애국해야죠."

"(오랜만에 만난 잡지사 편집장) 몸이 부해졌네. 요즘 어디 아파?"

"(망원시장 청춘마트 점원이 나와 애인을 가리키며) 어머니, 아들 과일 좀 먹이세요."

"(난임병원 원장) 27~37세 안에 난자 얼려야 돼요. 기자님 나이가? 허억. 37? 올해가 마지노선이에요 인터뷰 온 김에 얼 리고 가세요."

돌아보니, 내가 '어색해서들 하시는 소리'라 명명한 소리는 그냥 성희롱과 무례 그 자체였다. 대화의 빈자리가 생기면 '옳거니, 좋은 기회군' 싶었던 것들은 아닐까. 내가 너무 너그러웠군. 말과 말 사이에 섬이 생길 때가 좋다. 대화의 빈자리를 즐긴다. "모두의 말이 끊겨서 적막이 생기면 귀신이 지나간 거래." 초등학교 때, 누군가 꼭 이렇게 외쳤지. 귀신의 순간, 사랑스럽지 않아요? 허튼소리들 멈추게 하는 사일런트 고스트님이 자주 좀 오셔야 한다.

좋아하는 사람과 카페에 앉아서, 둘 사이의 대화가 멈출 때를 기다린다. 말의 빈자리를 응시한다. 말과 말 사이 섬이 생길 때, 기쁘다. 커피잔을 조용히 들어서 호로록 마시며 나는 좀 응큼하게 즐거워한다. '이제 우리는 대화 중 공백도 견딜 수 있는 사이가 되려나.' 하고서. 상대가 어색함을 뚫고서 조금은 조심스럽게 꺼내는 화제가 뭘까 궁금해도 하면서. 그 화제가 오늘 포털 사이트 메인 화면의 새빨간 이슈라면 나는 스푼을 들어 식은 차를 빙빙 저으며 1퍼센트 낙담하고, 그게 아니라 나를 만나러 오던 길에서 본 혼자서 말을 하는 할머니나 그 곁에 고요히 서 있던 더러운 개에 대한 염려라면 1퍼센트 설레한다. 게다가 그런 염려를 하는 자신을 좀 쑥스러워한다면, 더욱 사랑스럽다. 이런, 이런, 대화 변태. 구천을 떠도는 '빈자리 채우기 위해 보태는 말'들에 대해 생각한다. 몇 년 전, 택시 안의 빈 공기를 채우려고 난데없이 "세월호 유가족 문제 많지 않아요? 아니, 왜 나랏님한테 난리야. 보상금을 삼억 오천을 받으면 인제 조용히 좀 해야지. 뭣들 그리 시끄러운지!"라던 기사의 축축한 혀에 대하여.

아무튼 나는 그 택시기사에게 "기사님, 저는 이 얘기는 안 하고 싶어요. 기사님과 견해가 좀 다르거든요."라고 예의 바르게 1차 경고. 당연하게도 그는 사소하게 생긴 여자의 말에 끄떡도 않고 목소리를 더욱 높였고, 그날따라 아침밥을 먹고 나와 기운이 좋던 내가 소리를 질러 '빈자리'를 만들었다는 이야기.

"그마아아아아아안!"

사극처럼 호령을 했더니 택시 안이 쩌러렁 울렸다. 놀랍게도 그는 "허허" 개미소리 만하게 웃으며 혀를 접었다는 이야기. "살펴가세요." 내릴 때 되게 친절하시더라.

소리지르지 않고도 대화의 빈자리를 즐길 수 있었으면 좋겠다. 오늘도 불가능한 꿈을 꾼다.

실없고 심심한 사이의 매력

애인의 베스트프렌드와 친구가 될 수 있을까

8월의 여름은 아침부터 녹진하다. 가벼운 홑이불일지언정 두 발로 힘껏 박차야 비로소 커피를 끓이러 갈 힘이 모인다. "얍!"하고 자동로봇처럼 일어난 뒤 주방으로 간다. 6인용 모카포트를 꺼낸다. 크리스마스에 B의 남동생이 선물해준 것이다. 모카포트의 차갑고 매끈한 표면을 만지니 크리스마스 무드가 떠올라 기분이 나아진다. 옴폭한 용기에 커피가루를 수북이 채워 넣고 가스 불에 올린다.

진하게 추출된 에스프레소를 홀짝 마셔버리려다가, 조금 더 정성을 들이기로 한다. 절반은 아네모네가 그려진 작은 도자기 컵에, 절반은 호가든이라고 새겨진 커다란 유리컵에 부었다. 에스프레소는 아침에 주입해야 하는 엔진오일 같은 것이다. 여름은 여름이니까 대여섯 개의 투명한 각 얼음 위로 에스프레소를 흘려내려 아이스 에스프레소도 만들어야만 한다. 여름날의 진지하고 엄숙한 의식.

오른손에 유리컵을 왼손에 도자기 컵을 쥔다. 턱밑에 줌파 라히리의 『이 작은 책은 언제나 나보다 크다』를 끼운다. 거실의 탁자까지 살금살금 걸어간다. 아이스 에스프레소의 표면이 찰랑찰랑. 한 방울도 흘리지 않은 스스로를 보며 기분이 금세 좋아졌다. 아, 여름은 참 좋아.

무더위에 일찌감치 잠을 깬 샬리가 마루에서 커피를 마시고 있다.

"노란 포장 커피를 마셔보고 있어. 이거 괜찮은데?"

샬리는 남프랑스 알비에 사는 남자다. 어제 서울에 도착했고, 밤에는 한강에서 캔맥주를 잔뜩 마시고 돌아왔다. 취한 그는 어쩐지 자꾸만 한국 편의점에 가려고 했다. 딱히 살 것도 없었는데. 반년은 머물 것처럼 면봉 한 통과 맥심 모카골드를 한 박스 사 왔다. 커피 상자에는 연분홍으로 '라이트'라고 써 있다.

"좀 싱겁지 않아? 설탕이 절반도 안 들어 있거든. 건강에 유의하는 할아버지나 마시는 건데."

놀리고 싶어서 과장했더니, 그는 일부러 더 깜짝 놀란 척하며 허허허 웃는다.

"한국인이 좋아하는 커피니까 한 번은 꼭 마셔보고 싶었어."

샬리가 한국 커피를 진지하게 음미하는 걸 보고 호감이 생겼다. 현지 음식이 맛있든 그저 그렇든, 샬리처럼 목적 없이 여행 온 사람에게는 심각한 문제가 되지 않는다. 맛이 없으면 맛이 없어서 재미가 생겨난다. 그럼에도 왜 현지 사람들이 그걸 좋아하는지 이유를 탐구하면 물음표가 팝팝 터져서 흥미롭잖아! 운 좋게도 그 음식이 맛있다면 럭키. 두세 박스 사서 가족에게 나누어 주면 된다. 그들을 만날 적마다 두고두고 한국 이야기를 할 수 있다. 그러면 여행 추억은 즐거운 꽈배기처럼 꼬이고 늘어진다. 샬리는 내일 아침에도 맥심 커피를 마실까. 커피는 아직 잔에 절반이나 남아 있었다. 다음 날부터 매일 아침 샬리가 물어보았다.

"차가운 커피도 만들었어?"

뜨거운 커피만 가지고 올 때 물어보았다.

"오늘은 더워서 뜨거운 커피는 안 마시는구나."

차가운 커피만 가지고 올 때 물어보았다.

샬리는 B의 대학시절 친구다. 우리 집에서 2주 동안 지냈다.

그가 내 커피 취향에 대해 심심한 말들을 하는 건 그가 심심한 사람이라서가 아닌 걸 안다. 우리는 프랑스에서 두 번, 한국에서 한 번 맥주를 마신 사이다. 우리가 서로 서먹서먹할 이유는 별만큼 무수하지.

한국식으로 하면 나는 뼛속까지 문과고 샬리는 이과 중의 이과니까. 게다가 샬리는 나의 동생뻘이다. 다섯 살이나 차이가 난다. 언어도 문제다. 그의 프랑스 악센트 영어와 나의 한국어 악센트 영어는 종종 허공에서 맴맴 돈다. 한 번 두 번 세 번 되묻다가 민망해지면, 헤헤 웃어버린다.

샬리도 그런가 보다. 자꾸 실없이 웃는다. 실없이 웃다가도 '앗, 내가 너무 실없어 보이나' 하는 염려는 하지 않는다. 나의 실없음이 너에 대한 간절한 호의라는 걸 서로 잘 알기 때문에.

"오늘은 뭐 할 거야? 무슈 드망쥬."

나는 아직 그가 어색해서 자꾸만 농담을 한다. 그의 성은 드망쥬다. Demange에서 mange는 프랑스어로 '먹다'라는 동사다. 친구들끼리 종종 샬리를 놀릴 때, 드-망쥬라고 부르는 걸 보았다. 그걸 보고 나도 어색할 때마다 그를 무슈 드망쥬라고 부른다. 샬리는 그때마다 같은 대답을 한다.

"네가 그렇게 부르는 게 좋아."

심심한 농담과 심심한 리액션 사이로, 평화가 흐른다. 보통 애인의 동성 친구와는 이 정도면 적당하지.

헤헤, 소리가 피어나는 듯한 미소를 지으며 샬리가 문을 열고 들어온다. 정말 깜짝 놀랐다. 지금은 일요일 오전이고, 나는 런드리 카페에서 빨래를 돌려놓고 글을 쓰고 있다.

"베트남 샌드위치를 사러 나왔어. B가 '하노이 바게트' 지도를 그려줬는데 오늘은 문을 닫았네."

샌드위치는 못 사게 생겼으니, 빨래 바구니라도 들어주어야 여기까지 온 보람이 있겠다며 그는 세탁기를 바라보고 우뚝 서 있다. B는 늦잠을 즐기고 있으니 굳이 그에게 묻지도 않고, 구글맵에서 빨래방을 검색해 찾아왔을 것이다. 기꺼이 무거운 런드리 백을 내어준다. 친구가 호의를 베풀면 조금도 거절의 기색을 비치지 말아야 한다는 게 신조다. 이럴 때 뻔뻔하면 기분이 확 피어난다.

한가로운 여행자를 곁에 두면 덩달아 여유가 생긴다. 우리의 오전 스케줄은 빨래뿐이니, 채 건조하지 못한 청바지 같은 건 쨍쨍한 햇볕 아래 널어두고서 커피를 한 잔 더 만든다. 쓰다만 워드창을 다시 열고, 괜히 샬리를 떠본다.

"이번 책에 너도 한 챕터 넣어줄게. 어때?"

누군가와 친구가 되고 싶으면 나는 곧잘 수줍다. 그럴 땐 일 핑계를 대고 엉뚱한 질문을 던지곤 한다. 인터뷰라는 핑계를 좋아하는 이유다. 늦잠꾸러기 B가 일어나기를 기다리며 몇 가지를 물어보았다. 룰은 오직 하나. 생각하지 말고, 1초 안에 답하는 것.

좋아하는 단어는 무엇입니까?

"I don't know."

다시 진지하게 말해주세요, 무슈 드망쥬.

"justice(정의), héroïsme(용맹), égalité(평등), fraternité(유대감)."

좋아하는 음식은 무엇입니까?

"모든 고기! 로스트 비프(오븐에 구운 쇠고기), daube(고기 스튜)."

좋아하는 밴드는?

"멋진 질문이야! 퀸, 오아시스, 더 하이브스."

친구 B의 좋은 점을 단어 하나로 말해주세요.

"호기심이 많다는 것, 이건 B에게 말하지 말아 줘."

내년에 바라는 것이 있다면요?

"일 잘하고 싶어. 한참 동안 일하지 못했잖아. 바라는 건 그것뿐이야. 진짜로. 내 일에 능숙해지는 걸 바라(샬리는 욱하는 마음에 하루 만에 퇴사를 한 뒤, 생각보다 너무 길게 2년 넘도록 쉬었다. 조금 슬프게 들렸다)."

평소엔 보통 무엇을 합니까?

"요즘에는 조금 슬펐어요. 무기력했고. 이제는 괜찮아. 한국에 와서 친구도 만났고."

신이 있다고 칩시다. 그 신이 너에게 선물을 주겠다고 하면? 뭘 달라고 할 거예요?

"응? 왜 나야? 왜 선물을 주는 거야? 오케이, 메르시(고마워요)."

당신은 신에게 질문하고 따지느라 선물 고를 시간이 끝났습니다. 세상에서 가장 싫은 것은?

"misère(비참함)"

마지막 질문이야. 스스로에게 무엇을 물어보고 싶어?

"샬리, 너 지금 뭐 하고 있어? 나는 널 진짜 모르겠어."

하나 더. 누군가와 친구나 연인이 되고 싶으면 무엇을 하는 편이야?

"진짜 대화. 자꾸 대화하려고 해. 대화에 서투르니까, 더 그런 것 같아. 계속 이야기를 하려고 해."

내 글이 만약 책이 되어 나온다면, 한국어를 알아볼 수 있도록 Demange라고 원고 끝에 새겨주겠다고 약속했다. 책 한 권을 모두 훑어도 아는 단어를 찾을 순 없겠지만, 그 책 속에 너의 성이 들어 있다는 사실만은 기뻐해달라고 했다.

애초에 샬리에 대해 글로 쓸 계획은 없었지만. 눈을 마주 보고 이야기하다 보니, 어떻게든 책에 넣고 싶어졌다. 10분 동안의 인터뷰가 몇 시간 동안 맥주를 마시며 실없는 이야기를 나눈 것보다 반짝였다. 눈빛은 스킨십만큼 힘이 있으니까. 여러 가지를 알게 되었고, 알게 되니 왠지 샬리가 좋아졌다.

자기 이름을 부를 때마다 샬리는 고개를 15도 정도 굽히며 눈빛을 빛내는 버릇이 있었다. "으흥?" 하면서. 영웅 서사물을 좋아하는 사람답게 정의나 공정함 같은 단어를 내뱉을 때 어색해하지 않았다. 그는 다 함께 술을 마시고 밤 골목을 걸을 때마다 소란스러웠다. 마마무 노래를 따라 부르고 춤을 추고 쉴 새 없이 농담을 하고 휘파람을 불었다. 인간 유튜브 같았다.

눈을 마주 보고 질문을 던지자 그는 대뜸 수줍고 진지해졌다. 좋아. 나는 수줍고 진지한 사람에게 몹시 약하다. 친해질 수 있다는 용기가 샘솟는다.

다음 날, 일을 마치고 이리카페에 가서 B와 샬리를 만났다. 몹시 졸려서 길에서 눈을 감고 걸을 정도였다. 그들을 만나기 전에 '황력(자양강장제)'을 두 개나 마셨다. 둘은 야외 테라스에서 맥주를 마시고 있었다(둘은 2주째 매일 밤 맥주를 마시고 있다). 샬리는 '여어' 하더니 일어나서 비쥬를 해주었다. 우리 아침에 만났잖아, 바보야. 500cc 한 컵을 마셨을 뿐인데, 샬리는 멍멍이처럼 나를 너무 반가워했다. 비쥬 한 번에 마음이 녹았다. 피곤하냐는 질문에 "전혀! 나는 그런 단어 몰라. 친구를 만나는데 피로가 무엇이야?"라고 히어로처럼 외쳤다. 다 함께 하하하 웃었다.

열흘 동안 우리는 내내 농담을 했다. 졸졸졸, 시끄러운 농담의 시냇물 사이에서 일요일의 대화를 떠올렸다. 농담 주머니가 터진 듯한 샬리를 보면서, 그가 내 애인이었다면 어땠을까 생각했다. 열흘 안에 헤어졌을 것 같았다. "평소에 나는 내내 슬퍼."라는 대답을 떠올렸다. 그가 프랑스에 돌아가서, 홀로 지내는 작은 집에서 명랑하길 바랐다. "대화를 잘 하지 못하니까 진짜 대화를 하고 싶어서 계속 말을 해."라는 대답을 떠올렸다. 언제나 미소를 짓고 있는 그를 진심으로 폭소하게 만들 애인이 생기기를 바랐다.

샬리가 떠나기 전날 밤, 별건 아니지만 눈을 보며 꼭 해주고 싶은 말이 있었다. 무슈 드망쥬, 라고 불렀다. 언제나처럼 "으흥~" 하면서 샬리가 고개를 15도 내밀었다.

"우리는 세계를 떠돌며 살게 될 거야. 나와 B가 한국에 살건 프랑스나 캐나다로 이주하건 지구에 어디건 꼭 놀러 와. 언제 어디서건 너에겐 공짜 식사와 공짜 숙소, 공짜 친구가 있어. 언제든 환영이야. 개의치 말고 와. 여행하고 싶으면."

프리 프렌드(공짜 친구)란 말에 또 다 함께 와하하 웃었다.

대답이 뭐였는지는 잘 기억이 나지 않는다. 샬리는 새벽에 공항으로 떠나고, 내가 용케 일어나더라도 졸려서 이 말을 잊어버릴 것 같았다. 할 말을 다 하고서야, 속 시원하게 침실로 갔다.

다음 날 아침, 샬리의 짐을 보고 깜짝 놀랐다. 커다랗고, 게다가 천이 다 헤져서 제대로 잠기지 않는 백팩이 하나. 헌들헌들, 망원시장에 장 보러 가는 모양새로 공항철도를 타러 갔다. 우리는 내일 또 볼 것처럼 가볍게 작별인사를 했다. 잘 가, 또 와. 만남도, 작별도 모두 실없고 심심했다. 그런 사이도 있는 것이다.

행복한 섹스와
근사한 저녁 식사

세상에서 가장 중요한 대화가 섹스 아니야?

"이번 책에 섹스 이야기도 쓰는 거야?"

마루에서 워드 창과 씨름하는 나에게 차가운 홍차를 한 잔 만들어 준 뒤, 정원 손질을 하려고 나가며 B가 물었다. 당황했다. 예상치도 못한 질문. 친구들과 섹스에 관한 대화를 하는 일도 드문데, 무슨 글 주제로까지. 어물쩍 얼버무렸다.

"이 책은 사람 사이의 대화에 관한 책이야. 스킨십이 아니고."

어깨를 으쓱하며 웃는 그.

"세상에서 가장 중요한 대화가 섹스 아니야?"

그러네. 맞지. 네 말이 언제나 맞지.

"2권엔 용기를 내서 꼭 써 줘. 어떻게 썼는지 읽고 싶어."

꾸깃꾸깃한 모자를 눌러쓰며 말한다. 저 자신감이 놀랍다. 적어도 B에게 섹스 이슈는 '남자의 자신감' 같은 뻔한 맥락은 아닌 것 같다. 그보다는 생의 향유, 재미있는 놀이, 감각, 즐거운 대화 같은 이슈들과 같은 서랍에 들어가 있다.

섹스 이야기를 할 때 저토록 춤을 추듯 흥겨운 사람은 처음 보았다. 그러고 보니 그는 처음 만날 때부터 그랬다. 장난으로 "너에겐 어떤 판타지가 있냐"고 물었을 때 대답을 듣고 깜짝 놀랐다.

"3이라는 숫자가 좋아. 세 명이 하는 섹스."

숨을 훅, 들이쉬었다. 나는 쿨하다, 나는 꽉 막히지 않았다……. 애써 놀라지 않은 척했다.

"그렇지. 멋있는 남자와 너, 그리고 나. 최고네."

"음, 그것도 좋겠지만. 네가 내 판타지 물었잖아? 아름다운 여자와 나, 그리고 너."

판타지의 의미는 말 그대로 판타지. 갑자기 긴장이 풀려버렸다. 에라 모르겠다, 나도 아무 말이나 신나게 하자. 편의점에서 맥주 만원 4캔을 한 차례 더 사 오고 볼에 팝콘을 연이어 리필해가며 우리는 이야기를 계속했다. 마구 웃으며 농담을 하고 어린 시절 서로가 품었던 판타지를 고백했다.

"너에겐 누가 제일 섹시해? 나? 제시카 차스테인. 빨간 머리가 좋더라. 그리고 음, 길고 긴 머리카락이 좋아. 살갗에 찰랑거리며 스치는."

"나는 안 물어봐? 그럼, 내가 그냥 말하도록 하지. 나는 검고 윤기 나는 수도사나 사제 옷이 섹시하더라. 자고로 옷에는 작은 단추가 잔뜩 달려있어야지. 근육이 눈에 띄는 건 매력이 없어. 드러내는 건 재미가 없지. 좋은지 아닌지 확인하듯 물어보는 것도 재미없어. 자신감 없어 보여서 흥미롭지 않아."

우리는 별빛이 쏟아지는 사막과 새소리가 들리는 아침의 숲에서의 섹스, 우리가 어릴 때부터 좋아했던 영화들에 나오는 달콤한 섹스에 관하여 이야기했다.

"처음으로 환상을 품은 배우는 누구였어? 고등학교 때는 어떤 섹스를 꿈꿨어? 마리화나를 피우면 어떤 판타지가 생기지? 굉장히 좋을 때 불어로는 뭐라고 하지? 눈을 가리는 건 언제나 최고야. 상대의 혀에서 달고 쌉쌀한 와인 맛이 날 때, 갑자기 기분이 좋아져."

서로가 하는 말에 대해 절대로 그 수준과 가치를 평가하거나 비판하지 않는다는 전제를 둔 섹스 이야기란 애틋하고 즐거웠다. 기대와 즐거움이었고 미래와 계획에 대한 이야기였고 내가 미세하게 바라는 게 무엇인지 탐색하는 과정이니까, 즐겁지 않을 리가 없다.

요리나 영화, 음악, 농사처럼 자기가 좋아하는 모든 주제에 관해 대화를 시도하듯, 그는 언제나 유쾌하게 섹스에 관한 이야기를 꺼냈다. 에스프레소에 설탕을 넣어 젓듯, 유머를 몇 프로 섞어서 달콤 쌉싸름하게. 1퍼센트의 민망함이나 죄책감을 느끼지 않으면서, 저녁 테이블에서 캐주얼하게 섹스에 관한 대화를 나누는 건 정말 즐거운 일이었다.

섹스를 좋아한다고 말하면 나를 이상하게 보거나 내 눈앞에 너와 당장 섹스를 하고 싶어죽겠다고 오해하지 않는 상대와 마음 편하게 섹스에 관해 이야기한다는 건 내 인생 계획에는 없던 일인데, 오오 인생이란 재미있어라.

언젠가 크림을 넣은 홍합스튜에 화이트 와인을 곁들여 먹으며 말했었다.

"훌륭한 저녁 식사가 없으면 훌륭한 데이트 없어요."

"데이트?"

"하하하. 정확히는, 섹스. 식사가 만족스럽지 않으면 훌륭한 밤은 없어. 모든 요소가 완벽해야 해."

맛있는 것을 먹을 때마다 그 말이 떠올랐다. 행복한 섹스와 행복한 저녁 식사를 같은 카테고리에 두는 게 재미있었다. 적어도 프랑스 사람들에게 섹스는 가장 화려하고 충만한 감각 체험의 일종일 뿐이다. 세상의 즐겁고 아름다운 모든 것들과 같은 카테고리에 나란히 놓여 있다. 보드랍게 감기는 홍합살의 감촉, 아릿한 샐러리, 통후추가 던지는 자극, 혀끝을 톡, 톡 하고 건드리다가 목구멍으로 상큼하게 흘러내리는 화이트 와인, 끈적한 크림 소스, 소스를 머금은 잘 구운 바게트. 섹스도 이러한 맛의 연장이자 확장인 것이다.

언젠가 "여자가 굶주리도록 하라. 배부르면 섹스하기 싫어질 것이다. 포만감 심한 메뉴를 고르는 남자는 섹스에 성공하지 못할지니."라는 칼럼을 읽은 적이 있다. 뭔 놈의 의사가 쓴 섹스 칼럼이었나 본데, 무려 건강 섹션에 있었다. 못났다는 말밖에 덧붙일 말이 없다(섹스를 성공과 실패로 구별 짓고, 고작해야 횟수와 정력, 파워로밖에 논하지 못하는 사람들이 쓰는 글이 세상에 지나치게 많다).

이 글을 쓰려고 네이버에 '프랑스 섹스'를 검색하자 스포츠나 올림픽에 더 어울릴 법한 단어들이 뜬다.

'프랑스 섹스 횟수 1위, 일 년에 151회 즉 일주일에 3회 정도 섹스를 하는 것으로 나타났다.' 다음은 미국이다. 우리나라는? 섹스리스가 트렌드고, 일주일에 한 번 하는 것이 평균이라고 한다. 재미없다. 궁금하지도 않아.

솔직한 내 생각은? 프랑스 사람들도 우리나라 사람들처럼 야근을 많이 하고 주말엔 시댁에 가야 하고 스마트폰을 많이 한다면, 별 차이가 없어질 것 같다.

B는 자주 물어본다. 좋은 것을 좋다고 말하고 별로인 것을 별로라고 말하면, 말의 팩트 그대로 받아들이고 수긍한다. 취향에는 경중이 없고 옳고 그름이 없으니까, 뭐가 되었든 오롯이 상대가 맞다고 받아들인다. 내 몸이 아니고 네 몸이니까, 당연하다. 횟수보다 중요한 게 솔직함이라고 믿는다. 솔직하고 진실하기 위하여, 뭐가 좋은지 뭐가 싫은지 쉬지 않고 대화를 나누어야 한다고 확신한다.

"섹스 말고 다른 일을 할 때 우리가 서로의 선호도와 취향에 관해 대화를 나누듯이. 티셔츠 한 장 살 때도 내 취향을 세심하게 관찰하잖아. 하물며 섹스는 더 민감한 거잖아. 진짜 솔직한 대화가 정말 중요해."

교과서 같은 말이지만, 떠올려보니 진심으로 또박또박 말하는 사람을 본 일은 드물다는 걸 깨달았다. 어제는 샤워하러 나갔던 B가 침실로 돌아오며 속살거렸다.

"방문 앞에 귀여운 구두가 한 켤레 놓여 있어. They are drunken."

B도 록 콘서트를 보고 와서 심하게 취해 있었기 때문에, 그

상황이 엄청나게 러블리하다며 한참을 웃었다. 여행자들이므로, 특히나 금요일 밤이라거나 출국 전 마지막 밤이면 누군가를 에어비앤비 방에 데려오는 사람들이 있다. 처음엔 적잖이 놀랬지 뭐야. 비밀을 엿본 듯한 기분이 들어서 에어비앤비 방 옆에 있는 욕실에 갈 때마다 숨을 죽였다. 다음 날 아침에 게스트가 "굿모닝!"이라고 인사를 건넬 때 더없이 화창한 그 얼굴을 보면서 괜히 민망해졌다. 그, 그래……굿나잇이었겠구나.

아니, 이게 뭐야. 내가 우리 집에서 혼자 민망할 일이야? 하지만 한 번 한 번 겪으며 훨씬 나아지고 있다. 현관문이 아니라 방문 앞에 구두가 놓여 있어도, 이제는 크게 당황하지 않고 속으로 말한다.

"진짜로 너무너무 행복한 밤이 되길 바라. 서울에서의 마지막 밤이니까."

하룻밤의 인연이든 이어지는 인연이든, 감각이 나누는 대화니까. 폭발하는 즐거움이니까. 그건 좋은 거니까, 차가운 맥주를 홀짝 마시는 정도의 수고로움으로 축복해주려 한다. 섹스는 기분이 좋아지는 거잖아요. 기분이 좋아지는 건 좋은 거니까.

우리의 작은 규칙 하나는 스마트폰을 침실에는 가지고 오지 않는다는 거다. 허용되는 것은 소설책이나 시집 같은 것. 그리고 가벼운 마음. 한낮의 초조함과 책임감, 근면함 같은 것을 거실에 두고 잠자리에 드는 것. 게다가 사실 트위터가 섹스보다 덜 수고롭고 더 쉽게 재미를 주잖아요. 너무 위험합니다.

일부러 술을 걸치는 건 싫다. 그건 좀 슬프다. '분위기를 잡기 위해 와인을 사 오고 향초를 켜는 것'은 조금 슬프다. 너무 인위적이다. 와인과 향초를 좋아하지만 '오늘 섹스를 해야지'라고 생각하며 준비하는 건 시시하다. 차라리 감각에 대해 잘 써진 소설을 몇 줄 읽는 것이 도움이 된다. 최근엔 줌파 라히리의 소설이 좋았다. 부드럽게 관능적이다. 더없이 감각적이되 저속하지 않다. 은은한 향수 몇 방울도 좋은 것 같다. 게다가 책을 읽는 상대는 언제나 섹시하지 않나요?

우리가 마지막으로 섹스에 대해 나눈 대화가 뭐였더라. 우리의 80대를 상상했었다. 온몸에 주름이 져서 서로를 껴안을 때 그 주름의 결이 느껴지더라도, 서로를 사랑한다고 말할 건가요. 그렇게 내가 물어보았다. B는 내 어이없는 질문을 비웃지 않고 아주 진지하게 대답했었다. 우리의 주름과 주름이 서로 아름답게 겹칠 거야. 나는 노인이 된 우리의 밤을 희망차게 기다리기 시작했다.

폭소가 아니라 미소면 충분해

나라와 인종이 다른 사람들끼리 가족이 되는 일은 정말 좋지 않아?

아침 식사로 검정 무에 소금버터를 발라먹었고, 샤워를 하다가 뜨거운 물이 멈춰버렸다. 이런 세상도 있는 것이다. 적시다만 머리카락을 수건으로 동여매고 뜨거운 차를 마신다. 바닥은 타일이라 냉기가 올라오고 벽난로 가까이 가기엔 좀 후끈하니, 차의 온기로 몸을 덥힌다.

　이럴 땐 내가 장발장이라고 생각한다. 곁에는 조카들이 춥고 배고프다고 울고 있으니, 삼촌으로서 약한 모습을 보이면 안 될 일이다. 애써 자애로운 웃음을 지으며 "싸바 비엥(정말 괜찮아)."라고 말한다. "쥬 쓰위 콩떵뜨(나는 행복해요)." 아는 단어를 애써 조합해 말하니, 가족들이 괜히 웃는다. 그걸로 됐다.

물탱크에 문제가 있는지 보고 온다던 사람은 "아무 문제도 없는데"하며 읽던 잡지를 다시 편다.

거실은 평화롭고, 피레네 산맥에서 내려와 명절을 함께 보내는 양치기 개도 평화롭고, 내 머리칼도 평화롭고, 나는 이것만 다 쓰고 나서 튜브 고추장을 뜨거운 물에 좀 타서 먹어볼까 생각한다. 오늘은 12월 31일이고, 또 한 번의 파티고. 점심에도 '버터 버터 버터'한 요리를 먹을 테니 어쩔 수 없다(이것으로 17일째 51끼째). 정말이지, 타이밍이 중요하다. 지금 매운 것을 입에 넣어두지 않으면, 호화로운 테이블에서 나 혼자 또 상념에 휩싸이게 될 테니.

샤워를 하던 중 생각했다. 나라와 인종이 다른 사람들이 가족이 되는 것은 정말 좋은 일이지 않아? 세계 평화에 기여한다고. 점점 더 많은 사람이 범위를 넓힌 사랑을 해야 한다고. 네가 어떤 언어를 쓰는지 어떤 머리 색을 가졌는지에 눈을 감고, 안고 키스해야 한다고. 그렇게 한 사람과 한 사람이 서로 손을 잡고, 그들의 가족이 또 만나고, 가족의 친척이 또 한자리에 모여 뭘 잔뜩 먹고 배를 두드리며 춤을 추고. 그러다 보면 실과 실이 이어져 지구는 하나의 거대한 뜨개질이 되지 않을까? 여행은 순간순간의 점과 같다는 느낌이 든다. 자려고 누우면 그

것들은 선이 된다.

어제는 친척 어른이 "한국 소는 어떻게 우니?" 물어보았다. 나는 포크와 나이프를 내려두고 연극 오디션을 보는 기분으로 울었다. "음, 메에" 모두가 "메에"라고 알아들었다.

"똑같네!"

"아니오, 아니오. 음이 정말 중요해요. 음(숨을 모은다)-메에 (숨을 뱉는다)!"

프랑스 소는 "무우-"하고 운다. 프랑스 개는 와프와프하고 울고 한국 개는 멍멍, 왈왈 운다. 남프랑스 시골의 외딴집에서 매일매일, 그런 점을 생각한다. 우리는 다르고, 비슷하다고. 일 상의 작은 부분들이 모두 다르다. 이 집 사람들은 오리구이에 서 가장 맛있는 껍질과 지방을 길고양이에게 준다. 세상에. 아 까워라. "내가 먹고 싶어!" 외칠 수는 없는 일이지만, 눈물이 앞을 가린다.

우리는 만나고 헤어질 때 볼을 맞대며 입으로 쪽, 소리를 내 어 비쥬를 한다. 이 지역에서는 세 번이지만, 어딘가는 두 번이 라 나는 종종 혼자 '쪽' 한번 더한다. 모두 와르르 웃는다. 웃다 가 누군가를 툭 치면, 상대는 정말 깜짝 놀란다. 어떤 사람은 비쥬할 때 따뜻한 입술을 볼에 대기도 하지만, 웃으면서 누군 가를 치지는 않는다. 몸이 닿는 것에 대한 감각이 다르다.

다른 점을 가지고 우리는 웃고 운다. 그렇게 가까워지고, 세계가 점점 넓어지고. 국경은 점점 완만해진다. 어쩐 일인지 나를 만난 사람마다 한국에 대해 관심을 가진다. 너는 쌀을 좋아하지(나는 한국에서도 밥보다는 면이지만, 고개를 끄덕인다) 하면서 태국 쌀로 한 공기 가득 밥을 담아준다. 지금의 따사로움.

'똑똑하다'는 한국에선 스마트지만, 여기선 '좀 이상하다'는 뜻이다. 누군가에게 똑똑하다고 말할 때마다 또 와르르 웃는다. 우리가 굳이 한복을 입고 코리아를 알리지도 않았는데 도미니크는 조각보 패턴을 찾아보며 아름답다고 감탄한다. 로형은 "홍썽쑤 무비를 보았다"며 나를 불러 앉혔다. 〈그 후〉였다. "꼼씨꼼싸" 나는 손바닥을 펴서 양쪽으로 흔들며 웃는다. 그럭저럭이라는 말인데, 옛날 말인지 사람들은 잘 안 쓰고 어감이 좋아 나만 쓴다. 로형은 "영화에서 '똑똑하다'는 말이 나와서 네가 생각났어. 한국어를 네 덕에 내가 알아들었지."라며 뿌듯해한다.

맞아요. 홍상수 영화에서는 정말 많이 나오지요.

"보니까 너 참 똑똑해(술에 취해서 하는 말)."

"선배는 진-짜 똑똑한 사람이에요(더 취해서 하는 말)."

한국이었다면 그 말투를 기가 막히게 흉내 내어 사람들을 웃길 텐데, 나는 그냥 내가 아는 말만 한다.

"뭐 에 똑똑 오씨(똑똑하다는 단어를 알아듣다니 영화 주인공처럼 '당신도 똑똑해요')."

언어의 한계 때문에 긴 말을 할 수 없어 답답한데 로힝은 기분이 좋아졌는지 껄껄껄 웃는다. 됐다. 뜻은 통했다. 그럼 됐다. 미소 정도면 됐다. 폭소가 아니어도 삶은 즐겁지.

나는 말로 웃기고 글로 울리는 삶을 살아 왔는데, 여기에선 그럴 수가 없다는 것, 그런데 꼭 그러지 않아도 된다는 것을 깨닫는다. 사람들의 대화를 열심히 아주 열심히 듣는 것. 아는 단어가 나오면 아이처럼 기뻐하는 것. 사람이 하는 말이 아니라, 그 사람의 행동을 보고 좋은 사람이란 것을 느끼는 것. 말로 전할 수 없으니, 번역기를 이용하기보다는, '이따 헤어질 때 오래 안아줘야지', '고마웠다고 두 번 말해야지' 메모해 두는 것.

내 말을 하지 못하니, 나는 청각장애인들의 삶을 찾아본다. 아프리카의 아주 작은 부족의 노인을 떠올린다. 그 부족의 언어를 쓰는 가족과 친구가 모두 세상을 떠나서, 아흔의 노인은 홀로 지낸다. 언어를 품고서. 그의 하루를 떠올린다. 불러서 함께 밥을 먹고 싶다고 생각한다. 고독과 평화를 생각한다. 그 둘의 거리는 멀지 않다.

다시 태어나면 무엇이 되고 싶어?

엄마는 결혼은 안 하고 춤추며 전 세계를 떠도는 외로운 사람이 꿈이라 했다.

"다시 태어나면 무엇이 되고 싶어?"

좋아하는 사람에게 묻고 묻고 또 물어서 더 이상 물을 게 없을 때 하는 질문이나 떠올려 볼까. 엄마 집에 가서 맛있는 걸 잔뜩 먹고 노곤하게 마루에 드러누웠을 때, B와 펍에서 맥주를 마시고 또 마셔서 만족스러울 때 나는 이런 걸 묻는다. "뭘 그런 걸 물어?"라고 눙칠 줄 알았던 사람들은 의외로 성실하게 숙제를 하듯 답을 해주어 나를 놀라게 했다.

그는 색소포니스트가 되고 싶다고 했다. "아니야. 드럼이 좋겠어." 하다가 "아니야, 아니야. 바꿔도 돼?"라고 물었다. 바꿔도 되지, 얼마든 바꿔도 된다. 어차피 꿈인데 뭘.

"기타를 배워봤는데 나는 영 리듬감이 없더라고. 아무리 연습을 해도 그랬어."

그는 선천적으로 귀가 좋지 않다. 어릴 적엔 동굴 안에 앉아 있는 것처럼 세상의 소리가 아주 멀리서 웅웅웅 울리듯 들렸다고 했다(오른쪽으로 돌아누웠을 때 왼쪽 귀에 사랑해라고 말하면 알지 못한다. 그럴 땐 바보라고 다시 말해본다. 정말 모르네. 나는 기어코 몸을 돌리게 해서 다시 말한다).

아무튼, 소리에 예민해지도록, 음악의 아름다움을 느낄 수 있도록 애인의 엄마는 일렉 기타 레슨을 등록해주었다고 했다. 저녁에 먹을 빵과 아이스크림 정도를 사기 위해 운전을 할 때조차 열댓 장의 CD를 고르는 그다. 운전석에 앉으면 음악이 더 감미롭게 들린다는 이유만으로 운전을 좋아하는 그다. 어릴 적에 소리를 잘 듣지 못했기 때문에 소년이 되어서도 기타 리듬을 맞추기 어려웠을 때, 슬프지 않았을 리 없다.

"관악기는 기타보다는 잘할 수 있지 않을까. 리듬을 좀 몰라도 말야."

이렇게 열심히 말해놓고 돌아오는 길에서 또 부탁했다.

"한 번만 더 바꿀게. 우주인."

뜬금없는 질문을 통해 하나는 잘 알 수 있었다. 그는 인생을 좋아한단 사실을. 할 수 있다면 여러 번 살아보고 싶어 한다는 사실을. 뮤지션 한영애 씨는 내 질문에 그렇게 말했다.

"바위. 아주 높아서 아무도 오지 않는 산에 놓인 바위."

바위는 소리가 안 나잖아요. 당신은 소리를 다루는 사람인데요. 바보 같은 질문에 특유의 하늘에서 내려오는 것 같은 목소리로 천천히 답했다. 아주 여러 번 생각해온 듯 정돈된 말투.

"그래서. 그래서요. 아주 고요해지고 싶어요. 영원히. 참 좋을 것 같아."

인터뷰어로 일해 오며 주고받은 수백 수천 개의 질문과 답변 중에 그 순간이 가장 기억이 난다. 소리 없이 고요해지고 싶다는 음악가의 말. 왠지 알 것만 같은 아이러니.

국민학교 시절, 부모님의 꿈 알아오기 숙제를 했을 때 엄마는 말했다.

"발레리나."

깜짝 놀랐다.

"어릴 때 발레 배웠어?"

꿈이라는 단어는 엄마에게서 팔자, 인생, 운명, 날개 같은 단어들로 치환돼 흘러나온다.

"다시 태어나면 춤추면서 전 세계를 떠도는 사람이 될 거야. 날개 달고 훨훨."

"그럼 나는 유명한 무용수 딸이야?"

눈치도 없게 그렇게 물었다.

"네가 어딨어? 결혼을 안 했는데. 다시 태어나면 결혼 안 하고 아주 외롭게 살고 싶어. 춤추면서. 춤추며 살면 하나도 안 외로울 거야."

그 이야기를 들으며 호기롭게 대답했었다.

"그래. 나는 없어도 돼. 다음 생에선 꼭 그렇게 살아라, 엄마."

어릴 적 신촌 현대백화점에 갈 때마다 나는 기분이 좋아졌었다. 엄마가 "저기에 외할아버지가 건어물 상하던 땅이 있었어. 엄청 넓었어. 그거 그대로 있었으면 엄청 부자였을 건데." 라고 말했기 때문에, 백화점 푸드코트에서 초밥 세트 같은 걸 먹으며 이야기를 들을 때마다 너무 설렜다. "우리 부자였음 유부초밥 같은 건 초밥 살 때 안 넣을 거야. 그치?"

엄마가 무용을 배우던 여고 시절에 외할아버지는 농사에 크게 투자를 했고, 그해는 기록적인 흉작이었다고 했다.

"완전히 망해서 파주로 이사 갔어. 이후로 무용은 못 했지. 어릴 적 무용을 배울 때 레슨 끝나고 오면서 버스 정류장에서도 계속 나도 모르게 춤 동작 연습하고 그랬어. 나한테 춤 유전자가 있나 봐."

얼마 전 엄마 집 마루에 누워, 엄마는 다시 태어나면 뭐 되고 싶냐고 묻자 엄마 꿈은 여전했다. 나는 지하철이나 버스에서 가끔 만나는 랩 인간을 떠올렸다. 방금 레슨 마치고 나왔는지 혼자 랩 연습하는 '고등래퍼'들을 자주 본다. 엄마는 꿈꾸듯 이야기를 이어갔다.

"춤은 내 안에 짝깍 달라붙은 걸 살살 떼어내는 느낌이야. 아무 생각도 안 나고 푹 빠질 수 있어. 너는 글 쓰고 말하고 그럴 때 '세상에 부족한 게 없구나' 싶지? 나도 그래. 춤추면 아무 걱정도 생각 안 나."

우리 어릴 때 엄마는 하루 세 번 에어로빅을 갔다. 반짝이 에어로빅 옷을 입고 섹시뮤직, 뉴욕러버 같은 제목의 댄스 팝송에 맞춰 동작을 했다. 언젠가 구경하러 가서 구석에 앉아서 끝나고 다 같이 먹을 빈대떡을 기다렸었다(그 시절엔 왜 에어로빅 학원에서 떡이나 빈대떡을 노나 먹었을까). 우리 엄마는 세상에, 맨 앞줄 가운데 자리였다. 소녀시대라면 윤아, 원더걸스면 소희, 에프엑스라면 크리스탈이었다. 동작이 깔끔하고 정확하며 크게 뽐내지도 않았다. 과한 애교 없이 절도미가 흘렀다. 엄마보다 더 번쩍이는 에어로빅 옷을 입고 꽤 능숙한 아줌마도 있었으나, 그녀는 동작이 너무 과시적이고 털기가 너무 잘 았다. 반면 엄마는 선이 깔끔하고 잡스러운 동작이 없었다. 성격다웠다. 친구에게 큰 도움을 받으면 말로만 말고 꼭 문화상품권이라도 주라고 하는 그녀답게, 춤도 깔끔하고 똑떨어졌다. 그때 그녀는 지옥 같은 시집살이를 견디러 하루 세 번 에어로빅을 갔다.

"다녀오면 숨이 쉬어졌어. 세 번 가야 살겠더라고. 에너지를 다 쓰니까 잡념이 사라졌지."

다시 태어나서, 엄마는 발레복을 트렁크에 수십 벌 넣고 돌아오지 않을 해외 순방을 떠나고 애인은 빛나는 무대 위에서 기타 독주를 하고, 아니다. 우주인이 되고. 그럼 나는 우주의 먼지나 되어도 좋겠다.

무해한 솔직함

우리 엄마가 사람을 판단하는 기준이 있다. 엄마는 이성보다는 감정과 감각으로 세상을 헤쳐나가는 부류다. 사람을 볼 때도 자신이 60년 동안 발전시켜 온 레이더를 윙, 하고 가동한다.

"H는 발바닥 전체로 걷는 사람이더라. 멋있는 애 같아."

"발바닥? 그게 뭐야?(다른 데 카톡을 보내는 중이었다)."

"(자기 이론에 관심을 가진다는 것을 반기면서) 발끝으로만 걷는 사람이 있구, 발을 직직 끄는 사람이 있어. 근데 걔는 발 전체에 힘을 주어서 걷더라. 아주 당당하게. 탁탁. 힘을 고르게 주어서. 탁탁."

"???"

엄마는 내가 열었던 플리마켓에 응원하러 왔다가 H를 처음 보았다. 초여름, 한껏 달아오른 옥상에서 얄팍한 조리를 신고서 단단단단, 걸어다니며 행사를 진행하던 그녀를 본 것이다. '엄마, 나는 어떻게 걸어?' 물어보고 싶었지만, 기분이 나빠질까 봐 그만두었다. 얕은 개울도 잘 건너지 못해 늘상 발을 모두 적시고 울었던 6살짜리 꼬마로 나를 기억하기 때문에.

발에 힘을 주어 걷는 사람. 아무튼, 그다음부터 나는 H의 발을 유심히 보게 되었다. 발의 움직임을 보다가 시선을 움직여 그의 말을 유심히 듣게 되었다. "궁금하면 물어봐야지"라는 말과 그때의 표정이 가장 인상적이었다. 한 점 거리낌 없는 순수한 궁금함의 표정. 무구한 그 얼굴.

사람들은 보통 아무 말이나 하니까 정신없이 대화하던 중에 실수를 꽤나 많이 한다. H는 대화 중에 뭔가 미심쩍으면 "응?"이나 "왜?"라고 바로 표현한다. 보통은 이런 식이다. 상대의 말을 대충 듣기 때문에 그 실수를 눈치채지 못하거나, 아니면 상대가 민망할까 봐 대충 넘어가고 봉합하곤 한다. 그런데 H에겐 그런 거 없다! 절대 없다! 대충 넘어가지 않고 꼭 물어보곤 한다. 잔잔한 수영장에 풍덩, 다이빙을 하듯 갑자기 물어본다. 수면 위로 물방울이 마구 튀어오른다.

"응, 그게 무슨 뜻이야? 응?"

"왜? 왜 그렇게 생각해?"

화를 내는 게 아니다. 질문은 공격이 아니다. 그냥 물어보는 거다. 궁금하니까요. 너를 알고 싶으니까요. 그렇게, 발에 힘을 주어 걷듯이 단단단단, 묻는다. 누군가는 그 질문에 약간 놀라거나 겁을 먹겠지만, H의 진심은 그냥 이런 것이다.

'응? 왜? 그게 무슨 뜻인지 잘 알고 싶어. 너를 잘 알고 싶어.'

아마 본인은 잘 의식하지 못하겠지만, 그건 어쩔 수 없이 어떤 부단한 직업적 트레이닝에도 불구하고(그의 직업은 인터뷰어다. 인터뷰이의 말을 수용하고 소화하되 '응?'이라고 되물으면 좀 위험하다) 절대로 소멸되지 않은 고유의 성격일 것이다. 그런 건 몹시 소중하다. 어떤 직업적 '쪼'가 생겨도 절대로 사라지지 않는 무언가. 그런 걸 개성이라고 부른다. 고유함이라고 부른다.

누군가는 진지한 회의 중에 몰래몰래 회의 참석자들을 모두 캐릭터로 그리는 버릇을 멈출 수 없고(이건 B) 누군가는 남의 이야기에 주책맞게도 곧잘 눈물을 흘린다(부끄럽게도 나다). 그런 개성이 나의 창작과 작업과 삶의 모토가 된다고 믿는다. 누가 가르쳐주지 않아도 그렇게 하는, 누가 강요하지 않아도 자연스럽게 새어 나오는, 아주 본질적인 것.

아무튼, 물음표는 H 고유의 것이다.

"너무 궁금해. 저 세계는 뭘까? 뭐지? 뭔지 너무너무 궁금하다."

잘 알겠지만, 한국인들은 질문에 익숙하지 않다. 보통 이렇게 말한다.

"저…… 제가 잘 이해한 건지 모르겠지만……, A라면 B일 텐데 C라고 말씀하셔서 궁금해졌어요. 제 생각이 틀릴 수도 있겠지만…… 혹시 B가 맞는 것일 수도 있을 것 같아서요."

길다. 너무 길다. H는 바로 물어본다.

"응? B 아니야?"

H와 익숙해지는 데에는 조금 시간이 걸렸다. 처음엔 그저 예쁜 애라고 생각했다. 머리카락도 길고 풍성하고, 팔다리도 가늘고 길고, 그런데 그 와중에 키가 너무 크거나 지나치게 섹시하지는 않아서, 아주 안전하게 예뻤다. 그래서 안전하게 좋은 사람일 거라고 생각했다. 첫 만남에 좀 무례한 칭찬을 했다.

"기자님. 결혼 전에 인기 많으셨겠어요!"

이게 무슨 소리야. 입이여 다물어라. 그런데 H는 얕은 바다의 웨이브를 으흠, 하고 타듯 아주 유연하게 넘어갔다. 어떤 말로 대꾸했는지 기억은 나지 않지만, 모두 다 함께 행복하게 웃었다. 그런 식으로 우리는 금세 친구가 되었다. 내 감정이 뭔지를 모르고, 입에서 나오는 대로 아무 말이나 하고, 그래서 누가 "무슨 일이야?"라고 물으면 바로 눈물만 펑펑 쏟을 만한 때에 늘 H가 곁에 있었다. 누군가의 말을 잘 듣는다는 건 단지 귀를 여는 일이 아니다.

어떻게 그렇게 타인의 말을 잘 들어줄 수 있을까. 슬퍼서 머리가 터질 것 같을 때면 나는 우리 작업실로 달려갔다. 신선한 커피와 말랑카우, 다크 초콜릿이 언제나 상비된 씀씀작업실. H가 출근해 있기를 간절히 바라면서 빠르게 걸었다. 눈에 힘을 꼭 줘서 눈물을 참으며 합정행 버스를 탔다.

"울고 싶어. 이게 대체 무슨 마음인지 모르겠어."

말을 갓 배운 아이가 말하듯, 아무런 말이나 할 때. 감정이 찰랑찰랑 넘쳐버려서 술을 안 마시고도 취한 것 같을 때, H는 다 들어주었다. 누군가의 말을 잘 들어준다는 건 단지 귀를 열어서 되는 일은 아니다. 상대의 감정을 '발굴하듯이 탐험하듯이 채집하듯이' 해야 한다. 상대의 숨은 감정, 상대가 전하고 싶은 메시지를 기어코 찾아내는 노력일 것이다. 엄청난 집중력이 요구된다. H는 그걸 다 해주었다.

때때로 "응?"하면서 쉼표를 찍으면서도(감정을 쏟아내던 이는 이때 잠깐 제정신을 차린다!) 계속 들어주었다. 원고를 쓰기 위해 바쁘게 타자를 치다가도 모니터에서 눈을 떼고 성의껏 들어주었다. 중간에 목이 말라 커피를 더 만들러 가고, 저녁 6시면 알람처럼 배가 고파서 컵라면에 물을 부으면서도 계속해서, 계속해서 들어주었다. 정말 존경스러웠다.

H는 숨기지 못한다. 지루하면 하품을 한다. 조금 길게 하기도 한다. 그래도, 그럼에도 관심이 없는 이야기더라도 듣기 귀찮은 이야기더라도 끝까지 들어준다. 등산을 하듯, 상대가 숨긴 관심까지 열심히 헤아려야 하는 대화도 다 들어준다. 아마 사람을 좋아하는 힘일 것이다. 호기심의 힘일 것이다. 나만의 독특한 표현 구조를, 길고 지루하게 꼬여있는 맥락을 연결해 알아들어 주었다. 모든 사람에게 공평하게 그랬다.

떠올려보니, 나는 그녀에게 대화를 다시 배웠다. "우리 작업실에서 함께 지내자."고 해서 처음 그녀의 공간에 발걸음을 했다. 일요일이면 나는 사람을 만나기 싫었다. '사람을 만날 땐 굉장히 사교적이어야 하고 에너지 텐션을 최대로 끌어올려야 하고, 사람을 안 만날 땐 쓰레기 모드로 지낸다.'가 내 모토였다. 나를 홍보해서 일감을 따내야 하는 프리랜서 기자로서, 늘 연기하듯 살았다. 아침마다 베개에 귀를 묻은 채로 중얼거렸다.

"나는 내가 아니다. 자기 홍보에 능한 누군가다."

원래 삶이 그렇게 이중적인 것일 줄로만 알았지. 내 일과 나에 대해 열정과 자신감을 두른 누군가를 실컷 연기하다 보면

해가 졌고 그러면 술을 마셨다. 나귀처럼 성실한 일꾼이니까 여기저기서 칭찬을 들었지만, 그저 남의 것 같았다. '행복하다'고 생각해본 적은 한 번도 없었다. 숨을 제대로 쉬지 않은 채로 하루치 스케줄을 마친 뒤, 집에 오면 맥주를 땄다. 깡, 하는 소리에 숨이 쉬어졌다. 블로그에 기나긴 한탄 일기를 썼다. 다들 그렇게 사는 줄 알았지 뭐야.

그런데 H가 가르쳐주었다. 그렇게 가면을 쓰듯 살지 않아도 돼. 언니, 남의 말을 성의껏 잘 들어주는 척하다가 여차하면 하품을 해도 돼(물론, 대놓고 그렇게 말한 적은 없지만). 완벽하지 않아도 돼. 좀 허술해도 돼. 허술해도 앞에서 대충 웃어주면 잘 모르더라니까, 하하하하.

그런 걸 보면서 느긋해졌다. 대충 살아도 삶이 대충이 되는 건 아니고, 대충 써도 그 글이 대충이 되는 건 아니고. 그런 걸 배웠다. 열심히 들어주다 "응? 뭔소리래~" 하는 바이브를 보면서 편안해졌다. 완벽한 커리어우먼이거나 완벽한 쓰레기가 되지 않아도 된다는 걸 배웠다.

"버리면 또 얻게 돼. 일을 끊고 여행을 가면 너무 즐거워. 한국에 돌아오면 또 일이 와. 무서워하지 말고 가야 돼. 돌아올 곳이 있다는 게 얼마나 좋아. 떠난 만큼 행복해 있고."

H의 말은 재봉틀로 오버로크를 치는 듯 단단하고 짜임새

있었다. 단단단단. H의 확신이 줄을 그을 때마다, 따라 하고 싶어졌다. 대수롭지 않은 단순한 말이었는데, 나는 그렇게 말하지 못할 것 같았다. 그녀가 인도한 작업실에서 나는 꾸물꾸물 외국인과 연애를 시작했다. 한국 남자와 대화가 통하지 않아서 용기를 냈다. 대뜸 용감해지는 성격이라 대뜸 연애를 시작했는데, 정신을 차려보니 조금 무서웠다. 나 어떡하지…… 어쩌다 저질렀지……. 인터넷에서 읽은 포스팅에서는

"1호선 할아버지가 '양공주'라며 지팡이로 후려쳤네."

"부모님이 지원을 끊고 선을 보라했네."

같은 글이 있었다. 나는 또 쭈굴쭈굴해졌다.

애인의 손을 잡고 농담을 하며 행복했던 밤, 술 냄새 자욱한 홍대 길에서 누군가 내 어깨를 치고 가기에 바라보니 돌아보며 씨익, 웃고 있었다. 그냥 어깨가 스친 걸 수도 있지만, 갑자기 무서워졌다. 안전하고 일반적인 세계에서 벗어났구나. 나는 일종의 소수자가 되었네. 공격을 받거나 항변을 해야 할 일도 생길 거야. 나는 어떻게 해야 할까. 친구들에게 말했다. 내가 사랑하게 된 사람이 외국 사람이야. 어쩌다 보니 그렇게 되었어.

H는 와하하하, 양팔을 벌려 환영해주었다.

"너무 궁금해! 언니가 만나는 사람은 어떤 사람일까? 부침

개 좋아할까? 오라 그래! 부침개 부쳐줄게!"

그렇게 또 다 같이 친구가 되었다. 호기심과 환대의 힘으로. H가 지닌 물음표의 힘으로. 부침개의 힘으로. 사는 게 그토록 단순하고 해피할 수 있다는 걸 나는 H에게 배웠다. 우리는 부침개를 부쳐먹으며 다함께 친구가 되었다.

H의 응? 이나 왜? 를 들으며 나는 확신을 새겼다. 이게 믿음이라는 건가? 이런 게 내 인생에 있어도 되나? 그런데 H가 꽤 돌쇠 같은 인간이어서 나는 마구마구 마음을 놓았다. 단 한 번이라도 그러고 싶었는지도.

한 번도 대충 넘어가지 않는 네가 "응원한다."라고 말해주는 거면 그건 진짜일 거야. 내 방향이 옳은 걸 거야. 너는 한 번도 대충, 의미 없이 말하지 않으니까. 네 말은 의미가 있으니까.

종종 생각한다. H가 당연하게 말하는 모든 것이 인생의 슬로건 같다.

"하고 싶은 건 다 해봐야지. 한번 사는 인생."

"여행만큼 좋은 게 어디 있어."

"여자들끼리 연대해야지."

"밥은 먹고 해야지. 배고프면 아무것도 못 해."

"자주 봐야 친해지지."

"글을 못 써도 계속 써야지."

"사람은 참 좋아. 아무리 상처받아도, 궁금하고 좋아."

나는 어느새 H를 마음속 깊이 좋아하게 되었으므로, 그 모든 당연한 말들을 좋아한다. 단 한 순간도 대충 좋은 척하지 않고, 궁금하면 늘 물어보고, 이상하면 물어보기 때문에, 나는 H의 말을 다 믿는다.

그 말대로 살면, 모든 게 다 잘 될 것 같다.

사랑하는 모든 마음은
푸르딩딩한 멍

매일매일 내 강아지의 죽음을 연습했던 때가 있었다

그러려니 하여 주시라. 산책을 하다, 마을버스 뒷자리에서, 카페에서 찻잔을 내려놓으며 불현듯 두 눈을 꼭 감고 5분간 가만히 머무는 수상한 여자를 보게 된다면. 그 여자의 머릿속엔 이러한 문장이 차례차례 일어서고 있다.

'우선 반짝이던 새까만 눈동자는 탁한 검정이 된다. 다음엔 보들보들한 조그만 몸이 차고 단단하게 굳어버린다. 다시는, 불러도 달려오지 않는다. 그러니 실수로라도 그 이름 부르면 안 돼.'

중얼중얼 열심히. 이미지 트레이닝은 이내 어려워진다. 겪어

보지 않은 것을 상상하기란 쉬운 일이 아니니까. 공 없이 하는 스윙 연습이란 매번 헛스윙이 고작이다. 두려움 때문이다. 하여간에 무지막지하게 겁이 나서, 나는 매일매일 나의 개의 죽음을 연습한다. 이 엉뚱한 '상실대비 5분 트레이닝'에 대해 엄마에게 말하면 "아이고, 쓸데없는 짓은 네가 일등이다." 하며 혀를 쯧쯧 차실지 모르지만. 주인의 스무 살과 함께 첫 생을 시작해 이제는 나를 앞질러 저 먼저 할머니가 된 개의 몸 앞에서, 하루하루가 귀하고 두렵다. 개는 밀레니엄으로 온 지구가 떠들썩하던 그해 부활절에 우리에게 왔다.

"얘 오빠는 똥꼬가 막혀 죽고, 얘 언니는 태어난 날 젖을 못 빨고 죽었어요. 혼자 살아남다니 대단한 아이죠?"

셋 중 가장 작게 났다는 꼬맹이의 질긴 생명력이 기특했다. 이제는 뭘 던져도 시큰둥하게 콧방귀나 풍풍 뀌지만 흰둥이가 한때 가장 좋아한 건 아버지가 동그랗게 말아 던지는 흰 양말이었다. 백번을 던져도 백번 다 최선을 다했다. 개는 크고 용맹해야지 여리고 작은 개는 낯설다던 아버지가 자신의 퇴근을 축제처럼 환호하는 이놈을 아들 딸보다 예뻐하게 된 건 당연지사.

살코기가 고스란히 붙은 갈빗대를 싸다 줘서, 개 버릇 다 버린다며 어머니께 늘 야단맞던 아버지는 개가 두 살 되던 해 주

무시다 고요히 가셨다. 아버지를 묻고 와 마루에 불도 켜지 않고 우두커니 앉아 있던 밤, 녀석이 용기를 내 다가와 슬며시 제 몸을 붙여 오던 감촉을 기억한다. 세상에서 가장 중대한 임무를 수행하는 것처럼 어머니와 나와 동생을 돌아가며 눈물을 핥아줬다. 조심조심, 살살살, 정성껏, 아주 오래오래.

기운 내라며 친구가 보여준 연극에 하필이면 관을 내리는 장면이 나와, 황급히 돌아와 따스한 개를 끌어안았을 때의 안도감을 어떻게 잊을 수 있을까. 사람이 죽으면 모든 게 무(無)가 된다는 명제를 말하고 쓰고 읽고 알아도 자연스럽게 받아들이는 데에는 긴 시간이 걸릴 수밖에 없다는 것. 그동안은 그저 울다가 밥 먹고 울다가 일하고 울다가 씻고 울다가 잘 수밖에 없다는 것을 받아들이는 동안 늘 곁에는 말없이 녀석이 앉아 있었다. 오래 지켜보고 오래 핥아주었다. 왜 이제는 아무도 양말을 던져주지 않을까 어리둥절해하면서도, 모든 것을 다 안다는 듯한 표정으로.

그러니 난생처음 친구가 된 동물의 죽음을 두고, 삼십몇 해나 살아 본 여자와 세 살배기는 별다를 게 없다. 그날이 오면, 뭐 그저 앙앙 울겠지. 밥도 안 먹고 160cm의 술독이 돼버리겠지. 실은 너무도 잘 알고 있다. 애써 연습한 바보 같은 5분 트레이닝 따위 꺼내 볼 정신도 없을 것이다('도둑처럼' 찾아올 그

날을 대비해 원고도 쟁여 놨다. 오, 세상에나. 하나의 생명의 불꽃이 꺼지는데, 고작 A4 서너 장 정도의 활자나 염려하는 이 철저함이 가장 바보 같다!).

한 가지를 깊이 사랑하게 되면 눈물이 많아진다. 누가 사랑이 꽃분홍이라고 했나, 모든 사랑하는 사람의 마음은 푸르딩딩한 멍이다. 그 대상 때문에 웃는 시간과 우는 시간이 비례하며 나아가는 게 '진짜 사랑'이 아닐까, 어렴풋이 짐작하고 있다. 첫 연애를 시작하고 일찍이 알기야 알았지만 개를 키우며 여러 번 깨우친다.

아기를 낳은 엄마들이 먼 나라 검은 피부의 아기들이 바싹 말라 우는 것만 봐도 눈물 홍수를 터뜨리듯, 나도 일요일마다 잠옷 바람으로 「동물농장」을 보며 잉잉 운다. 유일한 말 나눔 친구를 잃은 홀로 사시는 할머니들은 남은 생을 또 어떻게 지탱하실까. 엄마를 잃은 채 꼬물거리는 어린 고양이 새끼들은 또 어떻게. 도시를 헤매다가 끈적이는 화학약품을 온몸에 뒤집어쓰고 다리 하나를 잃은 늙은 개는 또 어떻게.

외로운 생들이 어떻게 살아갈지 염려된 나는 브라운관 안으로 들어갈 듯하다. 도울 수 없는 먼 곳에 있는 것들을 염려하고, 염려하는 만큼 할 수 있는 것은 없어서 그저 휴지 뭉치만 잔뜩 생산할 뿐이지만.

뚱뚱하다고 놀림 받는 여자 개그맨이 불쌍하다며 코미디 프로그램을 보고도 코가 맹맹하도록 울던 엄마는 무미건조한 딸을 향해 "눈물이 없어. 메마른 년" 하며 늘 눈을 흘겼다. 그런 나를 천하 울보로 만든 나의 첫 개.

이제 상상과 연습은 관두려 한다. 그 날이 오면 "저 여자, 고작 개 때문에 저렇게 정신을 잃고 우는 거야?"라는 말을 열 번도 더 듣겠다. 그게 스물한 살 그 여름에 개가 내게 준 위로에 답하는 거라고 생각한다. 하긴, 뭐 이미 매일 한두 번씩 코가 빨갛도록 훌쩍대고 있으니 며칠 우는 거야 뭐.

내 개가 가엾기 시작하니 이제는 돼지도 불쌍하고 소도 가여워 채식 동호회를 두리번댄다. 지하철 계단에 두 손 모으고 엎드린 할머니도, 소주병을 들고 주문을 외우는 아저씨도 애달프다. 춥고 작고 힘없는 것들은 무조건 애달파하는 울보 어른이 됐다. 내 눈물샘 터뜨리기 시작한 얄미운 네 이놈, 내가 너 죽는 날 아주 기념비적으로 울어주마!

지나친 자의식은 건강에 해롭습니다

부디, 너무 잘하지 않도록 조심하시라구요!

"그냥 '다녀와'라고 해주면 안 돼? 아니야. 아무 말도 안 하면 안 될까? 아니야, 아니야. 망치고 와도 좋다고 말해주면 안 될까?"

구두 주걱을 안으로 넣다 말고 외쳤다. 기다란 주걱을 흔들며 말했기 때문에 흥부 뺨을 후려치는 놀부 아내 같아 보였을지도 모르겠네. 별안간 벼락을 맞은 엄마가 놀랄까 염려했지만, 그녀는 개콘 재방에서 눈을 떼지 않은 채 무심히 대답했다.

"알았어. 하여간, 별나."

첫 회사 입사 면접을 보러 가던 길인지, 중요한 프리젠테이션을 앞두고 밤을 샌 날이었는지 기억나지는 않는다. 하여간에 별난 사람은 뭔가를 참 잘하고 싶을 때마다 미간을 찌푸렸다. "잘하고 와!"라는 격려를 들으면 위축되는 건 나뿐인 것 같아 외로웠다.

"기대할게!", "믿어요!", "잘하고 와!"라는 말을 들으면 굳은 표정이 되는 사람들을 몇 안다. 망원동 앤트러사이트에서 흔을 만났다.

"잘하라는 응원을 받으면 기대에 부응해야 할 것 같아서 불안해지지 않아요?"

소곤소곤 말하지 않으면 서버가 와서 주의를 주는 절간 같은 그 카페에서, 박수를 치고 발을 구르고 싶은 충동을 참으며, 고개를 끄덕였다. 나만 이상한 게 아니구나. 그는 나보다 한 수 위였다. 출판사 편집자로 취직에 성공해 고향에 갔을 때, 익히 아는 그 반응을 접하고서야 마음이 편해졌다는 거다. 세상에나.

"니깟 놈이 책은 무슨 책이냐, 너 뽑은 출판사도 알 만하고, 니가 만드는 책도 알 만하다. 우리 공장에 취직이나 해라"라는 친척 어른들, 소주잔을 돌리며 건네는 거나한 말들에 그는 이렇게 느꼈다.

"나는 영원히 이 소속이구나."

아이고, 촌스러운 당신. 우리는 에스프레소 두 잔을 더 시키며 이야기를 이어갔다. 파주-망원을 오가는 출판 힙스터인 흔. 매너는 언제나 세련되고 태도는 언제나 사려 깊은 그. 그런데 왜, 세련된 축하는 부담을 느끼는 거야? "정말 멋지다. 더 멋져질 거야."란 말을 들으면 왜 긴장하는 거야? "서울서 망하면 여기 와 땅이나 파라"는 말에 안정을 느끼는 건 대체 왜 그런 거야?

농담 삼아 말했다.

"나는 종종 번역체로 마음을 전해. '나는 네가 정말 자랑스럽다'고, 미드 속 모범 가정의 백인 부모처럼."

흔은 그 말은 좋다고 했다. 잘하라는 말과 달리, 기대가 섞이지 않아 괜찮다고 했다. 나는 또, 동질감을 느꼈다. 하여간, 자네도 별나. 잘하라는 응원을 받으면 기대에 부응하기 위해 불안에 떤다. 상대는 사교적 대화를 한 것뿐인데, 그러니까 '그냥 한 말'인데 그 말을 부풀려 해석한다. 그 기대를 모두 충족시켜야 할 것 같은데, 혹시 그러지 못할까 봐 불안해지는 거다. 불안이 시작되는 거다. 그럴 땐 기억하자.

'지나친 자의식은 건강에 해롭습니다.'

그냥, 그냥 하는 소리다. "잘하고 와."는 "네가 잘하고 오지 않으면 저녁밥을 주지 않을 것이며, 너에게 몹시 실망해 불면에 시달릴 것이다."라는 선언이 아니다. 사랑하는 사람끼리 나누는 말이다. 'Good luck' 같은 것이다. 이걸 깨닫는 데 왜 20년이 걸렸지, 내 참. 글쓰기 선생으로 학생들을 새로 만날 때마다 질문했다.

"글을 쓰자고 마음먹었을 때 가장 방해가 되는 기분은 뭐예요?"

"잘 못 쓰면 어쩌지, 하는 두려움이요."

정말 깜짝 놀란 대답도 있었다.

"내가…… 글쓰기를 배울 주제가 되나, 싶은 생각에 수업 신청을 망설였어요."

볼펜을 두 개나 떨어뜨릴 정도로 놀랐으나, 곧 이해했다. 요가나 수영 수업에서 혼자만 방향이 틀려서 '남들에게 폐가 되는 건 아닌지' 하는 염려를 매번 하는 나의 작은 마음을 떠올렸다. 200퍼센트 이해가 되었다.

집에 와서 또 그의 마음을 곰곰이 짚어보았다. 아, 나 그 감정 잘 알지! 불안 하면 또 나거든. 초등학교 시절 내내 낮잠에서 깨면 "숙제 안 했는데 해가 졌어요." 하며 통곡을 하던 아이는 커서 울지 않으려고 입술을 굳게 다문 여자가 되었다. 그래도 밤에 깨면 여전히 이따금 눈물이 난다. "무서워. 무서워." 무엇이 그렇게 무섭냐고 물으니, 대답을 하고 싶지는 않았다. 이것과 저것 때문에 무섭다고 설명하는 일은 언제나 지루했다. "그게 뭐가 무섭냐?"는 힐난에 변명하는 기분이 들어서, 괜히 열이 났다. 몸과 마음에서 두려움을 걷어내면 한결 가벼워져서 점프도 하고 멋진 착지도 한다는 사실을 안다. 그래서 수업 때마다 반복해서 하는 말.

"실수하세요. 틀리세요. 비문, 띄어쓰기, 맞춤법 다 망쳐도 좋아요. 너무 잘 쓰면 수업 오지 말라고 할 거예요. 부디, 너무 잘하지 않도록 조심하시라구요!"

중요한 강의, PT 때마다 다정한 말을 해주는 사람을 데리고 다닐 순 없다. 그럴 땐 거울을 보고 영어로 말한다. 어색한 번역체로 옮겨보겠다.

"누가 멋지지? 바로 너지. 너는 멋지다. 너는 강하다."

정말 떨리는 날에는 이렇게도 한다. 미드의 너드 캐릭터라고 생각하고 연기한다.

"망칠 수도 있지. 망쳐서 사람들이 조롱할 수도 있겠지. 돌아서는 네 등에 휴지 조각이나 지우개가 던져질 수도 있지. 그럼 펍에 가서 올드팝을 들으며 위스키를 마시자. 언제나 그랬듯이…… 그리고 다음 날 쓰레기 상태로 침대에 누워서 이민 계획을 세우자."

한국어로 하면 스스로가 너무 우습고 같잖은 것 같아서 영어로 메소드 연기를 해야만 한다. 친구나 가족이 뭔가 걱정하거나 두려워 할 때마다 외친다. 해줄 수 있는 게 없을수록 더 크게.

"누가 멋지지?"

"(하도 여러 번 하니까 다들 못이기는 척 대답한다) Me!"

"누가 쿨하지?"

"바로, 나!"

"누가 대단하지?"

"(그만해) 나라고……."

내 사랑을 증명할 수 있는 현명한 방법이 없어서 그렇다. 나의 다정은 제발 그만하라고 할 때까지 계속 외치는 것 뿐. 당신들이 잠깐이라도 웃어버릴 때까지, 말을 하고 또 할 것이다. 세련된 화술 같은 거, 그런 것 따위, 나는 몰라! 요즘 가장 도움이 된 말은 이거다.

"여자가 큰일 하는데 실수도 좀 할 수 있지!"

"여자 실수는 병가지상사!"

"여자답게 하고 와. 강하고 대담하게, 너답게."

태어나서 이렇게 멋진 격려는 처음이었다. 페미니즘이 짱이다. 엄마와 이모와 친구와 동생들에게 전파하고 있다. 보통은 크게 웃으면서도 누구 하나 '대체 무슨 소리야?'하는 사람은 없다. 본능적으로 다 알아챈다.

나 같은 불안증 환자를 한 명 더 안다. 우리 집에 에어비앤비 장기투숙자로 있다가 한국 대학에 연구원이 된 러시아 친구 니키타다. 스물아홉인 니키타는 영국에서 오래 유학을 하고 한국 힙합댄스를 좋아한다는 이유로 한국 취업에 성공할 정도로 능력이 넘치면서, 별것도 아닌 일에 긴장한다. 초조해하는 그 모습이 거울 보는 것 같다.

한번은 그가 연구원 취업을 위해 자기 전공에 대해 발표를 할 일이 있었다. 한잠도 못 자고 준비를 했는지 빨개진 눈으로 우리 집에 달려왔다. 발표 자료의 한국어 검수를 위해 온 것이지만, 니키타는 우리 고양이를 만지는 일에 더 몰두했다.

"마음이 편안해져요. 미코의 따뜻한 털."

분명히 저 불안증 때문에 머리칼이 다 빠진 걸 거야. 아직 삼십대도 되지 않았는데, 니키타의 머리는 맨질맨질한 돌맹이 같다. 그럼, 또 시작해야지 내가!

"누가 쿨하지요?"

니키타는 막 웃었다.

"저, 입니다."

"누가 혼자 타국에서 자기 앞길 개척할 정도로 독립적이고 강하지요?"

"니키타 개브들린입니다."

나는 박수를 막 쳤다. 아직 면접날도 아닌데, 긴장 때문에 젖어버린 셔츠가 계속 마음에 걸렸다.

"내일 학교에 가서 거울 보고 말해. 헤이, 니키타. 너는 멋져, 너무 멋져, 세상에서 제일 멋져. 나는 수업마다 화장실에서 혼자 외치고 들어간다니까(뻥이다!)."

"진짜? 매일? 아직도?"

"그럼! 매일! 아직도!"

니키타는 취업에 성공했다. 작지만 근사한 방도 구했고 "한국 직장…… 휴…… 이해 안 되는 일 너무 많아……." 하며 매운 떡볶이를 막 먹을 정도로 스트레스도 받고 있다. 차근차근, 한국에 아주 잘 적응하고 있다.

그래도 나는 자주 카톡을 보낸다. 불안해지면 우리 집 놀러 와, 고양이 만지러(고양이 만지는 건 공짜니까, 뭐).

생일 카드에 사랑해 안 쓰면 반칙이야

엄마가 생일 축하송을 목청껏 부르게 해서 도무지 쓸쓸해질 수가 없었다

"하늘이 무너져도 생일 카드는 써야지."

삶은 당면을 대야에 펼쳐 담아 식도록 두고, 그녀는 안방으로 들어와 펜을 찾는다. 엊그제 복덕방에서 받은 흑색 볼펜은 어디로 사라졌을까. 찾으려고 하면 늘 제자리에 없다. 요즘 들어 부쩍 화가 많아졌다.

'무엇도 제자리에 있는 적이 없어!'

뭐 하나 마음대로 되는 게 없고, 인생의 조각들은 모두 되찾을 수 없게 흩어져버린 것 같다.

'분명히 저번에 쓰고 잘 둔다고 뒀는데……'

이럴 때마다 삶이 엉망이 되어버린 것 같다. 화장대 위에 딱딱한 눈썹 연필이 한 자루 있지만, 하나뿐인 딸에게 주는 편지를 그런 것으로 쓸 수는 없다. 세월이 흐르면 갈색이 뭉개져 버릴 테고, 그러면 딸이 나의 마음을 기억하지 못할지도 모르니까. 곗돈 붓는 날을 달력에 표시하는 빨간색 볼펜이야 두어 자루 있지만 그건 더욱 안 되지. 유달리 겁이 많은 딸아이가 놀라서 "이름을 빨강으로 쓰면 죽는대."라며 울지도 모른다. 얘는 왜 이리 잘 울까. 또 화가 난다. 딸아이를 가졌을 때 자주 울어서 그런 걸까. 얘도 여자라 자라서 나처럼 자주 울게 될 운명인가. 소설 같은 생각을 했다가 불길해져서 고개를 세차게 젓는다. "천주의 성모 마리아여. 내 가족을 복되게 하소서."

둘째가 글씨 연습을 하다 놓고 간 파란색 볼펜이 걸레받이 옆에 놓여 있다. 어릴 때부터 볼펜을 써 버릇하면 안 되는데, 손가락이 아파도 연필로 꼭꼭 눌러 쓰는 버릇을 들여야 할 텐데, 둘째는 아들이라 그런지 딸과 달리 말을 잘 듣지 않는다.

"말 잘 듣고 착한 우리 딸에게."

하는 수 없이 파란색으로 카드의 첫머리를 쓰기 시작한다.

"너는 아기 때부터 참 순하고 착했어. 엎드려놓아도 뒤척이지 않고 소리도 없이 잘 자서, 혹시나 하는 마음에 놀라서 뒤집어보곤 했단다. 그 작던 아가가 공부도 잘하고 반장도 하는 아이로 자라서 참 엄마는 기쁘다. 다만 체육을 못 해서 엄마가 좀 속상하지만, 노력하면 된다. 노력해서 안 되는 건 세상에 없다. 더 열심히 노력해서 훌륭한 어른이 되거라."

다음에 또 무엇을 쓰지. 쓰다 보니 또 잔소리가 되어버렸나. 글쓰기를 배운 적이 없고 책도 많이 읽지 않아서 어려운 걸까. 아이들 다 키우고 나면 커피 마시며 하루 종일 책이나 읽었으면 좋겠다. 여하간, 카드를 어떻게 마쳐야 할지 모르겠다.

"사랑하는 우리 장녀에게."

사랑한다고 쓰고 나니, 마무리를 한 느낌이 든다. 생일카드를 주면서 안아주고 싶은데 나는 늘 쑥스럽다. 카드를 길게 쓰는 것으로 대신하기로 한다.

"엄마! 웅이가 당면 만져!"

딸아이가 부르는 소리에 정신이 화뜩 든다.

어쩌나, 당면이 다 불어버렸겠네. 펜이랑 종이만 잡으면, 한 시간이 훌쩍 지나있다.

　-

어릴 적 생일날을 생각하면 늘 엄마가 준 꼼꼼한 생일카드가 떠올랐다. 그 카드들이 다 어디로 사라졌는지, 엄마가 어떤 문장을 써주었는지는 도무지 기억이 나질 않아서 엄마의 입장을 상상해 써보았다. 엄마가 좋아하는 잡채를 "네가 잡채 좋아

하지." 하면서 함지박 가득 무쳐준 것, "생일 케이크는 꼭 사야
해. 떡 케이크는 별로야. 조각 케이크는 안 돼. 통 케이크로 사
야 초를 다 꽂지."라면서 다 먹지도 못할 큰 케이크를 사주던
기억이 났다.

아빠는 생일 축하를 쑥스러워했다. 자신의 생일뿐 아니라,
자식들의 생일까지 그랬다는 게 문제였지만. 생일뿐 아니라,
가족과 함께 있는 모든 순간을 어색해했다는 게 문제였지만.

같이 촛불 켜자고 졸라도 자는 척을 했다. 좀 이따 홍콩 영
화 비디오테이프를 데크에 넣을 걸 다 아는데도 코 고는 시늉
을 했다. 아빠가 너무 미워서 무뚝뚝한 표정으로 "엄마. 아빠
안 온대."라고 이르면 엄마는 말했다. "아빠 방 문 닫아줘." 그
때 엄마는 어떤 마음이었을지, 엄마보다 나이가 더 많이 든 지
금도 다 알 수는 없다. 작은 접시에 케이크를 한 조각 담아서
아빠 가져다주라고 했을 때, 엄마는 기가 막혀서 웃었을까. 아
이들이 자면 이따가 혼자 좀 울어야지, 생각했을까.

엄마가 차려준 생일 밥상은 부족함이 없었다. 비싼 한우 양
지를 끊어다 푹 끓인 미역국, 이웃집에 가져다주면 "너네 집
다음번 생일은 언제니." 할 정도로 맛있던 잡채, 양파를 잔뜩
썰어 넣어 달달하게 볶은 소불고기, 기름에 고소하게 지진 동
그랑땡, 내가 좋아하는 건포도와 사과에 찐 감자를 넣은 마요

네즈 샐러드, 내가 좋아하는 하얀 부분을 많이 담은 배추김치까지.

아홉 살에도 열 살에도 열한 살에도, 언제나 일정했다. 생일마다 꺼내는 네모지고 커다란 상에는 빈 곳 하나 없었다. 가끔은 빨간 장미와 하얀 안개꽃을 섞은 꽃다발도 있었다. 아파트로 이사 가고 싶으면 군말 없이 입으라며 열 살에 열세 살 사이즈 바지를 사주는 형편이었어도, 축하 꽃은 꼭 샀다.

"엄마, 케이크 둘 곳이 없어." 즐겁게 외쳤다. "그럼, 웅이 머리 위에 놓아. 웅이는 머리 흔들지 말고 가만히 있어." 심심한 농담에 셋이서 막 웃었다.

"생일 축하합니다. 생일 축하합니다. 사랑하는, 으하하하."

'사랑하는' 부분에서 언제나 웃었다. 더 크게 웃었다. 쓸쓸한 마음이 썩 물러갔다. 우리 집에는 명료한 생일 규칙이 있었다.

첫째, 생일 케이크에 불을 켤 땐 집의 불을 다 꺼야 되고 둘째, 불을 끈 상태에서 꼭 박수를 치며 생일 노래를 끝까지 불러야만 하며 셋째, 생일 카드를 꼭 써야 한다는 것이다.

글쓰기를 싫어하는 남동생에게도 꼭 쓰라고 했다.

"축하해, 한 마디라도 써."

동생이 그냥 말로 하겠다고 할 때마다 엄마는 몹시 엄하게 말했다. 스무 살이 넘어 사는 게 바빠져서는, 엄마 생일에 향수만 사서 포장하고 카드는 쓰지 않은 적이 있다.

"네가 빼 먹은 게 있네."

사감 선생님처럼 단호한 목소리. 당장 방에 들어가서 편지지를 찾아 축하 글을 썼다. 아이디어가 없어서, 하는 수 없이 엄마 이름으로 삼행시를 지었다.

"맘에 든다. 잘 돼야지."

합격!

몇 년 후 어느 생일에도, 생일카드를 안 썼다. 바쁘진 않았는데, 나이가 드니까 '축하해요, 사랑해요.' 쓰는 게 유치하고 시큰둥해졌던 시절이 있었다. 아마도 신입사원이어서 아주 바쁘고, 직장생활에 지쳐 세상에 시니컬해졌었던가. 엄마는 몹시 섭섭해했다. 오십만 원인가 월급에서 뚝 떼어서 드렸는데도 용서가 없었다.

"글 안 써주면 진심이 없는 거야."

냉정해. 툴툴거리며 방에 들어가 돈 봉투 뒷면에 넉 줄인가 썼다.

"건강하시고요. 이 돈으로 예쁜 옷 사서 입구 멋진 남자 좀 만나시오. 음악 좋아하고 영화도 좋아하고 좋은 냄새 나고 말도 멋지게 하는 남자 분으로."

엄마는 또 깔깔깔 웃었다. 언제나 내 글의 열혈독자는 그녀.

"괜찮은 남자 씨가 말랐다. 다 냄새나고 지 말만 한다. 돈은 고맙다, 야."

오랫동안 생일카드는 우리 집 식구만의 룰이었다. 내가 B를 만나자 엄마는 B에게 한국어로 카드를 쓰기 시작했다. "나는 아직 두 개가 좀 어색해." 한국말도 통하지 않고, 음식을 해 주면 "진짜 맛있어요. 정말 고마워. 다음에 또 만나."라고 하는 외국인 사위와 소통하고 싶어서, 엄마는 자꾸만 편지를 쓴다.

"니가 영어로 잘 번역해줘야 돼, 귀찮다구 대충하지 말구!"

못 미더운지 집에 가는대로 카톡카톡카톡. 엄마가 싸 온 생일 밥상으로 지나치게 배를 불린 뒤, 둘이 드러누워서 카드를 읽었다. 먼저 한국어로 읽었다.

"사랑하는 바티에게. 사랑이 뭐라구 집도 절도 없는 이 나라에서 맘고생이 많네. 지금은 비록 막막할 적도 있고, 내가 여기서 뭐 하는 걸까 먹먹하기도 할 것이고……. 은성이의 짝꿍이 되어줘서 고마워. 사랑해. 건강해. 오 우리 모두 행복하자."

엄마의 글솜씨가 전과는 달라졌다. '오'는 뭘까. 외국어 느낌을 주려고 한 것일까. 또 눈물이 양쪽 눈꼬리로 흘러서 소매로 쓱쓱 닦으며 웃었다. 귀여워라. 눈물이 또 나려고 해서, 콧잔등에 힘을 빡 주었다.

"먹먹, 막막 모예요? 짝꿍 모예요?"

B가 묻는다. 먹먹, 막막. 먹먹, 막막. 딱따구리처럼 노래를 부른다. 보통 생일카드에는 축복이 가득해야 마땅한데. 엄마의 카드엔 걱정이 서너 줄이다. 우리는 매일 먹먹하고 막막하지만, 그만큼 엄청나게 신나고 행복하고 즐겁고 찬란한데도 엄마는 둘 중 한 명은 꼭 상대의 나라에서 이방인으로 살아야 하는 우리의 운명을 마음 아파한다. 가여워한다. 어떻게 번역할지 몰라서 또 대충 번역한다. 미래가 밝지 않다는 소리야, 하고는 '아, 아니다. 우리 미래가 회색은 아닌데.'

"응, 한국 엄마는 자식이 뭘 하든 계속해서 걱정해. 그러니까 걱정은 사랑이지."

서툴게 영어로 의미를 말해주곤 뿌듯해진다.

"짝꿍 아니구, 짝꿍. 운명의 상대라는 의미야."

또 내 멋대로 번역을 해준다. 엄마는 B의 엄마인 도미니크에게도 편지를 썼다. 갑자기 같이 살기 시작한 딸과 딸의 애인도 버거운데, 사돈이 갑자기 한국에 놀러 온다는 소식에 엄마는 또 몇 밤을 지새웠을 것이다. 언제나 완벽한 준비를 좋아하는 엄마답게, 손으로 꽃수를 놓은 비단 주머니에 유기 수저, 젓가락 세트를 넣어 가져왔다. 그리고는, 언제나처럼 정성 들인 편지.

넷이서 처음 만나던 날, 한정식을 먹고 호수공원 평상 위에서 나는 할 일이 있었다. 엄마가 깎아온 참외와 쥐포와 땅콩에 카스 캔맥주를 마시는 세 명 앞에서 엄마의 편지를 영어로 낭독하는 것. B는 내 영어를 다시 불어로 번역해 도미니크에게 전달했다.

"이역만리 땅에 아들을 두고 얼마나 걱정이 많으시겠느냐, 인연이란 게 흐르는 물 같아서 이렇게 국적도 문화도 다른 아이 둘이 만나게 하다니 신기하다. 전혀 모르던 우리가 새롭게 만나서 이렇게 아름다운 인연이 되었다."라는 등의 문장이 얼마나 잘 번역이 되었을지 모르는 일이다. 하다가 너무 어려워서, 대충 웃기게 번역했다. 그래서 다들 웃었고, 그럼 뭐 된 거지. 도미니크가 사 온 보라색 꽃 화분을 보며 엄마는 아주 많이 기뻐했다.

"전생에 인연이었나 봐. 어떻게 내가 보라색을 좋아한다는 것을 알았을까. 처음 보는 순간, 참 인상이 좋더라. 긴장을 했는데, 그이가 웃는 게 화사해서 내 맘이 갑자기 편안하드라."

이게 다 엄마 탓이다. 아주 어릴 때부터 늘 엄마가 생일카드에 늘 '사랑한다'고 써줬기 때문에, 나는 친구와 애인이 나에게 생일카드를 주면 조금 떨렸다. 혹시나 사랑한다는 말이 없을까 봐서 숨을 훅, 들이쉬고서야 카드 봉투의 모서리에 손을 대곤 했다.

쑥스러움이 많은 누군가는 사랑한다는 말 대신 다른 말을 쓰곤 했다. 건강해, 오래오래 만나자, 행복하길 바란다는 등의 말. 지금은 잘 안다. 그래도 욕심이 많아서 늘 바란다. 웬만하면 사랑한다고 꼭 써주기를. 늘 모든 관계가 불안한 나는 꼭 그래야만 '휴'하고 안도의 한숨을 쉬니까. 세 글자, 혹은 네 글자면 간단하게 되는 일이니까.

그토록 표현을 좋아하는데도, 엄마는 나를 안아주면서 사랑한다고 말한 적은 없다. 그런 건 영화에서나 나온다고, 간지러운 일이라고 배운 세대라 그럴 거다. 걸을 때 손을 잡은 적도 없다.

"난 손 잡으면 불편하고 불안해. 갑갑하구. 언제 놓을지 긴장되구."

엄마는 그런 사람이다. 그래서 나도 그런 사람으로 자랐다. 누가 날 좋아한다고 하면 돌연 무뚝뚝해지는 사람. 누가 안아주면 돌하르방처럼 굳어버리는 사람. 어쩌면 그래서 글을 쓰기 시작했을 것이다. 비어져 나오는 사랑을 어떻게든 전해주고 싶어서. 엄마가 검은 볼펜을 찾아내어 미끄러운 생일카드에 한 자 한 자 눌러 적었듯. 자꾸만 미끄러져 내리는, 놓쳐버리는, 흩어져버리는 마음을 모두 적어주고 싶어서.

어떤 말은 따뜻함만으로
상처를 어루만진다

\# 우리 큰이모의 최양락 개그 같은 위로

"속이 상하니까 소주 마셨지, 기분 좋았음 커피 마셨겠지?"

혼술로 소주 두 병을 비운 건 난생처음이었다. 자몽 맛 소주였지만 도수는 낮지 않았다. B가 미워 한 잔만 하려던 건데, 한 잔 하고 보니 채널을 돌리듯 미운 게 또 새롭게 떠오르잖아? 그래서 두 잔이 됐다. 술 덕분에 흥겨움의 거품이 넘쳐흘러 서러운 마음을 덮어버린다. 거품이 사그라들기 전에 작업실에서 나와 한 병을 더 사 왔다.

"그 집에선 늘 예쁜 사람만 나오네."

계단에 앉아 노을을 바라보고 계시던 옆집 할머니가 웃으신

다. "할머니도 예뻐요!"

이 말 이후로 더 흥이 돋아서, 잘 알지만 친하지 않은 사람들에게 인스타그램 디엠을 잔뜩 보냈다.

"저 좀 만나주세염. 맛난 술 마셔염(다음 날 보니, 약속이 일곱 개나 잡혀 있었다)."

정신을 차리고 보니 큰이모 집이었다. 성산동에서 일산까지 버스를 탄 일은 기억이 나지 않는다.

"꼴 보기 싫으니까 구석에 있어."

어랏, 우리 엄마가 복화술을 할 줄 알았나. 실밥이 터진 것처럼 웃음이 비실비실 나왔다. 엄마 등에 매달리니 포근했다. 그런데 팔이 무겁다. 숙취 해소약과 이모와 엄마 드릴 박카스 한 박스를 검정 봉다리에 담아왔다. 취한 와중에도 예의가 바르고 몹시 성실하군.

"지금 웃음이 나와?"

내가 웃는데 엄마가 자꾸 화가 난다?

"응, 방구처럼 웃음이 샌다."

엄마는 앞치마를 두 벌 가져 왔다. B 입으라고 카모플라쥬 무늬로, 딸 입으라고 와인색 꽃무늬로. 둘에게 어울릴 무늬를 찾아 고르느라 엄마는 또 몇 개의 다이소와 홈플러스를 들렀을까. 허리도 아프면서. 찡하니까, 토가 나왔다. 숙취가 심할 때 감정을 느끼면 별로 안 좋구나. 화장실에 달려가며 슬쩍 보니 B는 정지화면이었다. 웃지도 않고 화도 안 내고 단단히 굳은, 그러나 가족들 앞에서 예의 바를 정도로만 굳은 표정. 옥매트에 쩍벌로 누워 생각했다.

'그 많은 남편들은 어떻게 아내에게 시댁 일을 시키고 드러누워 티브이를 보았나. 대단들 하다.'

이모 방 전기 옥매트의 올록볼록 옥들이 가시방석 같았다. 혹시 다 같이 내 욕 하나 싶어 잠도 안 왔다. 까무룩 잠이 들 때 아삭아삭아삭아삭 소리를 들은 것 같았다.

"맛있어? 맛있지? 순무, 순무, 순무라는 거야."

"솜무우?"

"응, 그렇지, 그렇지. 순무."

공동의 적이 생긴 엄마와 사위는 사이가 한층 가까워져 있었다. 뭐라도 도와야지 싶어 기어나갔다. 무채를 썰기 위해 몸을 굽히자마자 또 올라왔다. 힐긋 보니 B는 좌식 생활에 익숙하지 않아 양반다리가 아주 불편해 보인다.

이모가 B에게 물었다.

"재미있니?"

"김치 만드는 것은 재밌어요. 하지만 무를 자르고 자르고 자르는 건 조금 지루해요. 무가 너무너무 많다."

'다문화 고부 열전'에 나오는 며느리처럼 B는 산더미 만한 무를 썰고 양념을 비비고 짐을 날랐다. 나는 술이 좀 깼는데 그래도 좀 아픈 척을 했다.

'이따 집에 갈 때의 정적을 어떻게 견디지? 오케이. 엄마 집에 오랜만에 간다고 하자.'

엄마는 복화술도 하더니 마음도 읽을 줄 알았다.

"발로 차버리기 전에 니네 집으로 가라."

말투가 겨울 무처럼 차가웠다. 가오나시처럼 멀리서 엄마와 큰이모, 프랑스 사위 B를 관찰했다. 영어를 못해도 말은 통했다. 일단 "바티야"라고 길게 부른다. 부르고 나서 '음……'하며 궁리. 그다음은 '몸으로 말해요'다. 배추를 여러 개 날라야 하면? 하나를 들어서 옮기며 말한다.

"배추! 배추! 다! 다!"

서로의 소통에 흡족해진 이모는 갑자기 칭찬을 한다.

"애는 눈치가 빨라서 어디 가서 밥은 안 굶겠다."

이모 말 다 통역하라고 했다.

"너는 스마트해서 언제나 맛있는 음식을 먹게 될 거래."

인과관계가 좀 이상하지만, B는 기분이 좋아졌다.

"네. 맛있는 한국 음식을 정말 좋아해요."

큰이모는 '사위는 백년손님'을 외치며 '조촐하게 감자탕 조금'을 준비해놓았다. 대왕 솥 안에 돼지 등뼈 산이 있었다.

"감자탕 하나론 밥 못 먹으니까 간단하게 잡채, 갑오징어 무침, 수육도 좀 했어."

잡채는 한 학급을 먹일 정도였지만, 이모는 계속 모자랄까봐 걱정했다. 이모는 10년간 산속 식당에서 오리 목을 따고, 오리 털을 뽑고 오리고기를 양념해 팔았다. 손님들이 "배가 터질 것 같으니 그만 달라"고 하면 식구들 먹는 반찬까지 싸줄 정도로 후하게 대접해서, 무용과 다니는 딸과 사업에 연신 실패하는 아들을 키워냈다. 일찌감치 집 나간 남편 대신에.

우리 큰이모는 별명이 부처님이다. 조실부모한 우리 엄마에게는 엄마였고, 친할머니에겐 구박받고 외할머니는 보지도 못한 내게는 할머니나 다름없다. 갑자기 술이 깨면서 이모에게 징징대고 싶어졌다. 큰이모는 신산한 마음이 뭔지 다 아는 사람이니까, 내가 왜 종종 혼자 소주를 마시는지 알겠지.

"이모, 이모, 한국에서 외국인이랑 사는 게 보통 일이 아냐. 매일매일 시험 치르는 기분이야. 어제는 속상해서 좀 마셨어."

"속상하니까 술이지, 기분 좋으면 커피 마셨겠지?"

이모는 늘 이런 식으로 대답한다. 하나도 웃지 않으면서. 개그맨 최양락 같다. '이게 무슨 소리냐' 싶은데 돌아보면 이모 말이 다 맞다. 누군가 용서해주면 나는 나를 쉽게 용서하는 성격이다. 그렇지, 내가 매일 참말 수고하지, 일 년에 두어 번 만 취해야 인간미 넘치지. 숙취가 싹 가셨다.

"아들이다, 내 아들이다…… 생각해. 그럼 상대가 뭘 해도 예쁘고 기특하지. 미운 게 하나도 없지."

예전 같으면 고루하다 여겼을 것이다. 아들 같은 사람하고 어떻게 사랑하고 살아요? 화를 냈을지 모른다. 옳고 공정한 말이 아니어도 괜찮을 때가 있다. 정교한 조언이 아니어도 될 때가 있다. 어떤 말은 그 따뜻함만으로 상처난 곳을 어루만진다. 나는 이모가 나를 사랑해서, 나의 가족이 된 B까지 어여쁘게 본다는 것을 잘 알고 있다. 우리 둘을 모두 위로하는 말에 나는 마음을 놓았다. 어쩌면, 그냥 어리광을 부리고 싶던 날이었다. 이모, 내가 너무 힘이 들어요. 그런데 아무 데도 이야기하기 싫어요. 그러면 어떡하죠, 엉엉.

"첫눈에 반하면 크게 실망도 하지. 그러다 실이 툭, 끊기지. 애초에 티격태격을 실컷 해야 서로 잘 알게 되지. 그러면 오래오래 참 좋은 사이가 된단다."

좋은 꼴 못난 꼴 보여야 부부라는데 이모는 그럴 틈도 없었다. 협박과 강요로 이모와 결혼한 이모부는 아이 둘을 낳게 하고는 집을 나갔다. 전국 팔도를 돌며 기둥서방 노릇을 하다 암에 걸려 돌아왔다. 기어코 이모가 차린 세끼 밥을 얻어먹다 세상을 떴다. 장례까지 말끔하게 치러주고 이모는 말했다.

"내 할 도리 다 했다. 내 자식들 복 받으라고 내 도리를 다 했다."

B 이야기를 하면 엄마와 이모는 한 번도 내 편을 안 들어준다. 그저 우리가 신기하고 기특하고 한편으로 애틋하고 애처롭다고 한다. 내가 김장을 하나도 돕지 않고 종일 숙취와 싸워도, 그래서 B가 혼자 김장을 다 했어도 화내지 않는다고 대단하다 한다. 무채를 썰고 양념을 채우고 김치를 나르는 남자를 처음 본 거다. 엄마와 이모는 평생 혼자 다 해온 일이라며 고마워하라고 한다. 사랑하고 서로 보듬는 부부관계를 처음 본다고 신기해한다. 한번은 엄마가 맥줏집에서 물었다.

"너는 개 뭐가 그렇게 좋으니?"

나는 신이 나서, 식당 밥을 먹고 난 뒤 치우시는 분들 편하라고 아주 예쁘고'단정하게 식기를 정리해두는 습관을 이야기했다. 컵과 포크를 자리에 두고 나와도 되는 카페에서도 늘 쟁반에 잘 모아서 데스크에 가져다주고 "고맙습니다. 안녕히 계세요!" 외치는 습관을 이야기했다. 그냥 듣고만 있던 엄마는 다음번에 B에게 주는 카드에 이렇게 썼다. "참 착한 바티에게."

제주 귤처럼 상큼한 너의 거절

#'거절할게'라고 제때 말해야 한다. 아프지 않기 위해서

햇살이 선물 같은 날이었다. 아이보리와 연 베이지색으로 잘
정돈된 마루, 잎사귀가 도타운 화분도 보기 좋았다. 그녀가 좋
아하는 톤이다. 화사하면서도 수선스럽지는 않은 것들로 자신
을 둘러싼 채, Y는 피스타치오를 아주 열심히 까고 있었다.

"언니, 이게 몇 달 전 태국 여행 때 사 온 거예요. 껍질 째 파
는 게 더 좋은 거거든. 이제야 껍질 벗길 시간이 났지 뭐예요
(굉장한 깨달음을 얻었다는 듯 크게 웃었다). 서울에 있을 때도
시간은 있죠. 그런데 앉아서 피스타치오 껍질 깔 시간은 없어
요."

글로 적으면 대수롭지 않은 말을 힘주어 하는 게 그녀의 특기다. 이거 정말 맛있죠, 이거 진짜 최고지 않아요? 와 이거 정말 대박이야. "그래. 괜찮네." 같은 작업실을 쓰는 나와 H가 오전에 이렇게 대답하면 오후에 재차 물어본다.

"다시 생각해도 이거 진짜 끝내주지 않아요?"

우리가 큰 소리로 "그럼 그럼, 진짜 끝내준다, 네가 고른 건데 당연하지"라고 대답하면 그제야 씩, 하고 웃는다. "언니들도 눈 높네!" 그 말에 우리는 "Y처럼 살아야 해. 우리도 저렇게 살자"며 쑥덕거린다.

그게 Y가 세상에 즐거움의 돋보기를 들이대는 방식이다. 좋고 좋고 좋고 너무 좋다고 반복해서 말하면 기쁨은 더 크게 피어오른다. 좋은 것을 덜 말할 필요가 있나, 돈 드는 것도 아닌데. 그런 좋음의 속도로 Y는 피스타치오를 계속 깠다. "견과류 까는 거 왜 이렇게 재미져!" 긍정 에너지로 까여 쌓여가는 피스타치오. 윤기가 흐르는 고소한 알맹이가 너 같았다. 너, 겨우내 먹을 양식을 양 볼에 넣어서 바지런히 동굴로 향하는 작은 토끼처럼 보여.

Y는 제주에 집을 얻어 살러 갔다. 서울에서도 잘나갔는데 제주에서도 잘나간다. 의미는 전혀 다르다. 서울에서는 9 to 5로 일했다. 데스크 워크를 마치면 저녁에는 클라이언트에게

식사를 대접하러 맛집으로 재출근했다. 피로할 적마다 씩 웃는 버릇이 있었다. 짜증을 내거나 찡그리거나 찌푸리면 행복이 달아날 것처럼, Y는 언제나 진심으로 미소를 지었다. 가끔 작업실의 작은 방 문을 열면 핑크색 요가매트에 외출복을 입고 누워 있곤 했다. 폭 쓰러진 얼굴이 새하앴다.

제주에서 Y는 노란색으로 보인다. 계란꽃 같다. 일하는 틈틈이 쑥도 캐고 멸치도 말리고 견과류를 손질하고 그릭 요거트도 만든다. 일이 아닌 즐거운 것들을 캐내러 쏘다닌다. 성취도와 상관없이 그저 충만한 것들로 하루를 열심히 채운 뒤에 또 말한다. "아오. 사는 거 왜 이렇게 재미져!"

5월에 나와 남편은 Y의 제주 집에 놀러갔었다. 그녀가 만든 '인고의 요거트'와 말린 베리를 듬뿍 뿌려 차린 아침을 우걱우걱 먹으며 Y의 요거트 찬사를 들었다.

"그릭 요거트 너무 맛있죠? 요게 완전 정성이에요. 면보에 요거트를 올려서 하룻밤 둬야 해요. 그걸 어떻게 기다려? 그런데 제주에서는 기다려져요. 요거트에 물이 다 빠지면 아주 쫀득하고 고소한 그릭 요거트가 돼요(듣다 보니 당장 우유와 면보 사러 가고 싶어진다). 이것도 서울에서는 할 시간이 안 나요. 시간이 있긴 한데. 알죠? 서울에서는 우리 늘 시간 없잖아요."

우리는 배를 두드리며 사라봉으로 산책을 나갔다. "잠깐만!"하더니 벽에 걸린 모자 두 개를 우리 머리에 각각 씌워주는 Y. "언니, 제주 볕은 진짜 볕이야. 새카매져요. 주의해!"

아마도 그녀의 애인 것일 군모는 큼지막해서 B의 고수머리가 쌈처럼 폭 싸였다. 모자가 커서 어색하면 안 써도 된다는 말에 B는 고개를 세차게 가로 저었다. "Y가 쓰라고 했잖아."

Y는 외할머니처럼 달다구리 주머니를 싸주었다. 팥소가 묻은 오메기떡, 초코바, 캔디, 강정이 수북했다. "누가 보면 멀리 여행가는 줄 알겠다."하고는 그것들을 낼롬낼롬 꺼내 먹으며 언덕을 걸었다. 사라봉은 이름만큼 근사했다. 마을에 사라봉이 있다는 것은 거주 결정의 이유가 될 만했다. 오르는 길의 모양도 꽃도 새도 다 귀여워서, 뻔한 표현이지만 꽤 동화적이었다.

봉우리에 올라 Y의 '페이보릿 의자'에 앉으니 제주 시내가 환하게 보였다. 좋은 장소에 가면 조급증이 낫곤 한다. 눈을 감으니 풀이 바람에 스치는 소리가 사르륵 사르륵 했다. 머릿속을 꽉 메웠던 것들을 다 버려도 될 것 같았다. 서울의 좋은 것에 '안녕'하고 짐을 꾸린 Y가 단숨에 이해되었다.

"여기 매일 오르면, 누구도 부럽지 않겠다."

한참 뛰어놀다 보니 끼니 때가 되었다. 보말 칼국수 집에 함께 가자고 메시지를 보냈다. 답장을 받고 1초 정도 당황했다.

"나는 집에 있을래. 씻고 못 나간다. 둘이 맛있게 먹어요."

아, 이토록 상큼한 거절. 단지 집에 있고 싶어서다. 외출을 하려면 선크림을 바르고, 파자마 바지를 청바지로 고쳐 입고, 신발에 발을 꿰는 수고를 해야 하니까? 거절을 한다. 거절 메시지에는 단 10초도 걸리지 않았다. "Y는 피스타치오를 더 까고 싶어서 밖에 나오지 않기로 했대."

B는 *끄덕끄덕* 했다. "그렇구나. Y는 피스타치오 까기를 좋아하는구나. Y는 전생에 다람쥐였나 봐." 하면서 우리는 웃었다. Y의 거절은 너무 상큼해서 따라 하고 싶어진다. 때로는 '뭐 거절할 것 없나' 찾게 될 정도로 유혹적이다. 젊은 사람이 야심이 없다는 걱정도, 너무 포기하고 사는 것 아니냐는 핀잔도 가볍게 거절했다. 거절의 이유를 구구하고 진지하게 설파하는 대신, 그녀는 자기 방식대로 말한다. 자신이 좋아하는 것을 힘주어 또 말한다.

"제주 진짜 너무 좋아요. 2주만 살아보세요. 집 알아보게 될걸?"

사라봉이 좋고 제주 구석구석 재밌는 게 많이 숨어 있고 자신은 재밌는 걸 좋아한다는 이유로, 큰 성공과 더 많은 돈을 안 가져도 괜찮다고 말했다. 하긴 뭐 어때. 내 'No'에 상처받을 사람이 있는 것도 아니고 말야. 그렇지? 오전의 여유를 위해 칼국수 런치를 거절할 때와 비슷한 정도로 Y는 남과 비슷한 삶에 'No'라고 말했다. 상큼한 제주 귤처럼.

나는 Y처럼 하지 못했다. 어정쩡한 인간이 되었다. 나는 서울에서 Y처럼 산다. 전원적이라고, 자연친화적이라고, 힙스터라고, 인생 즐기며 산다고 말해주는 사람도 있다. 남프랑스 시골 농부 스타일인 남편 덕에(때문에) 울며 겨자 먹기로 느림보 인생을 살게 되었다. 하긴, 그 덕에 큰 수술 안 하고 살아남았는지도 모르겠다. B와 만나던 초반에 응급실을 몇 번 갔다. 놀란 B는 내가 일을 많이 할 때마다 미간을 찌푸렸다. 사랑하는 사람이 찡그리는 건 싫으니까, 일을 하나하나 줄였고 그러다 보니 반백수 인간이 되었다.

산과 들을 쏘다니며 취재를 할 때는 늘 고꾸라졌다. 1주일 일하고 1주일 아프기를 반복하면서도 버리지 못했다. 건강이 급속도로 안 좋아져서 달리는 버스에서 어지러움으로 뛰쳐 내리기를 여러 달 한 뒤에야 일을 줄이고 휴식을 늘렸다. 건강을 위해 어느 정도의 수입을 포기했다. 이 부분이 가장 어려웠다. 스스로 쪼그라드는 기분, 미래에 대한 두려움, 루저가 된 기분이 사소하게 들었다.

일을 많이 하면 병원비가 더 드니까 어쩔 수 없었지. 그래서 성공을 거절했지. 새벽같이 나가서 밤늦게 돌아오는 일정을 포기하니 시간이 많았다. 집에서 텃밭 야채를 천천히 열심히 구워서 점심으로 먹고 산책을 할 수 있었다. 느슨하게 사는 생활에 적응하는 데에 시간이 필요했다. 내 안의 선생님이 너 정신 나갔냐고 자꾸 야단을 쳤다. 선생님과 자꾸 싸웠다. 잔소리 그만하세요. 제가 다 알아서 할게요. 그러나 모범생 병은 쉬이 낫지 않았다. 선생님이 계속 떠들었다.

'남들은 다 견디는데 왜 너만 아파? 다른 기자들은 밤샘해도 코피 한번 안 흘리는데 왜 넌 그 모양이야? 노년에 크게 후회한다. 잠은 죽어서도 잘 수 있다잖아. 운동을 빡세게 하면 덜 아프지 않을까?(그러나 운동할 체력이 당장 없다)'

그게 몇 년을 갔다. 선천적으로 체력이 약한 사람은 평생 일을 적게 해야 한다는 자명한 사실을 어디서도 배운 적이 없었다(TMI: 27살에 내 콩팥이 하나밖에 없다는 사실을 알게 됐다. 의사 말로는 괜찮다고 하는데, 콩팥 하나인 사람들 네 명에 대해 들은바 '모두 일 체력이 약하고 멀미가 심하며 쉽게 지친다'고 한다).

아는 동년배들은 이제 밤샘을 하지 않는다. 크고 작은 병에 걸려 수술을 한 사람도 숱하다. 그런 것을 봐도 조바심이 멈추지 않았다.

'아직 안 걸렸잖아. 게을러. 게을러서 핑계 대는 거야. 몸 사리지 마.'

욕심 많은 모범생은 오늘도 흔들린다. 마음속 선생님도 지쳤는지 핀잔과 재촉의 소리는 꽤 누그러들었다.

'그래, 네 멋대로 살아라. 후회를 하든 말든.'

불안해질 때마다 작업실 벽에 붙은 글씨를 본다.

'Y처럼 살자.'

원하지 않는 것에 'No'라고 말하는 것, 굳이 이유를 설명하지 않는 것, 원하는 것을 덥썩 쥐고 그것을 아주 열심히 칭찬하며 사는 것.

"언니, 행복이 별거 있어요? 좋은 사람들이랑 맛있는 거 먹으면 그게 행복이죠."

Y의 귤 같은 목소리가 들리는 듯하다.

우리는 서로의 용기가 될 거야

이 비참한 세계 속의 유일한 기적이다

사랑하는 A. 첫 문장을 내내 망설이다가 바보처럼 쓴다. 사랑
하는 A라고. 사랑하는 너 때문에 나는 울고 있다고. 이런 말을
하면 또 언제나의 너처럼 "네가 왜 울어? 나는 이제 괜찮아."
하며 너 특유의 맑고 깨끗한 물 같은 얼굴을 할까. 사소한 것
에 자주 일렁이는 나는 또, 아주 조금 마음을 구기면서 말하겠
지. 이 재미없고 무덤덤한 여자야, 하면서.

어제는 아이였을 때 네게 찾아온 사고에 대해 쓴 글을 읽었
어. 네가 보여줬잖아. "글로 써놓은 게 있어. 읽어 봐." 하고 노
트북 화면을 내게 돌렸지. 그런 순간이 올 때마다 어찌할 바를

몰라 가장 익숙한 표정을 고르곤 한다. 무뚝뚝한 건지 화난 건지 모를 딱딱한 표정을 지어, 턱이 아프도록.

아마 말을 뗄 적부터 연습해온 표정. 걷고 말하기 시작할 때부터 나의 엄마는 울고 있었거든. 매일 밤 혼자 울고 있었어. 나는…… 나까지 동요해서는 안 된다고 생각했어. 세상의 딸들은 철들 때부터 그런 말을 외우잖아.

'나는 엄마의 용기가 될 거야.'

태어나자마자 맞닥뜨린 불행에 대해 당황하지 않기 위해 수십 번 수백 번 수천 번 연습해. 화난 여자의 표정을.

"글 참 잘 쓴다." 아마 그렇게 천치 같은 말을 했을 거야 내가. 견디기 어려운 고통에 대해 읽을 때 활자는 자주 무력하다. 몇 번이고 다시 읽어야만 기능한다. 우리가 앉았던 테이블에서 나는 그 문장들을 채 다 읽지 못했어. 서둘러 읽고 너를 위로해줘야 한다고 느꼈을까. 위로란 것이 가능하다고 여겼을까. 마치 방금 일어난 사고처럼 느껴져서 내 앞에 앉은 예쁜 소녀를 따뜻하게 안아줘야 한다고 생각했을까. 모르겠다. 상관없는 이야기를 주워섬기다 집에 돌아왔지. 한 여자가 고통을 고백하면 다른 여자의 기억이 휘저어지는 건 왜일까. 집에 다다랐을 때, 빌딩 앞 어두운 곳에 홀로 주저앉아 스마트폰으로 그 포스팅을 다시 열었어. 오래도록 삼켜온 울음이 터져버렸다.

때로 감정은 서둘러 가라앉았다가 예상치 못한 시간에 다시 솟구치곤 하잖아.

어쩐 일인지, 강간인지 사랑인지 아리송했던 첫 경험이 떠올랐다. 스커트 안에 손을 넣은 노숙자에 대해 덤덤하게 이야기했을 때 나를 돌아보지 않고 계속 설거지를 하던 엄마가 떠올랐다. 엄마가 놀라서 안아줄 거라고 생각했었지만, 그때 엄마도 당황해서 딱딱한 표정만 했겠지. 내 얘기를 듣자마자 그 치마가 짧았는지 길었는지 물었던 옛 연인도 떠올랐다. 캄캄한 골목에서 내 가슴을 움켜쥐고는 무섭냐며 비실비실 웃던 고등학생도 떠올랐다.

어제 어두운 길에서 키가 아주 큰 남자가 왁, 하고 소리치고는 내가 어깨를 움츠리자 흥이 나서 하하하하, 아주 길게 웃던 것을 떠올렸다. 나는 또 욕을 했었지. 야 이 개씨발새끼야. 사실은 너무 무서워서 그랬어. 저 남자가 만약 화가 나서 내 얼굴을 시멘트 벽에 짓뭉개면 행여 죽더라도 사과는 절대로 안 할 거야, 그런 말도 되지 않는 상상을 했다. 매일매일. 여자들이 이런 생각을 하며 지내는 세계란 뭘까. 바깥 세계는 너무 평화로워.

기억도 희미한 여러 번의 성희롱과 성추행을, 그리고 그런 경험을 말해봤자 "뭐 그 정도를 가지고 그래."라고 말할 사람들을 떠올려 고개를 휘저어 잊어버렸던 때를 떠올렸다. 아니다. 잊어버리지는 못했어. 여자들은 유령이 되어도 또렷이 기억할 거야. 시간이 갈수록 선명해진다. 글을 여러 번 읽고도 도저히 집에 들어갈 수가 없어서 나는 길 잃은 아이의 기분으로 되돌아갔어. 초등학생처럼 백팩을 멘 채 건물 앞에 주저앉아 훌쩍였어. 엄마는 왜 나를 찾으러 오지 않을까. 내가 길을 잃으면 엄마는 또 슬피 울 텐데. 영원히 집에 돌아가지 못하면 엄마의 인생도 무너질 텐데. 그래서 나는 꼭 살아서 돌아가야 돼. 인생이 송두리째 흔들릴 나쁜 일을 당하더라도 살아만 있으면 돼. 열한 살 때 장대비가 내리던 날, 동네에서 길을 잃었을 때 어떤 착한 오빠가 아이스크림도 사주고 손도 잡아주고 길을 찾아주겠다고 함께 걷다가 우리 가족을 맞닥뜨리자 도망가버렸을 때, 어쩌면 나는 불행을 용케 피했던 것일까.

세상에는 불행의 총량이 정해져 있어서 어떤 여자에게 도달하지 않으면 그건 다른 여자를 찾아가는 걸까. 그런 말도 안 되는 생각을 하며 내내 앉아 있었어. 어린 너를 떠올렸다. 네가 울면서 집에 걸어가던 때, 집에 가면 엄마가 안아주겠지, 생각하던 순간에 찾아가 안아주고 싶었어. 부드럽고 따뜻한 무언가를 만들어주고 베갯잇을 반듯하게 펴고 뉘인 후 순진한 동화를 읽어주고 싶었어. 내가 이런 말을 하면 너는 또 "또 무슨 엉뚱한 소리야." 하며 웃겠지만.

한 여자가 집에 돌아오면 대신에 다른 여자가 집에 돌아오
지 못하는 것일까. 내 몰카가 돌지 않으면 너의 몰카가 돌겠지.
나는 버스 터미널 화장실에 들를 때마다 '그래. 이 개씨발새끼
들아. 실컷 찍어. 마음껏 봐라.' 이 악물고 속으로 외칠 때의 어
이없는 용기를 떠올렸다. 야근 후 기진맥진해서 돌아왔을 때,
현관문을 열 때마다 숨을 훅, 멈추고 '집안에 누가 숨어 있다
면 강간은 당해도 살해당하지는 말자.' 하고 생각하는 습관을
떠올렸다. 일 년에 365일 그렇게 한다. 하루도 빠지지 않고 매
일매일 똑같은 생각을 한다.

컴컴한 길목에 앉아 오래 울면서 그런 생각을 했다. 한 여성
의 고통은 지구 위 모든 여성의 고통과 투명한 선으로 연결되
어 있는 것 같다고. 한 명의 이야기를 들을 때마다 기어코 휘
저어지는 영원한 기억들이 있다. 우리가 그 모든 고통에 대해
낱낱이 들으면서 숨 쉬고 웃을 수 있다는 것은 어쩌면 기적일
지도 모르겠어.

네가 말했잖아. "그 고통이 나를 휘젓도록 내버려두면 안
돼." 그래서 너는 기회가 생기면 망설이지 않고 그 사고를 담
담하게 이야기한다고 했다. 상대의 반응이 어떻든 상처받지
않기 위해 노력했다고. 조그만 아이가 소녀로, 어른으로 성장

하며 홀로 겨루어왔을 고통을 떠올렸다. 아, 그 고통에 대해 내가 글로 쓰는 건 주제넘는 것이란 생각이 든다. 손가락은 자판 위에서 자꾸만 길을 잃어버린다. 활자란 언제나 무력하다.

사랑하는 사람도 만나야 하고 행복하게 살아야 하니까 고통을 열심히 극복했다고 너는 말했어. "과거가 현재의 나를 훼방 놓게 두면 안 되잖아." 아, 너의 말은 어쩌면 그렇게 단단할까.

그래서 너는 말하기를 선택했다고 했어. "너는 고작 상처야. 과거야. 그건 내가 아니야. 그건 타인이 내게 준 고통이야. 그건 내가 아니야." 그렇게.

악몽 같던 일을 입 밖으로 소리낼 수 있게 되면서 너는 단단해졌다고 했다. 10년이란 시간이 걸렸다. 그 끔찍한 일이 너의 탓이 아니란 걸 깨닫는데 긴 시간이 걸렸다고. 수만 번 자문했다고. 내가 무슨 잘못을 했길래 이런 일이 생겼을까. 왜 하필 나에게 이런 고통이 닥쳤을까. 누가 내 잘못이 아니라고 말 좀 해줬으면 좋겠다고. 하지만 그런 일은 절대로 일어나지 않았다고. 알지, 세상은 이토록 개씨발 같다. 내가 잘 하지도 못하는 욕을 내뱉으면 너는 또 어이없다는 듯 웃겠지만.

'How beautiful you are.' 미처 너에게 보내지 못한 메시지야. 글을 어떻게 마쳐야 할지 잘 모르겠어서 사랑한다고, 너는 너무 아름답다고. 마치 서투른 번역체 같은 문장만 내내 타이핑하고 있다. 너무 멋진 너에게 나는 너무 소심하고 어색해진다.

"완벽한 문장은 영원히 쓸 수 없을 거야. 나는 알아버렸어. 우리가 아무리 노력해도 완벽해질 수가 없다는 걸. 구김살 없이 맑은 사람이 부럽지만 그렇게 될 수는 없다는 걸. 그래서 선택했어. 할 수 있는 만큼만 하고, 되돌아보지 않기로. 있는 힘껏 행복해지기로."

네가 이렇게 말해주었기 때문에, 나는 태어나서 가장 마무리 짓기 어려운 글을 마칠 수가 있다. 할 수 있는 만큼 행복해지자. 망설이지 않고 울지도 않는 너는 어디로든 갈 거야. 너는 산을 오르고 헤엄을 치고 호감이 가는 사람에게 말을 걸어 기어코 친구가 되고, 네 주변의 세계를 너만큼 아름답게 변모시켜 나간다. 그래, 너는 어디로든 간다. 그래서 다른 사람의 용기가 된다.

한 여자의 고백이 다른 여자의 고통의 기억을 휘저어놓는 것처럼. 한 여자의 용기가 많은 여자의 용기가 된다. 그게, 이 개씨발스러운 세상에서도 우리가 농담을 할 수 있게 한다. 우리가 만든 기적이다. 우리는 서로의 용기다('우리는 서로의 용기다'는 성폭력 피해자 연대 단체인 용기당의 메인 슬로건입니다).

만인에게 친절한 당신에게

나를 사랑해주는 사람들에게 적당한 사랑을 돌려주면서 살면 된다

나는 네가 신경 쓰인다. 오늘도 너는 새벽같이 집에서 나와 책상에 동그마니 앉아있다. 얇은 피부에선 금세라도 우울의 물방울이 뚝뚝 떨어질 것 같다. 눈물이 터지기 전, 일촉즉발의 상태로 너는 내내 앉아 있다.

진한 커피를 끓이려는데 한 컵 마실래? 냉장고에 자두 있는데 보았어? 아침밥은 챙겨 먹었니? 이도 저도 아니면 물이라도 마실래? 수분이 부족하면 우울해진대.

잔뜩 얇아져 있는 너에게 어떤 말이 생채기가 될지 몰라, 나는 계속 먹을 것과 마실 것을 권한다. 대답은 들리지 않는다.

나는 안절부절못한다. 아마도 너는 원하는 게 없을 것이다. 자신이 원하는 것을 알지 못해서 우울한 것으로 보인다. 원하는 것을 제때 알지 못하면, 사람은 언제나 안절부절못한 상태로 살아가게 된다. 안절부절못하게 우울하다, 지금의 너는.

몇 개월이 지났다. 지금 나는 너를 미워한다. 정확히 말하자면, 답답하고 안타까운 감정이다. 마음 깊은 곳에서 징그럽게 미워하는 것 같지는 않다. 세상에나. 이 글을 쓰는 것조차 힘이 들어서, 사흘째 붙잡고만 있다. 내가 너를 많이 좋아했기 때문에, 좋아했던 만큼의 미움이 가시지를 않는다. 모두가 너를 좋은 사람이라고 말하기 때문에, 이 마음을 어디에도 말할 수는 없다.

너는 어떤 부탁도 다 들어주는 사람이다. 네가 할 수 있다면 도와주고 아니라면 다른 사람에게 부탁해서라도 해결해주려는 사람이다. 길에서 떡볶이를 파는 할머니와 금세 친구가 된다. 정신없이 시끄러운 모임 가운데 동그마니 외로운 사람의 마음을 어루만진 게 너다. 그때 나는 진심으로 너의 세심한 다정에 감탄했었다. 무거운 짐을 들고 문을 열 때 가장 먼저 달려 나오는 사람은 언제나 너였다. 씩씩하게 짐을 나눠드는 너는 살가운 삼촌 같았다. 내 친구가 널 만나 한 시간만 이야기를 한다면, 나보다 너를 더 좋아하게 될 것이다. 모두가 너를 사랑할 준비가 되어 있었다.

너는 모두에게 사랑받기를 바랐다. 모든 것에 예스라고 말했다. 스스로에게 '너 진짜 그걸 원해?'라고 물을 겨를 없이, 밝고 환한 미소를 지으며 '나도 그게 좋아'라고 말했다.

파티를 하자, 공부 모임을 만들자, 소풍을 가자고 말하면 언제나 박수를 쳐주었다. '정말 재밌겠다, 진짜 신날 거야, 너무 좋을 거야. 네가 하고 싶은 일이면 재밌고 신나고 좋을 거야.' 라고 말해주는 목소리는 숲의 멜로디 같았다. 시작에 앞서 긴장한 마음을 편하게 해주고 앞으로의 걸음에 싱그러운 기운을 불어넣어 주었다. 그 멜로디를 들으면 개선장군처럼 힘이 솟았다. 세상만사에 확신이 늘 부족한 나는 가끔은 너 같은 인공지능 로봇을 사고 싶었다. 내가 뭘 하든 응원해주는 신나는 우쭈쭈 로봇.

네가 같이할 거라고 생각해서 나는 첫걸음을 뗄 수 있었다. 뚜벅뚜벅뚜벅 걸어가 기다리는데, 기다려도 기다려도 너는 오지 않았다. 모든 것에 모른 척했다. 예스도 노도 하지 않았다. 모든 질문에 그냥 웃었다. 용기를 내어 의견을 물으면 '잘 모르겠어.'라고 말했다. 가장 괴로웠을 때에는 진통제를 하루에 세 알씩 먹었다. 화가 나서 그녀를 미워하니, 내 마음속에서 너는 착한 피해자가 되었다.

"뭐야. 나만 맨날 욱하네. 쟤는 평화로운데."라며 혼자 술을 마셨다.

술에 취하자, 좀 이상한 기분이 들었다. 연락을 받지 못해 괴로운 게 아니었다. 나와 함께 해주지 않아 괴로운 게 아니었다. 가장 괴로운 마음이 무엇인지 자세히 들여다보았다.

'우리는 친한 게 아니었어. 우리는 친구가 아니었나 봐. 일방적인 관계였나 봐.'

창피하고 서글펐다. 모임과 파티와 소풍이 시작되기 두어 시간 전에는 메시지가 와 있었다.

"미안해. 급한 일이 생겨서 못 갈 것 같아."

언젠가부터 심장이 쿵, 하기보다는 쓴웃음이 나왔다. 너 사실은 전혀 오고 싶지 않았잖아. 오지 않고 싶다는 마음은 네 마음이니까 어제도 그제도 알고 있었잖아. 아예 처음부터 이렇게 말했으면 좋았잖아. '너를 응원해. 잘 할 거야. 나는 못 갈 것 같지만, 멀리서 응원할게'라고 말했다면 서로가 좋았잖아!

그런 모든 말은 마음속 비밀 폴더에 넣어두었다. 만인에게 좋은 사람이 되고 싶어서 늘 'yes'라고 말하는 사람이라면, 분명히 내 말에 상처를 입을 것 같았다. 매정한 사람으로 보이고 싶지 않아서 모든 약속과 모든 부탁과 모든 애정에 은은한 미소로 화답하는 네게 상처를 입힐 것 같았다. 타인에 대한 배려

없이 제 하고 싶은 말을 폭포수처럼 쏟아붓는 사람이라고 미워할 것 같았다(그 미움을 절대 언어로 전하지 않을 것 같다는 점이 가장 무서웠다).

마음속으로는 숱한 대화를 나누었다.

"불편한 거 있어?"

"아니, 그런 거 아닌데."

"거짓말하지 마. 네 행동이 다 말하잖아? 눈도 잘 안 마주치고, 약속도 한 번도 안 지키고, 전화도 안 받고."

"아니, 꼭 그런 건 아니야."

"말을 해줘. 잘못 있으면 고칠게."

"……."

"그럼, 편해 지금 너는? 아니잖아?"

"괜찮아."

"뭐가 괜찮아? 너 불편하잖아!"

"너무 공격하지 마. 나 힘들어."

혼자 수없이 시뮬레이션을 해보며 상대의 마음을 이해하려고 노력했다.

"역시 이럴 줄 알았어. 사람들은 모두 나에게 화를 내지. 난 너무 외로워."

익숙한 안정감이 느껴졌다. 착한 피해자가 되면 안심을 하는 거로구나. 하지 못한 말이 쌓여서 텁텁하게 고였다. 너를 바라보는 내 눈도 텁텁해졌다. 흐릿해졌다. 시야가 흐려지니 관심이 줄어들었다. 네 단점에 대해 편하게 털어놓을 수 없는 관계가 되면 너의 장점도 잊어버리게 된다. 하지 못한 말은 일기장에만 수북이 적어두었다.

우리 이제 '정 없는 사람'이란 말을 무서워하지 말기로 하자. 갈등을 피하기 위해 친절함을 가장하지 말기로 하자. 인생은 그렇게 대충 살기엔 너무 소중하다. 모두의 사랑을 받고 싶어서, 곁에 있는 사람을 서운케 하지 말자. 모두의 사랑이란 건 허상이니까. 모두에게 좋은 사람이 되려다가는 박살이 나고 만다. 타인에게 무리해서 잘해주는 사람은 언젠가 무너지고 만다. 나를 사랑해주는 사람들에게, 적당한 사랑을 돌려주면서 살면 된다. 그거면 된다.

예쁘고 불편한 나와
나답고 편안한 나를 알아보는

엄마는 나이트 삐끼에게 내 차림새를 변명했다

'샴푸 나이트, 마두역 8번 출구'라고 쓰인 명함을 나에게 주는 남자에게 엄마가 겸연쩍게 웃으며 말했다.

"아이고, 지금 얘가 꾸미지도 않았는데…… 몸이 안 좋아가지고 대충 하고 나왔는데……."

대상포진 진단을 받고 본가에 쉬러 간 날이었다. '뻐꾸기'란 닉네임을 지닌 나이트클럽 호객꾼(이 직업의 정확한 명칭이 뭔지는 모르겠다)에게 엄마가 내 부족한 차림새를 변명했다. 딸이 깔끔하게 꾸미고 하고 나오지 못한 이유를 그에게 설명해주고 있었다! 남자는 계속 실실 웃으면서 "여기 물이 좋아요.

오늘 꼭 오세요."라며 우리 뒤를 따라 1미터 정도 걸었다. 비도 오고 전단도 잔뜩 남고 짜증 나는데 재밌겠다 싶었을까.

나와 뻐꾸기 사이의 엄마는 곤란한 건지 웃음이 나오는지 모를 표정을 하고 있었다. 얼결에 당황해서 나온 우스갯소리였을 거다. 잘 안다. 기분이 상하지는 않았다. 나도 속으로는 쿡쿡 웃고 있었다. 그녀의 속마음을 상상했다. '쟤는 아무리 아파도 어쩜 저렇게 추레하게 하고 밖에 나왔을까'라는 한탄과 '그래도 내 딸이 아직 나이트 전단을 받을 외모는 되는군'이라는 안도감 사이의 어딘가일까?

어릴 때는 외모 평가에 곧잘 마음을 다치곤 했다. 가장 잘 나온 셀피를 골라 포토샵을 하고 "조명빨이 좋았다." 정도의 겸양 표현을 써서 올렸던 싸이월드 시절에 특히 그랬다. 셀피에 달리는 조회 수와 댓글을 1분 간격으로 체크할 때는 그랬다. 지금은…… 누가 나를 '못생긴 사람'으로 부른다고 해도 웃고 말 것 같다. "그래요? 당신은 그렇게 생각하는군요!"라고 말할 테지. '못나져서' 편해졌다. 그렇게 변했다. 엄마가 딸의 외모에 대해 걱정하는 것에 덤덤해졌다고 쓰기 위해, 말이 길었다.

너무도 이해한다. 엄마에게 어떠한 악의도 없으며, 그녀의 입에서 흘러나온 말도 엄마의 책임이 아니란 걸. 딸이 엄마의

자아 반영이며 결과물이며 성적표며, 그래서 딸이 예쁘고 영
리하고 '시집을 잘 가지 않으면' 몽땅 엄마 탓이 되어버린다는
강박에서 벗어나는 건 엄마에게도 시험 같은 일이라는 걸. 그
래서 그냥 실없이 웃고 말았다. 3시간 전 엄마가 나를 본 순간
부터 나를 '면역'시켜서, 어렵지 않기도 했다.

　"피부가 상했다, 푸석푸석하다, 오른쪽 뺨에 난 건 뾰루지
니?(뾰루지가 난 줄도 몰랐다) 집에 가서 내 마스크팩을 해라,
오늘 너무 대충 입고 왔다!"

　그리고 엄마를 만난 3시간 동안 줄곧 '음…… 이 대사들을
다 모아서 「우리 엄마를 누가 말려!-전형적인 코리안 맘」이란
에피소드로 넷플릭스에 론칭해야겠어'라는 생각을 하느라 정
신이 팔렸기 때문에.

　문득 친구 이야기가 떠올랐다. 제왕절개를 한 친구가 가까
스로 옷을 갈아입는데 늘어진 뱃살을 본 엄마가 "너 퇴원하자
마자 다이어트 해야겠다."라고 말했다고 했다. '기분이 상하긴
했는데 화를 내도 좋을지 아닐지 모르겠다'고 친구는 말했다.
바로 전날 목숨을 걸고 아이를 출산한 딸을 두고 제일 먼저 떠
오르는 게 다이어트라니 황당하고 섭섭했지만, 자신이 화를
낸다면 분명 엄마는 이렇게 말할 게 분명하기에 그냥 넘어갔
다고 했다.

"누가 너 수술한 거 맘 아프지 않대? 기특하고 대견하고 안쓰럽고, 가슴이 찢어지지! 그런데 그건 그거고 뱃살은 빼야 되는 거잖아. 엄마가 딸한테 그런 말도 못 해?"

'완벽하게 꾸민 상태, 흠이 하나도 없이 다듬어진 상태가 가장 아름답다는 강박으로부터 스스로 벗어났다'고 쓰고 싶지만, 아쉽게도 나는 그러지 못했다. 나는 의존적인 사람이다.

사랑하는 사람이 나의 어떤 모습을 보고 아름답다고 말하면 쉽게 긍정한다. 만약 불행하게도, 누군가와 사랑에 빠져버렸는데 그가 풀메이크업을 하고 연약해 보이는 표정을 짓기만을 원하는 사람이라면 한 달 정도는 그런 모습을 연출할 것 같다.

그래서 B의 도움을 좀 받았다. 외모를 바라보는 색다른 시선을 B가 건네줬다. 연애편지처럼. 우리가 만나기 시작할 무렵, 그가 찍은 사진을 보았을 때의 충격이란. "Beautiful!"이라며 보여준 사진들을 받아들고 말문이 막혔다.

'이 사진 속 네가 정말 아름답다'는 말은 농담인 줄 알았다. 적어도 K-뷰티적 기준으로 보면 모조리 망친 사진이었다고 말할 수 있을까. 과감하게 삭제되고 휴지통에 버려질 사진들이었다. 태어나 자라면서 흠으로 지적받아온 모든 요소들을 그는 아주 정성껏 부각해서 찍어놓았더라고!

튀어나온 입술, 지나치게 넓은 이마, 작은 키에 비해 큰 얼굴, 자주 뾰로통해지는 표정, 집중할 때 찡그려지는 미간, 무뚝뚝해서 가끔은 '무서운 표정 하지 마'라는 핀잔을 듣곤 했던 분위기. 그 모든 못난이 요소가 한 컷에 들어가게 찍은 사진도 있어서 '와, 이것도 재주라면 재주네.' 하고 감탄했다. 엄마는 그가 프랑스 여행 중 날 찍은 사진을 보고 까르르 웃으며 "니 애인 니 안타냐"며 웃곤 했다.

한국에서 태어난 이상, 얼굴에서 완벽하지 못한 부분은 그야말로 '공공평가' 대상이었다. 친한 사람들은 '오리'라고 놀리곤 했다. 입이 나왔단 소리다. 두 번 본 사람이 진지하게 "코를 세워. 그럼 입이 들어가 보여. 너는 코만 세우면 대박 날 얼굴이야."라고 한 적도 있다. 지하철에서 우연히 3년 만에 만난 사람이 "아직도 주근깨 제거 시술 안 했니?"라며 나를 게으른 사람 취급한 적도 있다. 피부과 명함도 지갑에 꽂아주고 갔다.

도무지 방심할 수가 없었다. 하나를 고치면 다른 걸 지적받았다. 완벽이란 없었다. 체중을 10킬로그램 뺀 적이 있다. 당연히 지치고 피곤해 보인다는 말을 들었다. 한줌의 악의도 없이 이런 말을 한 친구도 있다. "광대가 너무 튀어나와서 고집 세 보여. 키이라 나이틀리 안 예쁠 때 같다. 딱 2킬로만 찌워 (살 빼본 사람은 안다. 다이어트 후, 아주 조금만 찌우자고 마음먹는 게 얼마나 위험한 일인지…… 쓰나미가 몰려온다)."

피부가 흴 땐 창백해 보인다는 말을 들었고 좀 태우고 나니까 "너는 피부 흰 게 장점이었는데……"라고 말하더라. 바람이 불어 이마가 넓게 드러날 때마다 엄마는 머리칼에 손가락을 끼워 공기를 넣곤 했지. "이렇게 해야 얼굴이 작아 보여."

나 좋다는 남자가 생기면 엄마는 영락없이 이렇게 진단했었다. "새침하게 살짝만 웃었나 보구나. 너는 이가 다 보이게 웃으면 안 예뻐. 무표정해도 안 예쁘고. 입꼬리를 올려서 살며시 웃으면 아주 예쁘지."

코는 낮으면 안 되고 너무 뾰족해도 안 되고, 이마는 너무 좁아도 넓어도 안 되고, 안 웃으면 안 되고 그렇다고 너무 많이 웃어도 안 되고! 나를 지치게 한 말들을 떠올리며, 다시 사진을 보았다. 액션 영화나 코미디 영화의 스틸 컷 같았다면 적당한 표현일까.

"이토록 표정이 다채로운 사람이었구나 내가. 뒤늦게 배우나 될까?" 중얼거렸더니 그가 웃었다.

"나중에 내가 영화를 만들 거예요. 주인공 시켜줄게요."

사진 속의 나를 객관적으로 바라보았다. 웃는 일 말고는 세상에 중요한 것이 하나도 없는 것처럼 웃는 사람. 긴장도 걱정도 후회도 열망도, 아무것도 없이 그저 웃기에만 최선을 다하는 사람. 울 때도 찡그릴 때도 화낼 때도 그랬다. 순간의 감정이 가장 중요한 사람으로 보였다. 인생의 희노애락을 얼굴로 표현하려고 애쓰는 부류.

"나는 언제나 화났다고 입 좀 삐죽대지 말라는 말을 들었고 웃음은 참지를 못해서 사회생활에 방해되는 얼굴을 가졌다고 생각했어."

연애를 하고 결혼을 하는 동안 그는 계속 몰래몰래 내 사진을 찍었다. 카메라를 눈치채고 서둘러 입을 다물고 입꼬리를 올리면 절대로 셔터를 눌러주지 않았다. "재미없어요!" 하면서.

'그는 내가 살아 움직일 때 사진을 찍고 싶구나' 싶어서 그렇게 뛰놀았다. 그냥 재미있게 마구 놀았다. 흥이 나면 춤을 추고 슬프면 엉엉 울고 화가 나면 삿대질을 했다. 바다에 가면 바람을 맞으며 뛰다가 머리칼이 얼굴을 온통 가리고, 놀다가 모래가 잔뜩 묻고, 놀고 나니 배가 고파 음식을 입에 잔뜩 물고 행복해했다.

2년 후 사진첩은 총천연색이 되었다. 사진을 보면 그 순간과 감정이 선명하게 떠오르지만 SNS에 올리기는 좀 어려운, 아주 다이내믹한.

나는 "언어 대신 표정으로 소통한다"라는 제목을 그 사진첩에 붙여주고 싶었다. 그가 한 시시한 프랑스 농담에 눈을 ')_(' 모양으로 감고 이가 쏟아지도록 웃고, 원고가 안 풀려서 눈꼬리가 잔뜩 올라가 있고, 12시간 동안 버스를 타고 짜증이 잔뜩 나서 길바닥에 죽은 파리처럼 널브러져 있고, 스테이크가 나오길 기다리며 기대감에 부풀어 있고, 뭔가를 궁리하고 해결하느라 미간을 힘껏 찌푸린 내가 있었다.

엄마는 '남의 집 딸들'처럼 화사하게 꾸미지도 상냥한 표정을 짓지도 않는 딸을 보고는 "그래. 서양 남자랑 결혼한 여자들 보면 한국 여자인데도 무뚝뚝하더라. 잘 웃지도 않고. 자기 할 말 하고. 화장도 잘 안 하고."라며 칭찬인지 포기인지 모를 말을 한다(모르겠다. 외모에 관한 글은 어떻게 써도 욕먹기 좋은 글이라서, 쓰면서 계속 망설였다. 글을 쓰다만 채 아주 오래 묻어두었다. 하지만 글을 어딘가에 올리는 순간, 그 글은 내 것이 아니고, 살아 움직이며, 돌아와 더 좋은 글로 완성되도록 만든다는 진리를 믿고 후루룩 마무리 지어버리려 한다).

지금은 내가 좋아하는 일을 할 때 물리적, 정신적으로 방해가 되지 않는 외모 상태면 충분하다. 크리스마스나 생일처럼 특별한 날이라면 꽃무늬가 흐드러진 파란 드레스를 꺼내 입겠지만, 글을 쓰고 있는 지금은 부슬거리는 머리를 한데 모아 묶고 무뚝뚝한 표정을 짓고 있어도 괜찮다. 내가 지금 집중하고 있는 아름다움은 글 속에 많으니까. 그리고 굳게 다문 입술과 찡그린 미간이 아름답지 않을 건 뭔가.

하지만 전에 풀메이크업에 스커트를 입고 다닐 때 만났던 사람을 오랜만에 만날 때는 서둘러 "귀찮아서 요새 안 꾸미고 다녀."라고 말해버리는 경우도 있다. 한국에 사는 이상, 외모 강박으로부터 완벽하게 자유로운 개인이 있을까. 완벽하고 깔끔한 외모에 대한 강박으로부터 나는 여전히 오락가락한다. 다만 지금 이렇게 생각하게 되었다는 것은 분명하다. 얼마 전 쓴 일기 중에서 몇 줄 옮긴다. 이 마음을 지키기 위해 오늘도 노력하는 중이다.

'세상의 잣대에 맞춰 완벽하게 아름답지 않아도 된다. 그런 아름다움이 가져다주는 이득을 여러 가지 알고 있지만, 나다움을 포기해야 한다면 거부할 것이다.'

칭찬은 객관적일 필요가 없어요

한껏 주관적이되 다만 정확하면 된다

정확한 칭찬은 사람을 멀리 뛰도록 만든다. 나만의 '멀리뛰기' 이론이다. 조그만 물웅덩이에도 반드시 발을 적실 정도로 운동신경이 전무하던 어린 나에게 체육 시간은 두려움의 다른 이름이었다. 국민학교 6년 내내 체육 점수는 양, 아니면 가로 고른 수준을 유지했다. 그런데 단 한 번, 체육 시간에 친구들에게 박수를 받은 순간이 있다. 제자리멀리뛰기였다. 작은 모래 밭 위, 지상에서 몇십 센티미터 정도 위로 올랐을 뿐인데, '날고 있다'고 느꼈던 찰나.

멀리뛰기 순서는 다음과 같았다. 팔을 앞뒤로 흔들흔들하다가 마음속으로 '얍!' 외치고 무릎을 굽혔다 펴며 반동을 준다. 뛰는 순간에 '만세!'를 부르듯 팔을 앞으로 들어 올려 머리 위로 쭉 펴며 튀어 오른다. 그리고는 착지! 복잡하지는 않지만 팔과 다리, 상체의 움직임이 조화를 이루지 않으면 앞으로 찰 파닥 고꾸라진다. 또는 뒤로 엉덩방아를 찧는다. 그러면 엉덩이가 닿은 부분까지만 거리를 재게 되어 낭패다.

나는 이미 알고 있었다. 앞으로 고꾸라지거나 뒤로 엉덩방아를 찧거나. 몇 분 후 내 미래는 두 가지 중 하나란 사실을. 별명이 애어른이던 시절, 나는 포기의 미학을 좋아했다. '일찌감치 포기하면 어떤 결과에도 당황하지 않을 수 있잖아? 괜히 안간힘을 썼다가 좋지 않은 결과에 대해 안타까운 마음이 들어 버리면 너무 힘이 들잖아? 부정적 미래를 그리면 좋지 않은 점수에도 멋지게 미소 지으며 돌아설 수 있지!' 그런 생각을 만화 주인공처럼 중얼중얼했던 것 같다.

"종 치면 얼른 교실 들어가자. 점심시간에 공기 한 판 하자." 고 친구에게 말하고는 발 구름판에 섰다. 심드렁한 표정의 내게 선생님의 목소리가 날아왔다. 줄 똑바로 서라고, 니들은 왜 이렇게 느려터졌냐고 야단만 치던 체육 선생님의 병가로 대신 들어오신 낯선 여자 선생님이었다.

"자세가 아주 좋다. 연습했을 때의 양팔의 각도, 기억하지?

아까 한 것처럼만 하면 된다. 충분해! 할 수 있어! 아까 착지할 때의 자세도 아주 안정적이었잖아. '넘어질 것 같다'고 겁을 먹지만 않으면 돼. 마무리할 때 발에 힘 딱 주는 거야. 알겠지? 자, 파이팅!"

온 세계에 단 한 명이라도 나를 지지해주는 이가 생기면, 사람은 변모한다. 그 기대와 응원에 부응하고 싶어지기 마련이다. 그 순간 그녀의 파이팅에 완벽한 착지라는 대답을 하고 싶었던 걸까. 서른 해 가까이 지난 오늘까지도 선명히 기억나는 건, 선생님이 나를 세세히 관찰한 후 해준 칭찬이 마음에 차오르자 두려움의 자리가 줄어들었다는 거다.

눈빛을 모았다. 앞으로 달려나갔다. 날아올랐고, 박수 소리가 쏟아졌다. 온몸이 부웅, 몇 초간 땅 위에 떠오르는 감각이 얼마나 짜릿한지도 난생처음 느껴보았다. 그날의 점수는 기억이 안 난다. 평균보다 낮았겠지. 하지만 지금도 기억난다. 점심시간 내내 흥분이 가라앉지 않아 밥을 절반도 더 남겼다.

몇 년째 글쓰기를 가르치면서 전업이나 부업으로 글 쓰는 일을 하고 싶은 성인들을 위한 입문 강의를 진행했다. 기자 경력이 길지도 않은 상태에서 덜컥 강의를 시작했을 때, 얼마나 겁이 났던지. 몇 번을 고사하다가 맞은 첫 강의 날. 수업 시작 2시간 전부터 아카데미에 가서 앉아 있었다. 떨려서 집에 있을 수가 없었다. 강의안 끄트머리에 이런 다짐을 썼던 것 같다.

"100명의 학생에게 100개의 알맞은 칭찬을 하자."

그리고 이렇게도 썼다.

"칭찬도 일물일어설이어야 한다."

작가 플로베르의 일물일어설은 하나의 대상을 규정하는 말은 반드시 하나만 존재한다는 뜻이다. 애매하고 뭉뚱그린 칭찬 말고, 누구든 해줄 수 있는 모호한 칭찬 말고 정확한 칭찬을 하자는 다짐이었다. 날을 벼린 칭찬을 해줄 수 있는 선생이 되자고 마음먹었다. 초보 선생으로서, 내 강의를 들으러 오는 사람들이 실은 너무 어여뻤다. 그래서 자신감 없는 사람도 멀리 뛰게 만드는, 내 어린 날의 체육 선생님 같은 존재가 되어주고 싶었다.

과제 파일을 받으면 칭찬할 거리부터 샅샅이 찾았다. 비문이 많든 논지가 어긋났건, 칭찬할 구석은 반드시 있었다. 강의실에 들어설 때마다 칭찬을 받은 사람들의 함박웃음을 상상했는데, 좀 이상했다. 글을 칭찬받은 사람들의 반응은 제각각이었다. 몇몇은 무표정이었고 누군가는 눈을 피하기도 했다.

"와, 어떻게 이렇게 기발한 제목을 구상했대요?"라고 말하면 "아니에요……"라며 손사래를 치는 사람도 많았다. 내가 제스처가 크고 칭찬을 구체적으로 아주 길게, 상대의 눈을 똑

바로 보면서 아주 큰소리로 하는 편이긴 하다(그만큼 그 글들이 사랑스러워 미칠 것 같았다).

그럼에도 불구하고 사람들의 반응은 나로선 좀 신기할 정도였다. 큰 회사의 부장님이기도, 학생들을 가르치는 교사이기도 한 다 큰 어른들이 얼굴이 새빨개지곤 했다. "그만 하셔도 돼요."라고 말한 학생도 있었다.

좀 당황스러웠다. "너무 과하게 칭찬했나? 혹시 상대를 불편하게 만들었나? 선생으로서 더 근엄해야 할까? 학생들이 내가 실력도 없이 칭찬 퍼붓기로 인기 모으려는 거로 생각할 거 같아, 웃가게 언니처럼 말야. 담백하고 우아한 선생이 되긴 글렀어. 난 좋은 문장을 보면 박수부터 나오는 사람이라, 어쩐지 촐싹맞아 보일 것 같아."

친한 친구에게 내 염려를 고백한 날. 친구는 10초 정도 뜸을 들이더니 고맙게도 유년기에 대한 기억을 나누어 주었다.

"칭찬을 들으면…… 솔직히 민망해. 자라면서 혼만 났으니까. 물병을 쏟거나 개어놓은 빨래에 걸려 넘어질 때마다 할머니는 '잘 한다, 잘 해. 기집애가 야무지질 못해'라고 했어. 마치 실수를 예견한 비난 같았어. 아빠는 내가 어리바리해서 커서 밥벌이나 제대로 하겠냐고 했고. 자라면서 제대로 된 칭찬을 들어봤어야 세련되게 대응을 하지. 어른이 되어서도 누가 잘

한다, 예쁘다고 하면 어색했어. '고마워요'라고 대꾸하는 것을 거울 보고 연습하기도 했었어. 연습하니, 잘 되더라? 사람들은 좋은 것에는 어렵지 않게 익숙해지기 마련이니까."

나도 다르지 않았다. 칭찬을 들으면 순간 몸이 굳어버린다. 대답할 때까지 몇 초간의 정적이 흐르곤 한다. 100가지 망설임이 머릿속을 휘젓는 시간.

'어쩌지, 어떻게 답하지? 웃어? 은은하게? 알아요, 저도! 라고 대답해? 미친 사람 같을까? 고맙습니다가 나을까 감사합니다가 나을까? '아직 많이 부족합니다.' 정도가 예의 바르고 현명해 보일 텐데 그건 너무 도무지 입에 붙지 않는다. 에이, 뭘요! 정도가 적당하겠다. 대충 웃으며 넘어가면 되겠지.' 이런 생각을 하고 있는 나는 화가 난 것처럼 보일 수도 있겠다.

십여 년 전으로 돌아가 볼까. 초보 기자이던 나는 글쓰기 아카데미 선생님이 "와, 제목 보세요. 첫 문장 보세요. 글 다 읽어볼 것도 없이 이분 글은 흡인력이 있네요."라고 말씀하신 녹음을 열 번도 넘게 들었다. 글 마감을 앞두고 불안해질 때마다 플레이 버튼을 눌렀다. 선생님은 훌륭한 분이었으니까 그분의 권위에 기대 용기를 내보고 싶었을까.

아니야, 칭찬을 듣는 그 순간의 공기감을 느끼고 싶었다. 그 교실로 돌아가 앉고 싶어서다. 순도 깊은 열정이 끓어오르던 그 시절의 느낌을 다시 만지고 싶어서다. 새싹 시절의 무모한 용기의 냄새를 맡고 싶어서다. 취향 없고 몰개성한 글로 밥벌이를 할 때, 클라이언트의 말 안되는 요구에도 싹싹하게 웃어야 할 때, 그렇게 밥을 벌고 돌아온 날 밤, 일기장을 폈는데 쓸 말이 모두 소거되어버렸을 때, 잘 정리되어 반듯하게 접혀 서랍 속에 수납해버린 내 진짜 감정이 도무지 나올 기미를 보이지 않을 때, 그 칭찬을 떠올렸다.

'나는 충분해. 언젠가는 아름다운 글을 쓰게 될 거야.'

고백하자면 나는 그 교실에서 도망쳐버렸다. 칭찬일지 비난일지 모르는 코멘트가 두려워 1교시 마치고 집에 갔다. 술도 안 고픈데 군이 맥주를 따라 마시고 자버렸다. 무엇이 그토록 무서웠을까. 과제를 제출하고 1교시 내내 머리가 터져버릴 것 같아서, 스스로에게 지나치게 화가 나서 견딜 수가 없어서, 다들 웃으며 담소를 나누는 사이로 걸어가버렸다. 누가 말을 걸까 봐서 애써 어딘가 아프고 불편한 표정을 가장했다. 그런데 별로 친하지도 않았던 옆자리 언니가 녹음 파일을 보내줬다.

녹음은 매번 굉장히 무뚝뚝한 얼굴로 들었다. 비실비실 웃으면 갑작스레 다가온 환희가 날아가 버릴 것 같아서. 배꼽 밖으로 흘러나갈 것 같아서. 하긴, P도 그랬었다.

"좋은 거 티 내면 동티난다."

"동티가 뭐예요?"

"동티 몰라 동티? 서울 살아서 모르나 보네. 내 고향 진주에서는 그랬어. 좋은 거 소문내면 부정 탄다고. 아기에게도 '아유 못난이, 이렇게 못나서 어쩔거나' 그러거든. 어른들이."

집에 와서 생각했다. 그놈의 동티 좀 나면 어때요. 무서워도 장 좀 담그자, 맛있게. 나는 칭찬 항아리를 마당 가득 도열해두는 부자가 되고 싶다고. 그렇게 주관적으로 정확한 칭찬이면 충분하다. 칭찬은 객관적일 필요가 없다. 한껏 주관적이되, 다만 정확하면 된다. 주관적인 정확함이라고 부르자. 정확하려면 디테일해져야 한다. 이것도 기술이라 연습하면 분명히 나아진다. 그것도 급속도로. 좋은 건 쉽게 익숙해지니까. 그래서 오늘도 학생들에게 말한다.

"지금 드시는 그 커피 좋아요? 맛있어요? 전 국민이 맛있다고 해야 맛있는 거예요? 아니잖아, 지금 당신 혀에 놓인 그 맛과 향기에 집중해요. 그 맛과 질감과 향기와 온도를 세세히 묘사하고 설명하고 소개해요. 칭찬은 블록버스터 별점 평가가 아니니까, 타인에겐 눈 감고 오롯이 내 느낌에 집중하여."

칭찬 머신인 나도 기운이 부족한 날엔 마음을 단단히 먹고 강의실에 들어가야 한다. 속은 간질간질 좋으면서 무뚝뚝한 표정에 상처받지 않기 위해, 화장실 거울을 앞에 두고 파이팅을 한다.

"그들이 칭찬을 싫어하는 게 아니야, 익숙하지 않을 뿐이야. 다들 경상도의 아들이라서 그래. 우리 모두 확장된 경상도에서 살고 있는 한국 사람이라 그래. 칭찬 들으면 껄껄 웃으며 '여~ 눈이 정확하십니다.' 하면 건방 떠는 걸로 보이는 나라에서 살아서 그래."

표현되지 않은 감정은 지금도 배배 꼬이는 중

\# 우리는 이토록 열심히 성실하게 부지런히 살면서 감정은 대충 처리한다.

'저 등을 발로 차고 싶어.'

속으로 한 내 말에 내가 놀랐다. 돌아가신 아빠와 할머니의 산소를 찾은 명절 아침. 엄마와 남동생이 사과와 황태포를 놓고 맑은 술을 따르고 돗자리를 반듯하게 폈다. 그런데 문득 엄마의 등을 발로 힘껏 차고 싶다는 생각이 들어버린 거였다.

돌이켜보면 한두 번도 아니었다. 산소를 찾을 때마다 가족을 불편하게 만들었다. 어딘가 모르게 안정감이 없었달까. 멍하니 있다가 별것도 아닌 일에 버럭하다가. 세상 모든 일에 화를 내는 사춘기 소년처럼 굴었다. 예컨대 이런 대화였다.

"돗자리에 붙은 풀 좀 떼라. 차례 날인데 깔끔하게 해야지."

"뭘 깔끔하게 해? 이 정도면 됐지. 정리 대회 나가?"

"가만 좀 있어. 얘가 왜 이래?"

"뭘 가만히 있어? 내가 맨날 가만 있지. 한 번이라도 난리친 적 있어? 내가 가만 있었으니까 우리 집 이 정도지."

"그러지 좀 마. 얘가 갑자기 왜 그렇게 엄마를 힘들게 해."

"내가 뭘 어쨌다고 갑자기 비극적인 척해. 우리 집에 없는 적이 없었던 게 분란인데?"

꼬리에 꼬리를 무는 이기죽거리기. 스물일곱이 아니라 열일 곱이래도 믿을 유치한 말투. 도대체 내가 무슨 말을 하고 싶은 건지도 몰랐다. 자꾸만 속에서 뜨거운 게 치민다는 것만 알았다.

독한 말 자판기 같던 나. "다 큰 어른이 쉬는 날 나온 게 그렇게 짜증나? 할 도리는 하고 살아야지."라는 엄마의 말에 그냥 납득해버렸다. 내 안에 애 같은 부분이 있나 보다, 나는 좀 이상한 애인가 보다, 생각하며 감정을 '퉁쳤다'.

그날의 공격성이 어디에서 기인했는지 깨달은 건 그로부터 몇 년 후였다. 어느 밤, 엄마와 맥주잔을 기울이다가 내뱉은 말에 내가 놀랐다.

"아빠랑 할머니 둘 다 없으니 이렇게 좋네. 행복하다. 우리 팔자 편해졌네." 아아. 너무 재미있었다. 술이 달았다. 기분이

고조되었다. 짜릿짜릿짜릿. 마음속에 큰 길이 시원스럽게 뚫리는데, 그게 말 덕분인지 맥주의 탄산 덕분인지 아무튼 좋았다. 취기가 오른 척하며 더 더 질러버렸다. 스탠딩 코미디야, 그래, 난 위악적 농담으로 무대를 장악하는 코미디언이지! 한잔을 더 들이켰다.

"난 솔직히 할머니 돌아가셔서 너무 좋았어(이런 말을 하다니 나는 지옥 갈 거야). 고3 지옥과 함께 할머니 지옥도 쫑. 더블 해피니스지!(미쳤어. 누가 제발 내 입 좀 막아줘요)"

"우리 아부지 참 안 됐고. 그립기도 하고 안쓰러운 사람이지만, 지금 살아있었으면 퇴직하고 나서 세끼 뜨신 밥 해달라고 엄마를 들들 볶았을 거야. 엄마 나이에 남편 없고 돌볼 손주 없으면 더블 럭키, 더블 럭키!"

"친척들이 엄마 보고 '그 노인네가 아들이 끔찍이 예뻐서 2년을 못 참고 데려갔네' 그랬지? 무례하고 잔인한 족속들. 난 그거 엄마 위로하는 말이라고 안 봐. 팝콘 먹으며 남의 고통 시청하는 것들이지."

내 말의 비트를 따라 맥주 거품처럼 감정이 흘러내렸다. 무슨 그런 무서운 소리를 하냐며 꾸중할 줄 알았던 엄마가 폭소를 터뜨렸기 때문에. 나는 좀 무대체질이다. 관객이 잘한다, 잘한다 해야 더 잘하는 타입이에요. 끝을 좀 몰라서 문젠데, 이날은 끝을 몰랐던 게 아주 잘한 일이었다.

"그리고 말야…… 엄마는 바보야? 뭐가 예쁘다고 제사상을 차려 줘?"

갑자기 눈물이 흘러내렸다. '아아, 그랬던 거구나.' 논리 없이도 스르륵 깨달았다. 무성한 잡초를 정리하며 '자주 못 찾아와서 미안해요 어머니.' 하면서 죄책감을 느끼는 엄마를 보며 느꼈던 감정. 그건 뭐였는지 손에 잡힐 듯했다. 술이 깨고 나서 '진짜 감정'이라는 이름의 리스트를 만들어보았다. 검열하지 않고 손이 가는 대로 써 내려갔다. 누가 볼 것도 아니니까, 내 감정을 누가 비윤리적이거나 패륜적이라고 욕할까 봐 염려하지 않았다.

"뭐야. 가족 드라마 코스프레 하나. 엄마도 산소 오기 싫을 거면서?"라는 생각을 했다. 과일과 포를 차리는 엄마의 뒷모습에서 하루 세 끼 새 국을 끓이던 모습이 연상됐었지. 손가락이 다 찢어지도록 무거운 장바구니를 들고 오던 엄마, 말도 못하고 정신도 없었던 할머니를 위해 유동식을 종류별로 만들던 엄마가 떠올라서 고개를 젓고 싶었지.

다 잊고 싶었는데 산소에만 오면 기억이 소환되니까. 너무 싫다. 엄마가 그때 말했잖아요. "그때 도망갔으면 너희를 보지 못하고 살았을 거야. 그래서 그냥 살았어."

감정의 얼굴을 똑바로 바라보니 묘하게 차분해졌다. 감정에 이름표를 붙여보았다. 왜 전에는 내 진짜 마음이 뭔지 파악하는 게 어려웠을까. 문제는 감정이 단독으로 행동하는 게 아니란 사실이었다. 그래서 혼란스러웠다. 나는 엄마가 가여우면서 미웠다. 그녀에게 몹시 미안하면서도 한편 원망스러웠다. 대한민국 장녀라면 충분히 이해하시리라. 나와 남동생 때문에 불행으로부터 도망치지 못한 엄마에 대한 미안함. 그럼에도 우리 때문에 자기 삶을 불행해지도록 내버려둔(그때는 그렇게 생각했다) 엄마에 대한 답답함. 양가감정이었다.

감정은 원래 그렇다. 무리 지어 움직인다. 감정도 단짠단짠이다. 우리는 이 단짠감정에 대해 잘 알고 있다. 시원섭섭하다는 표현이 대표적이다. 축하를 하고 싶으면서도 샘이 난다. 고마우면서도 부담스럽고, 설레면서도 두렵다. 기대되면서도 부담스럽다. 게다가 이 감정들이 촘촘하게 얽혀 있어 낱낱이 풀어내기도 쉽지가 않다. 실은 부정적인 감정일수록 더 그렇다.

돌아보면, 나는 언제나 '괜찮아요'라고 말하던 어린이였다. 별명은 애어른이었고, 주변 어른들은 딸이 착하고 어른스러워서 좋겠다고 말했다. 삐뽀삐뽀. 그건 위험 신호다! 당장 아이에게 물어봐야 한다. 정말 괜찮아? 무엇이든 말해도 괜찮단다. 누구도 판단하지 않는단다. 아무도 야단치지 않는단다. 그런 일은 절대 없단다. 지금이라도 당장 어린 나에게 달려가 그렇게 말해주고 싶다. 분명 어린 나는 무서워서 엉엉 울 것인데 (감정을 바라보는 게 무서워서, 또는 혼날까 봐) 그래도 몇 날 며칠 몇 달 기다려줄 것이다. 쉬지 않고 계속 물어봐 줄 것이다. "정말 괜찮니?"

괜찮다고, 다 괜찮다고 말하면 어른들이 칭찬해줬기 때문에 엄마가 마음을 놓았기 때문에, 나는 그 외의 감정 표현법을 몰랐다.

아이들은 미워, 화나, 하기 싫어요, 불편해 같은 말도 배워나가야 한다. 괜찮다는 말로 다채로운 감정을 덮어버리면, 정말이지 큰일이다. 성장 과정에서 올바른 감정 표현을 배울 수가 없다. 성인이 자신의 감정에 알맞은 말을 사용할 줄 안다는 것은 중요하다. '괜찮아요'도 중독성 있는 말 습관이라서 어떤 감정에도 '나는 괜찮다'라고 '대충' 말해버리곤 하는 사람들을 종종 본다. 몹시 안타깝고 안쓰럽다.

"엄마. 나는…… 화가 아주 많이 나."라고 말하지 않았던 이유는 '화를 낼 때는 이유가 있어야 한다'는 강박 때문이었다. 이유는 정확히 알 수 없지만 화가 난 건 정확히 알았잖아? 감정 상태만이라도 더듬더듬 말했다면, 돌아오는 차 안에서 의미 없는 말다툼을 하지 않았을 것이다.

나는 왜 내 느낌을 정확히 인지하지 못했을까. 내 감정의 결을 잘 모르는 둔감함 외에도, 이유는 또 있었다. '너만 힘든 게 아니다'라는 말에 눌려 있었다. 고부 갈등은 어디에나 있는 거고 다 지난 일이니 용서해야 한다는 고정관념에 갇혀 있었다.

이상하지 않은가. 우리는 이토록 열심히 성실하게 부지런히 살면서, 감정은 대충 처리한다. 살다 보면 아무리 노력해도 용서하기 어려운 일, 미워서 견디기 힘든 일이 있기 마련이다. 어떤 스님은 그러더라. "세상이 원래 그러한데 원망을 지니면 마음에 독이 쌓입니다. 당신이 참고 용서하는 순간 그 독이 풀립니다."

이런 말에는 '세상의 답은 이미 정해져 있으니 너는 그 답대로 행동하라'는 강압이 들어 있다. 이런 말을 내면화해서 마음이 기이하게 썩어버린 사람을 나는 많이 보았다. 완전히 틀린 말을 온화하게 잘도 하는 사람들. 우아하게 자기 연민에 빠진 사람들. "착한 사람이 참아야지. 어쩌겠어."라고 엄마를 보듬는 척하던 고모처럼 말이다. 나는 내 마음속 스님에게 바락바락 대들어보기로 했다.

"아니요. 절대 아닌데요? 남 일이니까 쉬우시겠죠. 원래 그런 게 어딨어요? 어디부터 어디까지가 '원래 그런 건지' 누가 정하는데요?"

누구는 새벽 예배를 가고 누구는 책을 잔뜩 사서 읽는다. 누구는 소주를 들이키고, 누구는 게임을 한다. 그렇게 노력을 해도 여전히 용서가 안 되는 일, 미워서 잠이 안 오는 상대가 있다. 견디기 힘든 모멸이 있다. 그런 부정적 감정을 드러내는 건 쉽지가 않다. 투덜대는 사람으로 보일까 봐 두렵고 과거의 상처에 얽매인 사람의 이미지가 생기는 것도 싫다. 그러면 "사는 게 원래 그렇지."라는 말이 달콤하게 느껴진다. "그래, 사는 게 원래 그렇지." 하면 순간, 마음이 편한 것도 같다. 손쉽게 해결된 것 같기도 하다.

나는 언제나 자신의 고통과 치열하게 싸우는 사람들의 편이다. 그들을 지지한다. 고통에 이름을 붙이고 불러주고 풀어내는 긴 과정을 견딘 후에야, 진짜 평화가 온다고 믿는다.

원래 그런 거라는 말? 콧방귀를 뀌어주자. 절대로 믿지 말자. 그런 말은 누가 하는지 정확하게 찾아내야 한다. 찾아서 물어봐야 한다. 보통은 그 고통을 직접 겪어보지 않는 사람들이 그런 말을 한다. 괴롭히는 쪽, 방관하는 쪽, 혹은 아무 상관도 없으면서 가르치고 싶은 사람들이 한다. 고통받는 쪽이 아니다. 원래 그런 거다, 용서해라, 좋게 넘어가라, 유난 떨지 마라는 말의 남발. 그 속에는 세상에 균열을 내지 말고 분란을 만들지 말며 조용히 입을 다물라는 강압이 들어 있다. 그런데 개인이 그런 말을 내면화하면? 자신의 감정에 대해서도 돋보기를 들이대지 않으면? 대충 넘어가면? 질문하지 않으면? 감정은 오히려 배배 꼬여 내면에서 시끄러운 소리를 낸다.

아무도 물어봐주지 않으면 스스로 질문해야 한다. 감정을 섞어 먹지 말자. 삼켜버리지 말자. 포기하지 말자. 감정에도 삶에도 다양한 결이 있고 다양한 해석이 있어야 하니까. 삶은 복잡한 것이니까, 복잡해서 아름다운 것이니까. 아무리 복잡해도 모든 감정에는 이름을 붙일 수 있다고. 굳게 믿어야 한다.

마치며
목적 없는 따뜻함을 위하여

스스로를 견딜 수 없을 때면, 맥주 캔을 딴다. 그럴 때 어떤 사람들은 친구를 불러낸다. 자신이 얼마나 못난이고 세상이 얼마나 더러운지 토로하며 술잔을 기울이겠지. 그런데 나는 못 한다. 술을 마시면 마음을 헤쳐 보여줄 텐데, 그러기 싫어서. 온전한 위로가 돌아오지 않으면 쓸쓸하게 집에 돌아와야 할 텐데, 그건 두려운 일이다. 혼자서 훌쩍거리는 건 가장 간편한 위로.

어떤 날은 마셔도 취하지 않는다. 점점 정신이 또렷해질 뿐. 그럴 때면 늘 뭔가 쓰고 싶어진다. 마시기를 그만 두는 순간이다. 두 손은 타자를 치느라 바쁘니까. 술값을 아껴주고 간을 보호해준 나의 글쓰기. 쓰는 동안은 언제나 두근거리고 행복하다. 가장 좋은 건 안전함이다. 글은 나를 비난하지 않는다는 사실. 내가 만들어낸 작고 공고한 진공 세계. 그 안에서 마음껏 유영하는 시간이 아마 치유일 것이다. 아무것도 바라지 않으며 나의 무언가를 많이 바꿔놓지도 않는, 아주 안전한 치유.

회사 생활을 하던 때에 특히 많이 썼다. 나는 많은 것을 견디지 못하는 사람이다. 매일매일 같은 사람들과 한 공간에 머무는 게 힘이 들었다. 일하면서 콧노래를 부르지 못하는 게 괴로웠다. 나의 부족한 점을 솔직하게 말하면 단점과 약점으로 평가서에 기록된다는 게 갑갑했다. 뭐라도 쓰지 않으면 도무지 견딜 수가 없을 때 파티션 아래에서 '보고서에 집중한 엄숙한 표정'을 짓고는 '인생은 지옥'이라고 썼다. 어떤 날은 블로그에 썼다. 누가 들어주기를 굳이 바라진 않았지만, 아무도 듣지 않는 건 외로우니까.

어떤 날은 당신의 일기에 큰 위로를 받았다는 비밀 댓글이 돌아왔다. 먼 우주로부터 미세한 신호를 받은 느낌. '여기, 너와 비슷한 사람이 있다' 내 이야기에 등장하는 인물을 그린 스케치를 받았을 때는 소리 내어 웃을 정도로 감격스러웠다. 세상에는 목적 없이 따뜻한 사람이 참 많구나. 아, 사는 거 너무 너무 재밌네!

쓰기를 마치고 나면, 세상은 아무것도 바뀌지 않았는데 나는 조금 바뀌어 있다. 타자를 치는 열 손가락이 마음에 얼기설기 돋은 뾰족한 가시를 꼭꼭 눌러버린다. 가시 뿌리를 뽑을 순 없었지만, 가시의 날카로움이 마음을 더 이상 찌르지는 않는다. 그렇게 나는, 둥글게 누그러진다.

내 글을 읽고 엄마는 자꾸만 하트 이모티콘을 보낸다. 작은 것도 보내고 큰 것도 보내고 색깔이 화려한 것도 보낸다. 엄마가 가진 이모티콘을 모두 보낸다. 우리 딸 잘한다, 똑똑하다, 멋지다, 얼마나 멋져지려고 그래. 금색으로 이름이 새겨진 상장을 받는 것 같다. 어른이 되어서도 상을 받는 기분을 느끼다니, 기분이 좋다. 빛나고 커다란 무엇이 된 것도 아닌데, 내 이야기를 하는 것만으로 칭찬을 받다니 신기하다.

어쩌면 모든 글은 편지인지도 모른다. 사랑하는 친구들에게 내가 얼마나 사랑하는지 느낄 때마다 말하고 싶지만 그럴 수 없어서 적었다. 자주 울적한 표정을 짓는 건 우리의 운명이니까, 행여 나의 표정에 어두운 구름이 깃들어 너를 상처받게 할지라도 그건 그저 표면이라고. 우습게도, 내가 너에게 아무 말도 하지 못할 정도로 가라앉은 시간에 바보처럼 너를 몹시 그리워하고 있다고, 그 모순을 부디 이해해달라고 말하고 싶다.

어색하지 않게 사랑을 말하는 방법

초판 1쇄 발행 2018년 12월 5일
초판 3쇄 발행 2019년 2월 27일

지은이 소은성
펴낸이 김상훈

책임편집 김상훈
디자인 이승은
표지 그림 우지현

펴낸곳 도서출판 혼
출판등록 2018년 5월 16일 제406-2018-000055호
주소 경기도 파주시 문발동 620-13 202호
전화 010-4765-1556
이메일 tkdgms17@naver.com
출력·인쇄 상지사P&B

ISBN 979-11-963945-4-7 (03810)